娘子不給吃豆腐

1

風文創 887

秋水痕 著

目錄

序文

秋水痕

七歲之前，跟隨父母兄姊在外漂泊，七歲之後，我成了有故鄉的人。

我無比喜歡我的故鄉，那是個風景優美、寧靜安詳的小村莊。村莊裡有廣闊的農田，有一條彎彎曲曲的小河流，還有一群平日裡吵吵鬧鬧，關鍵時刻卻能守望相助的族人。

悠長歲月，聚族而居的族人，不管到什麼時候，他們都能在守住律法的底線，運用的智慧和心照不宣的規則，處理鄰里間的矛盾磨擦，讓族人和諧共處。

為了躲避戰亂和天災，族人們扶老攜幼，一起度過無數難關。一家一碗飯，一家一件衣，就能救活一個孤兒。宗族二字，不僅僅是血脈相連的印證，也體現一份斬不斷的絕對信任。

純樸的愛情、深刻的友情，都在肥沃的土壤裡一次次開花結果。柴米油鹽和婚喪嫁娶，一起奏響了鄉村生活的二重奏。

民以食為天，農田裡一年四季都沒閒著。

每年，當第一縷春風吹過淮河兩岸時，油菜花漸漸開了，麥苗漸漸青了。金燦燦的油菜籽和麥粒收回來後，放在糧倉裡，一家人半年的糧油不用擔心了。春去秋來，又一季收割，同樣是金色的稻穀，同樣是滿倉的希望。

米、麵、油、豆，是一家子一年餐桌上的主旋律。所有人的悲歡喜樂，始終圍繞著這個主旋律。為此，祖輩們勤勞的雙手從未停止勞作，汗水凝結出的鄉村文化也越發濃厚。

人類的基因，對於高脂肪高蛋白的東西，有著本能的親近感。物質匱乏的年代，動物油不常有，植物油就成了最偉大的發明。

三、四十年前的農村，油坊很罕見，一個鎮子裡，大概只有一、兩家吧。家裡開油坊的必定是小富之家，不愁吃喝。

後來油坊沒落，取而代之的是鎮上超市製作精良的高品質成桶油。然而，童年時期，跟隨母親一起揹著油菜籽去油坊換油的經歷，始終是溫馨的記憶。

光有油吃也不夠，蛋白質的攝入也非常重要。動物蛋白有家禽和家畜，植物蛋白裡，豆腐是首選。

在中國文化裡，豆腐自帶光環。不管是達官貴族還是販夫走卒，都離不開豆腐。不論是自家改善伙食，還是招待客人，豆腐永遠都不可或缺。

油煎豆腐、水煮豆腐、涼拌豆腐，配白菜、配小蔥，一塊豆腐能做成好幾樣菜，巧手的主婦們用極致的廚藝，滿足一家人的口腹。

幼年時期的冬日，每天早上，都能被外面清脆的「賣豆腐勒！」吆喝聲叫醒，我和姊姊快速行動，拿出搪瓷碗，舀一碗黃豆，一起奔向大門外。

賣豆腐的老爺爺總是很和藹，哪怕豆子裡偶爾混入了一些雜物，他也是笑咪咪的親自揀乾淨再秤重。從攤主手裡換一塊豆腐，中午的美食就有了。

以物易物的原始規則，在我小學時期的記憶中十分深刻，雖然隨著時代變遷消失了，但那人情味和傳統美感始終未曾消失。

現在，我生活在皖南豆腐之鄉，每天穿梭在大街小巷，吃著各種美味的豆腐，心裡始終懷念那個七歲之後才有的故鄉，懷念用一碗黃豆從攤主手裡換一塊豆腐的冬日早晨。

所有的回憶都似乎歷歷在目，又彷彿隨時會隨風而散。

時間長河裡，只有文字不會褪色，不會改變模樣。幸運的是我有一枝筆，可以借助它的魔力，以最常見的兩樣食物為起點，虛構一段故事，融入鄉村生活的酸甜苦辣，在天馬行空的文字創作裡，將記憶凝固，將溫暖保存。

故事是虛構的，裡面的情感是真摯的，所有的祝福也是最真實的。

第一章 奪家財欺辱遺孤

四月中的早晨，陽光明媚，鳥鳴啾啾。平安鎮韓家崗各家的漢子們剛結束早晨的農活，紛紛往回趕。

農忙時節，趁著天氣好，片刻都不能歇息。

韓敬平家裡，十二歲的韓梅香端了一碗稀飯，站在正房東屋門外，腳步抬起了又放下，放下了又抬起，踟躕不前。後面兩個弟弟都看著她，皆是一副不知所措的表情。最小的妹妹蘭香，呆呆的看著梅香手裡的碗。

正當梅香鼓足了勇氣要掀開簾子進去時，屋裡忽然又傳來了一陣哭泣聲。

「當家的，當家的啊……」葉氏又哭了起來。

一個多月來，葉氏每日都是這樣哭泣不止。

梅香嘆了口氣，看了看手裡的稀飯，上面的熱氣慢慢降下，稀稀疏疏配的幾根菜也開始發黃。她掀開簾子，快步走到了床前。

「阿娘，吃飯罷。」梅香小聲對葉氏說道。

葉氏依舊低頭抽泣著，連個眼神都沒給梅香。

「阿娘，您吃一些吧，弟弟們都在外頭呢。」梅香見勸不動她，把弟弟抬出來說話。

葉氏頓了一下，看了梅香一眼，接過她手裡的稀飯，就著淚水，勉強吃了幾口。雖然沒吃完，梅香也很高興。阿娘只要每日能吃一些，心裡再難過也能撐得下去。現在最難辦的事情，是如何應付即將到來的阿奶。昨兒阿奶就說了，阿爹的五七已經過了，今兒務必要把自己家裡的事情理清楚。

梅香心裡又嘆了口氣，阿娘這個樣子，她真的要一直躲下去嗎？

「阿娘，等會兒阿奶和大伯要過來。」梅香又小聲說了一句。

葉氏擦了擦眼淚。「妳不要管，妳阿奶來了，罵我兩句也就罷了。油坊的事情，妳大伯要是願意管，就讓他管吧。」

梅香急了。「阿娘，阿爹才去，您心裡這樣難過，阿奶還天天來罵！咱們家的油坊，是阿爹的心血，我既然能管，為甚要讓給大伯？讓給大伯，咱們家還能落下什麼？明朗和明盛以後讀書科舉成親，哪樣不費銀錢？」

葉氏重重的拍了一下床沿。「妳管？妳怎麼管？妳才多大？妳還要不要名聲了？油坊裡都是男人做的活兒，妳就算比旁人力氣大些，難道真把自己當男人了？女婿是讀書人，本就重規矩，妳婆家知道了能願意！」

梅香不敢再頂嘴，急得直掉眼淚。

韓敬平在時，怕梅香力氣大的事被人知道了不好說親，一家人瞞得死死的，除了韓敬平夫婦以及大兒子韓明朗，誰都不知道。韓敬平更是早早給梅香訂了親，是隔壁王家凹的一位少年郎王存周。

梅香正在著急，外頭驀地傳來一陣叫罵聲。

來者不是別人，正是梅香的阿奶崔氏。

「葉芳萍，妳這個害人精，妳害死了我兒子，還有臉在家睡懶覺！妳去看看，誰家不忙著下秧平田，哪家的婆娘不下地！妳個懶婆娘，整日懶得睜眼兒爬蛆，我兒子就是被妳生生累死的！」

崔氏的叫罵聲異常尖銳，左鄰右舍都能聽得清清楚楚。

崔氏一腳踢開梅香家虛掩著的門，待要再罵，旁邊的大兒子韓敬義勸了她一句。「阿娘，別罵了，三弟才過了五七，沒走遠呢。」

崔氏被他這樣一說，搓了兩下胳膊，然後又高聲道：「我是他親娘，他還敢把我怎麼樣？就是他把這婆娘慣壞了！」

韓敬義沒說話，抬頭看了眼韓敬平家十幾間瓦房以及東跨院裡的油坊，眼神閃爍。

崔氏到正房後，葉氏已經出來了。她一身素服，頭上戴了朵白花，原來雪白細膩的臉，現在蠟黃蠟黃的，眼神也無精打采。

韓敬平是韓家崗有名的能幹人，生得高壯，有一把子力氣，為人又圓滑，年輕時學了一手榨油的手藝。這些年，憑著這門手藝，建了座油坊，蓋起十幾間瓦房，還置辦了二十多畝田地。

他娶了葉氏後，生了兩子兩女。長女梅香嬌俏潑辣，深得韓敬平喜歡；長子明朗讀書很有天賦；次子明盛六歲，剛剛入學；最小的蘭香才將要四歲，乖巧可愛，一家子和和美美。然而，上個月，韓敬平去收油菜籽的途中，板車不慎翻了，板車連著車上十幾麻包油菜籽，都壓到他身上，就這麼去了。

韓敬平沒了後，葉氏哭暈了好多回，多虧梅香幫著長輩們把韓敬平的喪事辦了。

見崔氏進來，葉氏低聲打招呼。「阿娘來了。」

崔氏哼了一聲。「我再不來，我兒辛苦攢下的這份家業，就要被妳個懶婆娘糟蹋光了！妳是不是見我兒子沒了，就想把這家業捲了去嫁人？我告訴妳，妳要是想嫁人，早些滾，家裡的東西，沒有一樣是妳能帶走的！」

葉氏猛抬頭看向崔氏。「阿娘、阿娘怎能這樣說！當家的沒了，我心裡多難過啊！」

葉氏說完又哭了起來。

梅香見話頭還沒扯深，立刻給旁邊年紀小的明盛遞了個眼神，明盛機靈，轉身就偷偷溜了，去叫族長。

昨兒梅香背著葉氏，帶著大弟弟明朗去族長韓文富家送了份厚禮，整整花了二兩銀子，把她和明朗的零花錢掏了個精光。今兒崔氏來者不善，必定是衝著他們的家業來的！

梅香知道，大伯覬覦自家的油坊不是一天兩天了。阿爹還在時，大伯總想打著入股的名義來油坊參一腳，可說要入股，又不肯出錢，說從油坊的分紅裡面扣他的本錢。

韓敬平聽大哥這樣無恥的說法，只差沒捶他一頓！

崔氏偏心長子，今兒必然要襄助韓敬義。一個是阿奶，一個是大伯，梅香就算一巴掌能拍死二人，但二人占著輩分，梅香誰都不能動！

崔氏又哼了一聲。「如今正農忙，妳田裡秧下了沒？妳家有二十多畝田地呢！」

葉氏擦了擦眼淚。「當家的在時，把十五畝地給了敬杰兄弟家種，另外的十二畝地我們自家種的。前兒我託敬杰兄弟幫忙把田平了，穀種也下了，阿娘不用擔心。」

崔氏自然知道這些事情，但她看不上韓敬平，對葉氏就更看不上了。「哼，放著現成的自家人不用，非託外人。難道要讓人說妳大哥不管親弟家的孩子？妳安的什麼心！」

梅香在一邊沒忍住插嘴道：「阿奶，敬杰叔父每畝地一年給我們一百八十斤糧食呢！要是大伯願意種，不說多給，給一百五我們也願意！但今年的穀種敬杰叔父已經下了，自然不能再請人家讓出來了！」

崔氏立刻拍桌子大罵。「長輩說話，有妳插嘴的地方！」

說完，崔氏又看向葉氏。「妳不想嫁人我也不攆妳，但妳是個婦道人家，明朗和明盛又小，家裡總不能沒個主事的人。妳趕緊把家裡鑰匙都交出來，以後油坊和田地，都交給妳大哥打理。放心，保證你們娘兒幾個餓不死！」

梅香聽到後，氣得眼珠子要瞪出來了！家裡的油坊和田地，一年二、三十兩銀子的出息，韓敬義想幾碗飯就打發了她們娘兒幾個，好人的胃口和野心！

韓敬義也在一邊補充道：「三弟妹放心，保證妳和孩子們有飯吃。」

葉氏雖然懦弱，也不是蠢人。「敢問大哥，一年給我們多少銀錢和米糧？」

韓敬義咳嗽了一聲。「看弟妹說的，這油坊也得看買賣好不好，田地也要看收成的，哪能一下子說死。」

梅香不顧崔氏刀子一樣的眼光，又插話。「大伯，我們也不要多的，只要能讓我兩個弟弟讀書，別的都好說。」

韓敬義聲音立刻高了。「讀書？讀書一年得費多少銀子？明全沒讀書不也好好的。」

梅香立刻反擊。「明全大哥不讀書是因為先生說他拿棍子捅都捅不進幾個字，明朗可不一樣，秦先生滿口誇讚呢。」

最心愛的長子被梅香戳了老底，韓敬義惱羞成怒。「妳阿爹沒了，我來好生管教妳，什麼叫規矩。」

說完，韓敬義劈手就要來甩梅香巴掌。葉氏想攔，哪知梅香一把按住葉氏的手，直接把臉伸過去，結結實實挨了韓敬義一巴掌。

韓敬義早就看不慣這個被三弟慣壞的丫頭，這一巴掌打得用力，梅香的臉立刻就腫起來。

葉氏頓時哭了起來。「當家的啊，你快看看啊，我們娘兒幾個活不下去了啊！」

梅香立刻把頭髮上的繩子一扯，一邊往外跑一邊哭喊，叫嚷聲傳遍大半個韓家崗。「大伯，你別殺我啊，你要油坊和田地就給你吧，但你不能不讓我弟弟讀書啊！」

韓敬義本來只是想打一下梅香出出氣，順帶給葉氏一個下馬威，哪知梅香這樣直接給他叫嚷出去了！韓敬義氣怒上頭，抄了根棒槌就去追梅香。

二人一前一後剛跑出門口，忽然聽得一聲大喝。「這是在做甚！」

來人正是族長韓文富，後頭還跟著梅香的二伯韓敬奇。

韓文富指著韓敬義就罵。「你這是做甚？」

韓敬義訕訕收回棒槌。「七叔，這丫頭不懂規矩胡言亂語，我替老三教訓她。」

梅香被韓敬平寵著長大的，何曾是個受氣包。「七爺爺，大伯要我們把油坊給他，家裡田地也給他，連一斤糧食都不想給我們，還不讓我弟弟讀書！我們不答應，他就打我！七爺爺，您要給我們作主啊！」

梅香說完把臉抬起來，眾人看她那紅腫的左臉，頓時都不說話了。

韓敬義的算盤，韓文富如何不知道，立刻說道：「都進去說！」

見族長來了，崔氏用眼刀子狠狠刮了葉氏娘兒倆！

要說這韓敬平，樣樣都好，就一個缺點，不得他老母親喜歡，連帶自家婆娘和兒女在崔氏面前也沒有臉面，整個平安鎮無人不知。

韓老太太崔氏生了三子一女，唯獨不喜歡這老三，其中有個緣故。

崔氏年幼時就有些自我，喜歡大夥兒都圍著她轉。自嫁給韓老太爺後，很是看不慣公婆對小姑子比對自己好。天長日久，跟小姑子一直面和心不和。

韓老姑太太出嫁好多年也沒個孩子，她不想抱養夫家那些和她沒有血緣關係的孩子，最後頂住壓力，決定從娘家抱一個姪子回去養，一眼就挑中了兩歲的韓敬平。當時韓敬平的祖父母及父親都在世，韓老姑太太想抱養個男孩，韓家人二話沒說就答應了。

崔氏心裡極度不情願，她的兒子，憑甚給旁人？但她做不了主，自此，她就當沒生過這個兒子。小姑子越是疼韓敬平，她越是生氣，每回見到韓敬平，或冷漠以待、或刻薄兩句，好似把對小姑子的氣都撒到孩子身上，完全忘了這是自己的親兒子。漸漸的，小韓敬平也不願意再見到崔氏。

公婆在世時，姑嫂二人還能維持個表面和平，等老倆口一去，姑嫂兩個立刻就不大來往。後來，韓敬平的父親也去世，崔氏翻身做了韓家的主人。

韓老姑太太抱養了韓敬平之後，把他當成心肝肉一樣疼。先供他讀書，哪知韓敬平讀書沒天分，倒是有一把力氣，韓老姑太太又花了大錢讓他學了榨油的手藝。

剛把韓敬平養到十四歲，韓老姑太太一病去了。韓敬平給韓老姑太太披麻戴孝摔盆捧靈，喪事剛辦完，崔氏去鬧了三天三夜，想把韓敬平要回來。

韓敬平剛開始不答應，崔氏就到處說自己想兒子，如今老姑太太已經去了，韓敬平盡了養母的孝道，難道生母就不管了嗎？

老姑太太夫家多的是人覬覦老姑太太的家業，老姑爺為人懦弱，最後由一幫姪子作主，兩家達成協議，韓敬平仍舊回韓家，但養父母的家業他一文不能帶走。

韓敬平當時年紀不大，但主意也正。要他回韓家可以，他要分家單過！不然，他寧可到養母墳前守孝三年。

崔氏見他如今有了手藝，人又能幹，且已經長大成人，要回來之後，家裡白添個勞力。心想單過就單過，憑著自個兒是他親娘，他還敢不孝順不成！

哪知韓敬平是個強頭，他說單過可不是說著玩的，回家第一天，崔氏讓他把身上的銀錢都交出來，給他大哥韓敬義娶親用。韓敬平給了幾十個銅板，第二天就搬出去住了，沒有房子，他住在村口一間破窯洞裡。

韓老姑太太臨死前把自己的私房都給了韓敬平，韓敬平靠著這十幾兩銀子，先蓋了幾間屋子，打了全套的榨油設備，一點點開始自己經營家業。過了幾年，他又置辦了幾畝田地，日子越來越起色。

崔氏見狀，想把娘家姪女說給韓敬平，哪知韓敬平脾氣臭，凡是崔氏給他說的人，他都能攪黃。最後，他自己看上了葉氏。崔氏只要一鬧，他就去老姑太太墳頭守著。時間長了，崔氏也歇了心思，問他狠要了幾兩銀子，才答應了這門親事。

天下父母偏心的多了去，如崔氏這般，把兒子當別家兒子的，也是少見。如今韓敬平死了，葉氏恨不得跟著去了，崔氏卻一滴眼淚都沒有，只顧著磨刀霍霍，要把韓敬平的家業搶去給韓敬義。

韓文富先問：「敬義，你們今日來，是有什麼說頭？」

韓敬義陪著笑。「家裡一些小事，怎麼勞動七叔親自來了。三弟沒了，我來看看這家裡有什麼需要搭把手的。」

韓文富看著他。「哦？搭把手需要打人？」

韓敬平留下的這份家業，在整個韓家崗都能排得上號，韓敬義心動，旁人也能理解，但他不能吃相這樣難看。一年二、三十兩銀子的盈餘，想用幾碗飯打發人家孤兒寡母，跟強盜也沒什麼兩樣了。

韓敬義噎了一口。「七叔，這丫頭頂撞長輩，我教她些規矩。」

韓文富沒說話，帶著眾人進門後就坐下了，梅香頂著紅腫的臉給大家上茶。

第二章　藉託夢大打出手

韓文富身為族長，別說梅香還給他送了禮，就算沒給他送禮，他也不能坐視族裡有人這樣欺辱孤兒寡母。況且他小兒子韓敬博正在縣城裡讀書，傳出去了，他兒子在縣城裡還要不要臉面？

韓文富問道：「那你預備如何幫襯這一家子孤兒寡母？」

韓敬義嘿嘿笑了兩聲。「七叔，我們已經說好了。油坊我管著，田地我幫著種，弟妹和幾個孩子的吃喝我也管著，保證不讓他們餓著凍著。」

梅香立刻回嘴。「七爺爺，我們不答應。」

韓文富看了葉氏一眼。「姪媳婦，妳答應了？」

葉氏搖頭。「七叔，孩子們還要讀書呢，大哥這樣做，不等於把我孩子都毀了。」

韓敬奇實在看不下去了。「大哥，三弟家一年多少出息，你就幾碗飯打發了人家娘兒幾個？這到哪裡也說不過去。」

韓敬義看了一眼崔氏。

崔氏開口就罵。「上什麼學？泥腿子出生，還想做鳳凰不成！油坊替妳管著，田地替妳種著，妳們娘兒幾個就等著在家吃閒飯，還有甚不滿意的？非餓妳三天妳就滿意了。老二你給我住嘴，你自己不想管，還攔著你大哥管。」

韓敬奇笑了。「阿娘，這麼個管法，去問整個韓家崗，誰不願意啊，一年得幾十兩銀子，還落個好名聲。阿娘，您要覺得大哥吃虧了，讓我來管也是一樣的。我不光保證三弟妹和孩子們有飯吃，兩個姪兒還能上學。」

韓敬奇雖然也眼熱三弟這份家業，但他十分看不慣韓敬義那副貪婪樣子。這個大哥，被阿娘慣壞了，眼裡何曾把兩個弟弟當兄弟。

韓明朗忽然開口了。「阿奶，大伯要管，可以，油坊的收入，我們家分一半。田地的出息，一畝田一年給我們一百五十斤糧食。」

崔氏又想罵，韓文富忽然開口。「老嫂子，敬平就算不是妳養大的，也別忒偏著了。難道真要人家說敬義要打殺弟弟家的孤兒寡母，搶奪家業？」

崔氏頓時啞口無言，連忙又說道：「我作主的還不成？老三不在了，孩子小，我是親阿奶，難道做不得主？梅香一個丫頭，過兩年就要嫁出去，明朗又小，敬義不管誰管。」

話越說越死，韓敬義明擺著要搶，崔氏相幫，韓敬奇無法忤逆崔氏，韓文富最多只能保證三房損失少一些。

梅香恨恨的盯著韓敬義，阿爹才去，他就打上了門。阿娘這會子正傷心，弟弟們又小，她為甚要忍著他？榨油她會，種田她可以學，阿爹的家業，她一文都不想給他們。

梅香忽然大聲說道：「我不同意，我們自家的事情，不需要外人插手。」

崔氏又要來打她，梅香轉身就跑！

屋裡人並沒把梅香的話當回事，繼續爭論不休。

過了一會兒，大門外忽然傳來殺豬一樣的叫聲。

韓敬義呼啦一聲站了起來，抬腳就往外跑。

還沒等他跑到門口，只見梅香拖著他的長子韓明全進了院子。韓明全渾身糊得亂七八糟，被梅香拽著一條腿像死狗一樣在地上拖著前行。最要命的是，隨著他的尖叫聲，整個韓家崗的人都被吸引來了。

韓敬義氣得再次抄起棒槌就要捶梅香，哪知梅香眼明手快，一把抓住韓明全的衣裳，幾步就跨到旁邊的磨盤上，把韓明全舉過頭頂，大聲高喝。「大伯，你再往前一步，我就摔死他！」

韓敬義立刻停下腳步，傻了一樣看著梅香。

人群裡立刻有人高呼。「老天爺，梅香這是被她爹附身了？怎的這樣有力氣！」

眾人都嚇了一跳，梅香哼了一聲。「我阿爹昨兒託夢給我，為防止有小人來欺辱我們孤兒寡母，把他的一身力氣傳給我，讓我使上幾年，等弟弟們長大了，他再回來看，一來帶走他的這一身力氣，二來有仇報仇！」

崔氏在一邊尖叫。「梅香，妳這個死丫崽子，敢動明全一根手指頭，看我不剁了妳！」

梅香聽崔氏這樣一說，抬手抽了韓明全一巴掌，韓明全頓時殺豬一樣哭了起來。

「梅香，梅香，我錯了，妳快放我下來吧，我再也不敢了！」

梅香看向眾人，心想，對不起了韓明全，今兒你就倒楣吧，要怪，就怪你阿爹太黑心了，不給我們留活路！

她高聲對韓明全道：「韓明全，把你前兒對明朗說的話當著大傢伙兒的面再說一遍！你敢撒一句謊，不等我摔死你，今兒夜裡我阿爹就去站你床頭！」

韓明全哭道：「梅香，我錯了，我那都是胡咧咧，妳跟三叔說，千萬別來找我，我吃了屎，滿口胡說，不能當真的！」

梅香對著他的臉又是一巴掌。「莫要囉嗦，快些說！」

韓明全和梅香同年，因他上頭有兩個姊姊，韓敬義好不容易得了他這個兒子，從小被嬌慣著長大，何曾吃過這種苦？他疼得眼冒金星，連忙說：「我說、我說，『明兒就把妳個臭丫頭賣了，妳們家的油坊和田地都是我家的了，明朗和明盛兩個小崽子落到我手裡，我讓他有命吃飯，沒命長大！』」

人群裡頓時出現一片譁然之聲。

韓敬義氣得頭頂冒煙。「梅香，妳這樣害明全，對妳有何好處？」

梅香氣得笑了。「我害他？我敢賭咒，我若撒謊，讓我不得好死。我若沒撒謊，哼，後面的話我就不說了！」

眾人立刻都不說話了，時人敬鬼神，梅香賭這麼大的咒，看來韓明全十有八九確實說過這話。但他一個小孩子，如何能有這樣惡毒的心思，定然是家裡人教的。平日裡韓敬義兩口子說這些黑心話的時候，沒注意韓明全在場，更沒想到他會到明朗面前瞎說，還被梅香聽到了。

韓文富見鬧得不像話，忙勸梅香。「梅香，明全還是個孩子，滿口胡說也不是大錯。妳阿爹既然給妳託夢，還把他一身力氣傳給妳，妳該用在正道上，不能用來欺負小孩子。」

梅香一雙大眼裡立刻開始冒淚水。「七爺爺，我何曾想欺負人，韓明全是個孩子不假，可他比我還大幾個月呢。我阿爹不在了，弟弟妹妹們小，我想守住家業，幫著阿娘把弟弟妹妹帶大，可總有豺狼想來搶奪。我說我能幹，你們都不信，這回你們信了？榨油的手藝，我阿爹老早就教給我了。種田我不會，難道我不會學？我如今有的是力氣，什麼活都能幹，我自家掌管家業，弟弟們還能讀書。若都給別人操持，不光弟弟們不能讀書，人家占了便宜，還要讓我們還人情。」

韓敬奇道：「梅香，妳自己掌管家業也不是不可以。只是，妳一個丫頭，又說了婆家，種田也就罷了，出出力氣而已。但油坊免不了要和人打交道，妳難道就這樣拋頭露臉在外頭跑？妳婆家知道了怕也不答應。」

梅香一下子被問住了。

葉氏剛才急得半天說不出話來，聽韓敬奇這樣一說，還沒等梅香回答韓敬奇的話，立刻跟著呵斥她。「梅香，妳快給我下來！妳阿爹把力氣傳給妳，難道是讓妳這樣胡鬧的！」葉氏雖然性子軟，但也疼愛女兒，到了這個時候，只能順著梅香的話頭往下說，假做是韓敬平託夢，一來震懾族裡一干人，二來給梅香的力氣正名。

梅香聽到葉氏的話，立刻明白了，跳下磨盤，放下韓明全，眼神不善的盯著韓敬義。

韓敬義本來想上去給梅香兩棒槌，見這丫頭死盯著他，想到她剛才一隻手舉起明全，怕是老三真的回來了，頓時也有些慫了，訕訕放下棒槌，拉起兒子仔細查看。

梅香只是揍了韓明全一頓，都是皮外傷，並未傷筋動骨，並不擔心韓敬義訛她。

韓文富看了眼外圈的圍觀族人，沈聲道：「都散了吧，回去回去。秧田裡都好生照料著，別光顧著看熱鬧，到時候秧苗還沒稗草多，可別跟我哭！」

看熱鬧的族人見族長生氣了，紛紛往外走。邊走邊小聲議論，想到梅香說的話，一面覺得韓敬義歹毒，想殺人奪產，一面又覺得韓敬平沒走遠，頓時都起了一身雞皮疙瘩。有那想渾水摸魚的，頓時也歇心思。梅香這丫頭可得了造化，以後誰還敢惹她。

崔氏見人都走了，抄起掃帚就撲上去要打梅香。梅香多機靈，早就閃開了。哪知崔氏心毒，立刻調轉方向，一掃帚砸在葉氏頭上。「妳個黑心的娼婦，養出這樣黑心的崽子！」

梅香頓時目眥欲裂，抬起腳就想去打崔氏，忽然想到葉氏的性子，她又硬生生忍住了，掉頭衝向韓明全，一巴掌呼得他耳朵嗡嗡直響，還沒等韓敬義反應過來，逮著韓明全又就是一頓拳打腳踢。

韓敬義反應過來，嗷嗷叫著衝過來拉梅香。梅香此時也顧不得他是大伯，一腳踢在他膝窩，父子兩個頓時都被她打倒在地。

小蘭香見狀嚇得哇哇大哭，崔氏要去擰她，明盛機靈，一把拉走妹妹。

院子裡一片混亂。

梅香一邊打一邊哭。「阿爹啊，您要是有靈，就狠狠教訓他們一頓吧。」梅香本來想說把他們都帶走吧，又覺得這種想法太過歹毒，和韓敬義沒兩樣了，及時改了口。

崔氏見梅香毆打韓敬義父子，氣得追著葉氏繼續打。葉氏老實，只知道抱著頭，十歲的韓明朗衝了過來，拉了葉氏就在院子裡跑。崔氏年紀大了，哪裡跟得上，還沒跑兩圈，站在那裡一邊氣喘吁吁，一邊用掃帚指著葉氏罵！

韓敬奇看得眼珠子都要掉下來了，想去拉韓敬義，見韓敬義被打，又去拉梅香。

韓文富氣得一聲大吼。「都給我停手！是不是要等我請族法！」

崔氏打得累了直喘氣，葉氏雖然挨了一頓打，但都是皮外傷，韓敬義父子兩個就倒楣了，梅香拳拳結實，打在身上可真疼。

梅香先停了手，擦了擦眼淚。「七爺爺，是我不懂規矩。阿奶要是生氣，就打我吧，別打我阿娘了。我阿爹才去，我阿娘整日多傷心吶！」說完，梅香又嗚嗚的哭了起來。

崔氏哼了一聲，心想自己倒是想打這丫頭，但她跑得比兔子還快，更怕梅香還手，她老胳膊老腿的哪能禁得住這個臭丫頭打。

葉氏過來給韓文富屈膝行了個禮。「七叔，都是我們的不是，謝過您的關心。當家的去了，阿娘心裡不痛快，若打我一頓能讓她出出氣，我做兒媳的，忍著就是。家裡的事情，我們暫時還能忙得過來，倒不需要幫手。」

崔氏立刻反問。「妳能忙得過來？妳是能下田還是能下地？油坊裡妳是能炒油菜籽還是能打榫？」

葉氏頓時被問住了，自從她嫁給韓敬平，再也沒下過田地，油坊裡的事情，她除了幫著管帳和做一些輕省活，再沒動過別的手。

梅香立刻回答道：「阿奶，我會。阿娘只要在家洗衣做飯看著弟弟們，油坊裡收菜籽、炒菜籽壓餅打榫，我樣樣都會，比我阿爹做得還好。至於田地，敬杰叔父幫著種了十五畝，剩下的十二畝地，我們預備再賃出去七畝地，我們只種五畝地。」

梅香真不是吹牛，油坊裡的事情，她是女娃娃，比韓敬平心細，且她力氣不比韓敬平小，幹起活來比韓敬平強多了，只是韓敬平夫婦日常不大讓她動手。

葉氏看了梅香一眼，這個丫頭主意越來越大了，七畝地的事還沒商議就隨口出去了。但她是做娘的，只得跟著描補。「七叔，我們娘兒幾個確實種不了十二畝地，原說都賃出去，但莊戶人家，就算當家的沒了，我們也不能白吃飯不幹活。我在娘家也是下過地的，梅香可以給我幫手，種五畝地想來不在話下。」

崔氏冷哼了一聲。「敢情我這是多管閒事白操心了，我老婆子兒子死了，來幫襯兒媳婦孫子過日子，沒得一點好，難怪人家說管閒落閒。」

葉氏咬了咬牙，立刻對韓文富說道：「七叔，當家的不在了，我是韓家兒媳婦，自然要替當家的盡孝。姑媽那裡，逢年過節我會帶著孩子們去燒香燒紙。阿娘這裡，當家的在時，每年少說也給了三、五兩銀子，以後我一個寡婦給不了那麼多，就比照著大哥二哥的來。」

崔氏立刻尖叫起來。「妳別滿嘴胡話，什麼時候給過我五兩銀子了?!」

梅香立刻衝進屋裡，拿了個帳本出來。「七爺爺，我阿爹孝敬阿奶的銀子，都有帳目的，哪年哪月哪日、誰在場、給了多少銀子，一筆筆都記得清清楚楚。阿奶，要不要我念給您聽聽，我跟著明朗也認了幾個字，讀個帳本子不是問題。」

崔氏頓時氣個仰倒。韓敬義心裡也罵，老三這個奸鬼，給親娘孝敬銀子還要記帳！

韓敬奇心裡想笑，他們都以為三弟看起來跟個傻大憨一樣，他心裡精著呢。

韓明全在一邊看著梅香威風凜凜的樣子，瑟縮了一下，他感覺臉上火辣辣的疼，牙也鬆了，渾身都難受，他拉了拉韓敬義的袖子。「阿爹，咱們回去吧。」

韓敬義見今兒討不了便宜了，心裡冷哼了一聲，日子長著呢，老三他鬥不過，難道還收拾不了幾個婦孺！

韓文富見葉氏表態，接著葉氏的話頭往下說。「姪媳婦，妳既然要給妳婆母孝敬，今兒你們一家人都在場，乾脆說個明白，你們幾家，一年多少孝敬，白紙黑字寫清楚。明朗，去把你二爺爺叫來做個見證。」

韓文富說的不是旁人，正是韓敬平的親叔父韓文昌。

第三章　定結局重振心神

趁著明朗去叫人的功夫，葉氏說道：「七叔，請進屋裡坐吧。阿娘，我扶您。」

崔氏彆彆扭扭的進去了。

韓文富回頭對韓敬義道：「你們哥兒兩個也進來。」

眾人都落座後，梅香頂著紅腫的臉給大夥兒都續了茶水。

很快，韓文昌就來了，韓敬義立刻把自己的座位讓出來，梅香給韓敬義搬了張椅子。

韓文昌進門後先給韓文富打招呼。「老七，家裡的事情煩勞你了。」

韓文富點點頭。「二哥坐吧，敬平不在了，咱們兩個合該把他家裡的事情安排妥帖。」

葉氏站在那裡對他二人說道：「七叔，二叔，既然說到給阿娘的孝敬，現在咱們族裡，凡是有兄弟幾個的，給父母的孝敬都有慣例。我預備一年給阿娘一百五十斤稻子、一百斤麥子、十斤肉、五斤菜籽油、二斤鹽，兩套衣裳鞋襪，過年、過壽各給一百文孝敬錢。這也只是我自己的想法，請諸位長輩幫我參詳參詳，有不妥的，再添減也使得。」

韓文富點點頭。「姪媳婦這份孝敬，在咱們族裡算厚的了。」

韓文昌也點頭。「敬平媳婦，妳能想著孝敬婆母，這很好，但孝敬多少，還要看妳兩個兄長家裡。」

葉氏忙道：「那是自然。我豈敢占了大哥、二哥的先。」

崔氏哼了一聲。「我兒掙下這麼大一份家業，我老婆子就只配這麼點孝敬。」

葉氏不肯再讓步了，她一個寡婦，還有四個孩子要養呢。

梅香見崔氏老毛病又犯了，只得學韓敬平那一招。「阿娘，都給阿奶吧，咱們明兒就去姑奶奶和阿爹墳頭蓋草房子，兩邊輪著住，有姑奶奶和阿爹保佑，咱們定能平平安安的。」

韓文昌本來想說她，看到她腫起來的臉頰，又閉口不言。

韓敬奇差點沒笑出聲，這招真是絕了，三弟從前動不動就要去蹲姑媽的墳頭。一提老姑太太，崔氏必定要生氣。

眾人再一看，果真，崔氏黑著臉坐在那裡不說話。

韓文昌勸崔氏。「大嫂，敬平媳婦寡婦家家的，拖著幾個孩子不容易，咱們做長輩的，總要體恤孩子。」

韓文富喝了口茶。「老嫂子，姪媳婦這份孝敬，夠妳吃喝了。妳還有兩個兒子呢，總不能活著的兩個兒子不管事，倒讓死了的管事。」

韓敬義忙道：「七叔，阿娘跟我在一起，我定會好生孝敬她的。」

韓敬奇也跟著表態。「七叔，阿娘雖然不跟我住在一起。既然三弟妹每年給阿娘孝敬，我自然也是要給的。只是七叔，阿娘一個人，哪裡吃得了那樣多呢。」

這話不假，崔氏一個老婆子，一年這麼多孝敬，她真吃不完。族裡誰家老太太一年吃三十斤肉？造孽了，這樣不當日子過，祖宗知道了也要罰！

韓文富笑了。「老嫂子，這就看妳了。」

崔氏看向韓敬義，韓敬義沒說話。他自然希望兩個弟弟家能孝敬崔氏一些，這樣他也能跟著沾光。

崔氏雖然偏心大兒子，但她心裡也知道不能把老二和老三家得罪死了。「既然這樣，一家少給五十斤稻子。我老婆子一年吃這樣多的肉怕折壽，每家減半就行了。菜籽油一家二斤，鞋襪一年一雙，衣裳一套，過年、過壽的孝敬不能少了。」

韓文富點點頭。「老嫂子心疼後輩，可咱們韓家崗，也沒幾個老太太比您日子好過。」

韓文昌也笑道：「大嫂這日子可比我滋潤多了，阿爹阿娘在的時候，我一年還沒給這麼多呢。」

崔氏扯著臉笑了笑。「他七叔和二叔，這都是您二位教導得好，族裡的後生們都知道孝敬老人。」崔氏不撒潑時，說的話是能上得了檯面。

韓文富又問一旁站著的韓明朗。「明朗，你阿爹不在了，你雖然年紀小，以後也是一家之主，這樣的安排你可同意？」

韓明朗讀了幾年書，規矩上全一些，立刻向著韓文富和韓文昌抱拳作揖道：「二位長輩安排得很好，只一樣，既然大伯想種我家的地，家裡另外的七畝水田不如給了大伯種，願意給多少糧食，全憑大伯的意思。多給一些，是大伯看顧姪兒們，少給一些，全當我們兄弟孝敬阿奶了。還有，家裡的油坊，光指望姊姊一個人怎能行？我家裡需要時，還請二伯來給姊姊幫忙，工錢就照著阿爹原來定的給二伯，管一日三餐，不知二伯可願意？」

韓文富笑著點頭。「好，敬平是條漢子，留下的兒子也是好樣的。沒想到明朗平日不大說話，今兒辦的這頭一樁事，就這樣妥當。」

韓文昌也很高興，七畝田給敬義種，油坊請敬奇幫忙，兩家都得到了安撫，也沒有占到什麼便宜。請誰幹不是幹，這兩家敢不盡心，外頭人唾沫星子都能淹死他們！

韓敬義心裡直罵，老三個奸鬼，生的小崽子也這樣奸。韓敬奇卻很高興，農忙一過，到時候到三弟家幫忙，能掙幾個工錢，還能照看這一家子。

韓敬義心裡罵歸罵，還是陪著笑對二人說道：「二叔、七叔，那就按頭先明朗說的，一畝地給一百五十斤糧食，不，一百六十斤，二位長輩看可行？」

大夥兒都看向韓明朗，韓明朗看了一眼葉氏，葉氏微微點頭，韓明朗笑道：「那以後就有勞大伯幫我們家種這七畝水田了。」

韓敬奇笑道：「梅香什麼時候需要了，儘管來叫我，管飯就行。」

韓明朗忙道：「怎能白使喚二伯，工錢定然要給的。」

韓文富放下茶盞。「好，既然都說開了，明朗，拿紙筆來，你寫清楚，一式五份，你們三家各一份。二哥，咱們兩個老貨一人保管一份，也算做個見證。」

韓文昌笑了。「還是七弟辦事周到，可著整個平安鎮，也就咱們韓家一向把這些事情寫個清楚明白，旁邊的周家、王家，動輒為這些事情吵嘴打架。」

韓文富也笑道：「二哥謬讚了，我這也是聽敬博說的，城裡大戶人家什麼事情都寫個一清二楚。咱們老韓家雖然是莊戶人家，先把規矩立起來，以後才能越來越興旺啊。」

韓文昌點點頭。「有七弟在，咱們族裡以後想不興旺都難。」

這時明朗拿了紙筆過來，韓文富口述，明朗飛快的寫了五份一模一樣的。吹乾字跡後，韓敬義、韓敬奇和韓明朗各自按了手印，把其中兩份給了二位見證人。

韓文昌插了一句嘴。「我把醜話說到前頭，既然說定了的事情，誰也不能賴。再有，敬義既然要種敬平家的地，說好了的糧食，一斤也不能少。若敢缺斤短兩，你能替敬平教訓梅香，我也能替你阿爹教訓你！」

三房人立刻都表態，定不會缺少崔氏的孝敬。

韓文富也接話道：「如今族裡還有許多人家在外賃地主家的種，若不好生交糧，壞了名聲，族人賃不到地，我可要找人算帳了。」

韓敬義心裡雖然有小算盤，此刻連忙陪笑。「二叔、七叔放心，我定會交給三弟妹當年的新糧，足斤足兩！」

梅香心裡冷笑一聲，他倒是交陳糧試試！

處理完事情，韓文富起身。「二哥，家裡事情也多，我就先回去了。姪媳婦，帶著孩子們好生過日子，有難處了去找我。」

葉氏忙又給韓文富見禮。「謝過七叔。」

等韓文富走了，韓文昌看向葉氏。「姪媳婦，妳那七畝地，如今是什麼狀況？」

葉氏忙道：「二叔，我家裡有牛，前些日子請敬杰兄弟幫著把田都平了一遍，大哥再放些水，細整一遍就可以直接栽秧了。」

韓敬義忽然開口道：「三弟妹，一下子多了七畝地，我今年沒下那麼多穀種，妳要是有多的秧苗，能不能勻給我一些？」

這些小事情，葉氏自然不和他計較。「我下的穀種多，只是我家人少，大哥要自己扯秧了。」

韓敬義點頭，崔氏養老的事今天一下子都擺到檯面上解決了，欣喜之餘，也不再找葉氏的麻煩。

等大夥兒都走了之後，梅香忙過來看葉氏。「阿娘，疼不疼？」

葉氏先摸摸梅香的臉。「傻子，幹甚把臉伸過去讓他打，白吃這虧，下回記得要跑。」

梅香笑了。「阿娘，我一點都不虧，都還到韓明全身上去了，他牙都要被我打掉了。」

葉氏嘆了口氣。「阿娘沒用，讓你們受委屈了。」

梅香搖頭。「我一個人哪能解決問題，還是要阿娘帶著我和明朗一起，才能守住阿爹創下的家業，家裡沒有大人，誰不想來啃一口。」

葉氏看到梅香腫起的臉、明朗擔憂的神情，還有明盛和蘭香被嚇壞了的樣子，頓時內心自責不已。當家的一句話沒留下就走了，孩子們這樣孝順，她卻整日迷迷糊糊的，如何能對得起他。

葉氏強忍住淚水，親親蘭香的臉，把她放到地上。「梅香，打些水來，咱們洗洗臉。」

梅香連忙應了，拿著盆子就去打水。

等收拾完了，梅香問葉氏。「阿娘，我去做飯了，您晌午想吃甚？」

葉氏頓了頓。「妳阿爹五七已經過了，你們還小呢，咱們鄉下也沒有那麼重的規矩，也不能總是讓你們吃素。晌午把過年剩的鹹肉切一片，和黃豆燉一燉。如今菜園子也沒甚菜了，把蒜頭剝幾個，切碎了敲兩顆雞蛋炒一盤。我跟妳一起去。明朗，你帶著弟弟去讀書。」

葉氏說完，抱起蘭香，先往廚房行去，梅香連忙跟了上去。

明朗帶著明盛回西廂房，如今兄弟二人身上有熱孝，不能去學堂，只能在家自學。

葉氏到廚房後，先把鍋洗乾淨，又去堂屋舀米。

米缸裡有一個小瓷碗，葉氏先舀了足分量的米，想了想，又倒回去一些。當家的不在了，以後的日子要節儉一些。孩子們正在長身子，不能餓著，她一個大人不必吃那樣多。

梅香已經坐在灶下了，一邊看著妹妹，一邊準備燒火。

葉氏回來後，快速淘好了米，加了些水一起放入鍋裡。灶門下，梅香已經燃起麥草。

等米下了鍋之後，葉氏去東耳房切了一小片鹹肉，又撈些黃豆放在水裡浸泡。

梅香起身從旁邊的櫃子裡摸了幾個蒜頭，蹲在灶門下，帶著蘭香一起剝蒜頭。廚房這邊熱火朝天的忙碌著，西廂房裡，明朗兄弟二人朗朗讀書聲透過窗戶，傳到葉氏的耳朵裡。一邊做菜，一邊聽著兒子們的讀書聲，再看兩個女兒在灶門下頭挨著頭，一會兒往灶門裡添一把麥草，一會兒一起嘰嘰咕咕。

葉氏的鼻頭又開始發酸，她背著女兒們悄悄擦擦眼淚，繼續忙活。

整個韓家三房，各自忙碌著，廚房頂端的炊煙讓人感覺到，這家人的日子依舊往前奔去，只是少了個男主人。

明朗帶著弟弟各自背了一會書，葉氏那邊的晌午飯也好了。

梅香熄了灶火，帶著蘭香一起，一人端起一盆菜往堂屋裡去。

葉氏忙叮囑她。「看著妹妹，別讓她摔了。」

梅香笑道：「阿娘放心，妹妹的手越來越穩當了。」

蘭香被姊姊誇讚後，紅著臉，邁著小步子，穩穩當當的走到了堂屋，把一盤蒜瓣炒雞蛋放在小桌上。

韓家正房共三間，東屋是韓敬平夫婦的臥房，西屋是梅香姊妹倆的屋子。家常待客和吃飯都是在堂屋裡，堂屋北面是中堂和供桌，東面是一張大八仙桌配兩張太師椅，西面放了一張矮桌，桌子旁邊擺了七、八張椅子，還有幾個小板凳。因家裡孩子年紀小，個子都不高，家常吃飯時都用小桌。

正房左右兩間耳房，東耳房做庫房，家裡糧食都放在那裡，西耳房是家裡人洗澡的地方。東西廂房各三間，東廂房兩間屋做廚房，西廂房一間是兄弟二人的臥房，一間放雜物，餘下房間都空著的。

倒座房共四間，作為庫房和雜物間。西邊院牆上開了道小門，通往西跨院，西院有豬圈、雞圈和牲口棚、柴火棚子。東廂房南邊有月亮門通往東跨院，正是韓家油坊所在地。

葉氏盛了五碗飯，一家子坐到小飯桌上。娘兒五個也不講什麼座次，胡亂圍著小桌子吃飯。

葉氏往幾個孩子碗裡都夾了肉。「快些吃吧。」

大夥兒都低頭吃了起來，梅香臉有些腫，吃得慢些。

明朗和明盛很快吃完一碗飯，一起去了廚房。

明朗給自己和弟弟各添了一碗飯，鍋裡就沒剩多少了，明朗愣了愣，從自己碗裡挖了半勺放回鍋裡，蓋好鍋蓋，帶著弟弟回堂屋。

葉氏一眼就看到了大兒子碗裡的一個窩，心裡嘆了口氣。

她把鍋裡的飯都盛了來，給每個孩子平分一些，她自個兒也留了一點。今兒只有兩道菜，不是很多，梅香和明朗都不大吃菜，明盛也有樣學樣吃白飯。

葉氏無奈，又把菜都分到孩子們的碗裡。自己碗裡的飯菜，必須吃乾淨，這是韓敬平在的時候就定的規矩。家裡雖然不缺吃喝，但他堅決不許孩子們浪費糧食，誰敢剩飯，餓兩頓再說。

吃過飯，梅香端著碗筷去了廚房，先把鍋裡的一塊鍋巴起出來，放到盤子上。等洗過碗筷和兩口鍋，她端著鍋巴來到堂屋。

蘭香最愛吃鍋巴了，香香脆脆的。葉氏先給她掰了一塊，其餘幾個孩子分著吃了，娘兒幾個便各自回屋子裡歇午覺去了。

葉氏想了一會事情，發誓以後定然不能再這樣消沈下去，一定要好生把孩子們拉拔大，不讓當家的掛心。

第四章　除稗草舅父上門

下午起來後，葉氏讓明朗哥兒倆在家讀書，自己帶著兩個女兒出門去了。

葉氏此前強撐著請人下了穀種，對他們孤兒寡母來說，種五畝田地可不是小事情，她要去看看秧田裡的秧苗長得如何了。

葉氏原來下的是十二畝田的穀種，整個秧田面積不小。她雖然好幾年不下田了，也一眼就看出秧苗裡混了許多稗草。

葉氏囑咐梅香看好妹妹，自己蹲下身開始把秧田周圍能搆著的稗草都拔掉了。

梅香叮囑妹妹跟在身後，自己也跟著拔草。梅香對田地的事情不大熟悉，她仔細看了許久，才能漸漸分辨出稗草和秧苗。

旁邊有熟悉的婦人跟葉氏打招呼。「三嫂來了，妳這秧田可好久沒人照看了。」

葉氏身上還戴著孝，不好跟人說笑，只禮貌性的回答。「弟妹好。」

此人正是韓敬杰的婆娘柴氏，柴氏乘機安慰葉氏。「三嫂呀，我本來想去妳家裡看妳的，又怕妳傷心難過。妳還有四個孩子呢，日子要朝前看，妳家裡那麼大一份家業，妳若不立起來，妳這幾個孩子怕要被人活吃了。外頭啊，男人死了，婆娘被人賣掉或嫁了，占走家業，把人家孩子虐待死的事多著呢。」

韓敬義幹的事，整個族裡如今誰不知道，都罵他缺大德，兄弟才死，就想這樣一口吞下人家所有家業，若不是有梅香得了韓敬平庇佑，這娘兒幾個以後就要受苦了。

葉氏聽得心驚肉跳，忙賠笑道：「多謝弟妹寬慰我，我如今也不敢想別的了，只想著把幾個孩子帶大。」

柴氏看了梅香一眼。「三嫂，妳這幾個孩子都是好的。甭管人家的閒言碎語，保住家業才是頂頂重要的事情。」

如今外頭有人開始風言風語，說梅香這丫頭被韓敬平附身，身上鬼氣重，晦氣得很。

葉氏心裡嘆了一口氣，為了弟弟妹妹，梅香受委屈了，等她出門的時候，家裡定要多陪送一些嫁妝給她。過兩年明朗大了，就不需要梅香出頭了。

梅香因自小力氣大，韓敬平夫婦不大允許她出門玩，怕她沒輕重傷了人家的孩子。她整日窩在家裡，葉氏為了磨她的性子，讓她學女工廚藝，小小年紀就是家裡一把好手。

王家當日來說親時，見梅香一個小丫頭能把所有家務活操持得索索利利，很是歡喜。梅香長得像葉氏，眉清目秀，皮膚又白，那王存周是王家村出色的少年郎，見到梅香後，也很中意，兩家訂了親。梅香為了這門親事，繼續憋憋屈屈在家待著。

哪知這一回，她這風頭一出，不過半天的功夫，頓時流言滿天飛。

眾人都為梅香擔憂，她自己卻覺得神清氣爽。她再也不用假裝了，什麼老韓家第一文靜賢良的姑娘，她可算是做夠了，誰願意文靜就文靜去吧，她以後就要痛痛快快的過，她不惹事，但誰想欺負她家裡人，她就狠狠的打回去。

娘兒幾個除了一會兒稗草，葉氏就帶著兩個女兒回家去了。

回到家後，葉氏有些累了，坐到正房廊下的椅子上歇息。梅香倒還精神得很，陪著坐在旁邊的小凳子上。

明朗過來，滿臉羞愧的對葉氏道：「阿娘，明兒我跟著一起下田吧。」

還不等葉氏開口，梅香立刻說道：「你好生讀書去，如今還沒到最忙，等栽秧的時候，你再跟我一起下田。」

葉氏笑了，梅香發作了一場，立刻就把自己當這家裡的頂梁柱，事事想在前頭。

明朗點點頭。「我剛才把水缸裡的剩水倒到桶裡，水缸裡添了新水。我看廚房沒柴火了，從門口抽了幾把麥草回來，還餵了雞。姊姊看看還有什麼我能做的，只管吩咐我。」

梅香笑著點點頭。「你做得很好，去給阿娘打盆水洗臉，阿娘累著了。」

明朗忙去了，明盛挨了過來。「阿娘。」

葉氏摸摸他的頭。「去把供桌底下櫃子裡的那罐芝麻糖片拿來。」

明盛頓時兩眼放光，跑過去了。蘭香也想跟去，葉氏拉住她。「妳在這裡等著妳二哥就行了。」

明盛抱著罐子，穩穩當當的走到葉氏面前。葉氏接過罐子，打開封口從裡面拿出一把芝麻糖片。芝麻糖片很厚，每塊有一指寬，葉氏先給蘭香一塊，又給了明盛一塊。

「阿娘，您去洗把臉吧。」這時明朗過來了。

葉氏遞給他一塊芝麻糖片，明朗不好意思的笑了。「阿娘，我不吃，給弟弟妹妹吃。」

梅香笑了。「你不吃，我還怎麼吃。」

大家都跟著笑了，明朗只得接過芝麻糖片，梅香也拿了一塊，四個孩子圍在一起吃了起來，葉氏起身洗臉去。

梅香吃過零嘴，給弟弟妹妹們擦擦嘴角的芝麻，自己往廚房去了。

韓家三房晚上一般都是吃稀飯或者麵條，今兒早上才吃了稀飯，梅香準備夜裡擀麵條吃。這種小事情，葉氏多半隨梅香安排。

梅香在家窩了十二年，一手飯菜燒得不錯，擀麵條對梅香來說最輕鬆不過，不像別人家的小姑娘因力氣小，麵揉不緊，麵條擀出來鬆垮垮的不好吃。梅香舀了一些白麵和黃麵摻在一起，加了些水，飛快的和起了麵。

韓敬平置的都是好田地，家裡只種了小麥，但怕孩子們養刁了嘴，每年都會賣掉一部分麥子，買些便宜的玉米麵或蕎麥麵回來。畢竟光吃白麵，在族裡太惹眼了。

麵團在梅香手裡像有了魂似的，很快就變成一根根勁道的麵條，齊齊排在砧板上。

葉氏在梅香擀麵條的時候就坐到灶門口，準備燒火。論擀麵條，葉氏知道自己如今沒有梅香擀的有勁道，每回都是給女兒打下手。

梅香擀好麵條，從旁邊的櫃子裡摸出兩個雞蛋，還有昨天從菜園裡摘回來的青菜嫩葉。

這菜其實還沒長好，但如今正是缺菜的時候，顧不得那麼多了。

梅香先煎了雞蛋，盛起雞蛋後，往鍋裡加了幾瓢水，蓋上鍋蓋，等水開了下麵條。娘兩個很快做好晚飯，一家子吃過飯後，梅香把碗筷洗了，囑咐明朗兄弟去讀書寫字。葉氏帶著梅香一起納鞋底，蘭香依偎在葉氏身邊。

「阿娘，明兒早上我去放牛吧，家裡牛這幾天只吃稻草，怕餓壞了。」

葉氏點點頭。「揀那空曠的地方去，莫鑽到草林裡去了，還有見到長輩要打招呼。」

梅香點點頭。「我知道了。阿娘，明兒吃了早飯，咱們繼續去扯稗草吧。」梅香納鞋底納得飛快，她連工具都不用，徒手就能把針扎透厚厚的鞋底。

葉氏忍不住說她。「雖說如今妳借妳阿爹的名義露了真相，但在外頭也不能造次，本來妳老老實實的，還有人整日閒磕牙，若行為有不妥，人家定要說嘴。」

梅香點點頭。「阿娘放心吧，我不會去欺負人的。等閒人家說幾句，我也不會計較，有那功夫，我多做些活計，家裡能過得更好。阿娘不用理她們，從阿爹置辦下這份家業開始，多少人眼紅；阿爹沒了，難道只有大伯想打咱們家的主意？壞心腸的人多著呢，我亮了招數，那些人也不敢來了。占不到便宜，他們心裡能不恨？恨我又不敢來打我，也就是編排我。隨他們去說吧，咱們只用心過日子就行。」

葉氏嘆了口氣，沒再說話，屋子裡頓時安靜下來，只聽見納鞋底的聲音。

第二日，還沒等母女兩個去田裡，家裡忽然來客了。來的不是旁人，正是葉氏的兄長葉厚則。

葉氏忙請兄長進屋。「大哥吃了早飯沒？」

葉厚則嗯了一聲。「吃過了。」

幾個孩子都過來喊了大舅，葉厚則笑了笑。「你們都乖，大舅今兒來得急，連口吃的都沒給你們帶。」

葉氏忙道：「如今各家都忙，大哥能來看我們娘兒幾個，我們高興還來不及呢，哪裡還在意那一口吃的。」

葉厚則點了點頭。「聽說昨兒你們家老太太帶著韓老大過來鬧事了？」

葉氏猶豫了一下，才點了點頭。「如今都好了，都打發走了，家裡也沒少個甚。」

葉厚則看了梅香一眼。「妳家裡的事情如今傳得這幾個莊裡都知道了，近來還是少讓梅香和外人接觸。以後再有事情，及時讓人去叫我和厚福。妹夫雖不在了，妳也是有娘家人的，韓老婆子敢再打妳，我就讓阿娘上門去。」

葉氏忙道：「可不敢驚動阿娘。昨兒我和梅香一直跟我們老太太頂嘴，她生氣了打我兩下也不為過，好在家裡的家業都沒落到外人手裡。」

葉厚則嘆口氣。「妳就是太老實了，總是被這老婆子欺負。」

葉氏笑了。「大哥大老遠過來，說這些不高興的話做甚，晌午別走了，在我家吃頓便飯。」

葉厚則點點頭。「吃飯的事不急，先帶我去妳家田地裡轉轉。」

梅香笑道：「大舅，我正要和阿娘去秧田裡扯稗草呢。大舅不知道，昨兒當著我們族長和二爺爺的面，家裡另外七畝地給我大伯種了，一畝地一年給我們一百六十斤糧食，我和阿娘只要把剩下的五畝地種好就可以了。」

葉厚則一聽就知道這裡頭的彎彎繞繞。「一百六十斤不算多，但韓老大心胸狹窄，若給了旁人，他也要搗蛋。如今先混幾年，到了秋裡，我跟著你們一起收田租，他想缺斤短兩，我可不饒他。」

梅香點頭。「大舅說的是，昨兒是明朗作主把田給他種的，先穩住他再說，過兩年明朗大了，若能考個功名，他自然就老實了。」

葉厚則點頭。「外甥做得對，不必為了二、三十斤糧食跟這樣的人計較。你好生讀書，過幾年長大了，再把田地收回來。」

明朗點頭，葉厚則不等大家再開口，先站了起來。「走，去秧田。」

葉氏囑咐明朗在家看好弟弟妹妹，帶著梅香和葉厚則一起出發了。

今兒要下田，葉氏和梅香一大早換了麻布衣衫。婦人家下田不像漢子們，可以擼起褲管，要連褲腳整個一起踩到水田裡，最多把鞋襪脫了，還要背著人。如今韓家三房沒有成年男丁，葉氏更加注重這些規矩。

整個韓家崗呈帶狀形，分佈在青石河一側，青石河從西往東流，韓家崗北面是山，南面是青石河，與青石河一起，如同兩根帶子，中間夾著一長溜窄窄的條狀旱地，大多都闢成菜園，或種些大豆芝麻等雜糧。過了青石河，就是成片的水田。

梅香家在韓家崗東側，出了門之後，往西是韓家崗通往鎮上的大路。大路南北走向，往南是一座小橋，過了橋再走十幾丈遠，就是梅香家的田地了。

梅香家的田地共分成三塊，最大的是給韓敬杰家種的那十五畝地，整個連成片。其次是給韓敬義種的七畝地，雖未連成整片，大致都在一起。剩下的五畝地並不挨著路，還要沿著田埂往西走幾塊田。田地不挨著路，有利有弊。好處是不會被放牛娃牽的牛偷吃秧苗，壞處是幹活不甚方便。

葉厚則陪著葉氏母女兩個到了秧田，一路上，許多人見到葉氏兄妹都打招呼，葉厚則很禮貌的一一回應。眾人心裡有數，這是葉氏娘家人來給她撐腰了。

葉氏有一兄一弟，她親娘還在，韓敬平在世時與大小舅子們關係不錯，如今他不在了，葉厚則兄弟自然不能放任葉氏被人欺負。他不需要去找崔氏說理，往這裡走一趟，整個韓家崗的人心裡都有了數。

葉家離這裡雖然有七、八里路，也還沒到搆不著的地步。

葉厚則家裡有十幾畝地，經年的老農，一看妹妹家的秧田就知道疏於打理，二話不說，脫了鞋襪，挽起褲腳就下了田。這秧田是一塊整田，下秧時為了打理方便，分成了許多小塊，小塊間的縫隙正好夠走路。

葉厚則兩隻手像長了眼睛一樣，根本不用細看，一把把拽出混在秧苗中的稗草。葉氏忙帶著梅香一起下田，三個人沿著不同的方向，各幹各的。

旁邊幹活的柴氏往這邊看了一眼，見到葉厚則後，心裡為葉氏高興，娘家兄弟把葉氏放在心上，總算能多了份依靠。

葉厚則手腳快，半個上午，帶著妹妹和外甥女，把秧田裡的稗草除了一大半。等快到晌午飯時刻，葉厚則起身。「妹妹，咱們去其他田裡看看吧。」

葉氏也起身了，先對女兒說道：「梅香，妳先回去做飯吧，家裡有鹹肉、雞蛋，再殺隻公雞。」

葉厚則忙道：「妹妹，我又不是外人，不用特意殺雞。」

葉氏笑了。「哥哥好不容易來一回，還給我幹了一上午的活，怎能簡薄了。再說了，當家的才去，我日常也不好在家裡殺雞，哥哥全當給孩子們打打牙祭。」

葉厚則不再反駁，只叮囑梅香路上小心。

葉氏帶著葉厚則去另外五畝田裡看了看，也不用走遠，就在旁邊。

葉厚則下田踩了兩腳。「田平得可以，插秧不費勁，就是水有些少了，等過一陣子，要放些水。」

葉氏點頭。「這都是敬杰兄弟幫忙的，他幹活最是牢靠了。放水的事我心裡有數，好在離青石河不遠，一路的水溝通過來，也便宜。」

葉厚則把整個五畝田轉了一圈，仔細查看田埂是否有漏水的地方、哪些地方需要加固，特別是一些邊界不清的地方，囑咐葉氏明兒放塊界石。

兄妹倆查看田地，那頭梅香快步往回走。一路上遇到不少熟人，有好事者用好奇的眼光打量她，梅香只當沒看見，如平常一樣打了招呼就往回趕。

第五章　請陪客油坊開鍋

到家之後，梅香立刻叫出明朗和明盛，姊弟三人在西跨院逮了隻公雞。

梅香帶著明盛一起殺雞，讓明朗去燒熱水。

明朗雖然是個讀書郎，但家常餵雞、掃地和燒水這些簡單的活計他都會幹。

梅香拎起雞脖子，拔掉脖子處的毛，讓明盛拿了只碗，放了些水在裡頭，然後讓他抓住雞的兩隻腳，她在前頭先念念有詞。「雞兒雞兒你別怪，你天生就是一道菜，今年去了明年來。」平安鎮這一帶，殺雞前必須得先念這個詞，消了業障後，才能放心吃雞肉。

念完之後，梅香拿起菜刀割破了雞脖子，把雞血往碗裡放。

公雞不停掙扎，明盛快要抓不住了，梅香放下菜刀去抓另一隻雞腳，姊弟倆交接的過程中，公雞忽然噗嗞拉了一泡屎在明盛手上，明盛立刻嗷嗷叫了起來。

梅香笑了，讓他去洗手。

等公雞不再掙扎了，梅香把雞放到盆裡，舀了幾瓢明朗燒的開水。退毛、開膛破肚，她手腳麻利，很快處理好了一隻雞。

今兒葉厚則來了，梅香預備多做幾道菜。

梅香手起刀落切好了雞，用醬油醃漬。趁這功夫，她拿著碗往旁邊明銳大哥家裡走去，準備借塊豆腐。

早上賣豆腐的黃老爹來的時候，不知道今兒葉厚則要來，故而沒買，但她知道隔壁明銳嫂子買了好幾塊水豆腐，打算先借一塊來應個急。

莊戶人家，誰家裡也不會整日雞鴨魚肉的準備著，來客之後借菜是常有的事情。

明銳家大門開著，梅香直接進去了，明銳一家子都在。

明銳媳婦跟梅香打了招呼，見她拿著碗，笑問：「妹妹是缺了什麼？」

梅香笑了。「嫂子，我大舅今兒來了，家裡缺菜，想問問大嫂子早晨買的豆腐還有沒有，有的話勻給我一塊。」

明銳媳婦忙叫大女兒秀芝。「秀芝，去給妳姑媽拿塊豆腐。」

秀芝和明朗同年，笑咪咪過來接過梅香的碗，去廚房給梅香裝了塊豆腐。

梅香接過豆腐。「謝過嫂子，過兩日黃老爹過來，我買了豆腐就還給您。」

明銳媳婦笑著擺手。「妹妹快回去吧，我見妳才回來，時辰不早了，快些做好飯菜。」

梅香別過明銳媳婦和秀芝，回家後立刻忙得腳不沾地。她讓明朗給她燒火，自己在灶臺上一人看顧兩口鍋，下米燜飯、燉雞、炒肉、燴豆腐……

葉厚則和葉氏回來的時候，梅香還沒忙完。明盛打了盆水給葉厚則洗臉，葉氏自己也去換了衣裳。等兄妹兩個收拾完，梅香的飯菜做得差不多了。

葉氏想了想，叫了明盛。「去把你二伯叫來陪客。」

葉厚則忙阻攔。「妹妹，叫了他二伯，明兒他大伯那個小心眼能不計較？索性都別叫了，咱們自家人好生吃頓飯。」

葉氏搖搖頭。「大哥，你是孩子們的親大舅，娘親舅大，大哥來了，若連個陪客的都不叫，外人看了，以為我自己不把娘家人當回事，那怎麼成。大哥提醒得對，不叫他二伯了，把他二爺爺喊來吧。」

葉厚則點點頭。「他二爺爺是個公道人，我也好久沒和他見面了。明盛，去把你二爺爺叫來。」

明盛還沒出門，梅香進來了，插了句嘴。「大舅、阿娘，為甚不叫二伯？咱們光叫二爺爺不叫大伯，他一樣計較，索性把二伯也叫來，讓大伯好生反省。做錯的又不是咱們，為甚要畏手畏腳的。」

葉厚則哈哈笑了。「好好，梅香這脾氣真像妳阿爹。明盛，去把你二爺爺和二伯都叫來。」

明盛見葉氏不反對，忙跑著出去了。

葉氏聽說梅香問明銳媳婦借了塊豆腐，想著明銳一家子向來和自己關係好，又是鄰居，不如把明銳叫來，他是晚輩，幫著給長輩們倒酒，也說得過去。可恨韓敬義不是個好人，不然把他也叫來，有長輩有平輩有晚輩，他又是老大，多體面。

葉氏自己作主讓明朗去隔壁叫人，明銳聽說是陪客，二話不說就來了。都是同族，誰家來了貴客，讓族裡人陪客，這是體面的事情，說明主家覺得你人不錯。這個時候，誰都不會拿喬。

韓明銳離得近，先到了。進門就打招呼。「葉大舅來了。」

葉厚則也認識妹妹家的這個鄰居。「明銳外甥來了，快坐下。」

二人正客氣著，韓文昌和韓敬奇先後都來了。

葉厚則和韓明銳都起身相迎，四人相互客氣寒暄了一回。

葉氏忙給幾人倒茶，梅香忙著上菜。

梅香絞盡腦汁，做了八道菜。

燉雞裡頭加了韓敬平喪禮上剩下的山貨，雞雜拌醃辣椒炒了一大盤。另有一大盤鹹肉炒老蒜薹，又用才冒出來的嫩韭菜和雞蛋炒了一道。水豆腐煎過後，和著才冒頭的嫩青菜也炒了一盤，最後一盤是自家醃的大蒜頭，甜甜脆脆的。除了這六道菜，梅香還蒸了一大碗蒸蛋，打了個蛋花湯。

這樣缺菜的時候，能做出這八道菜來招待客人，一點也不丟人。

葉氏內心很滿意。「我都忘了跟妳說怎麼做了，妳倒是能做出這麼多菜來。」

明銳在一邊誇讚道：「梅香妹妹最能幹，咱們族裡誰不曉得。」

大夥兒都笑了起來，老中青三代男人都上了桌，葉厚則讓明朗也上了桌。葉氏把家裡剩下的酒拿了出來，明銳主動接過酒罈子，小心翼翼的給三位長輩倒酒。莊戶人家，酒可是好東西，一滴也不能灑了。

葉氏自己帶著兩個女兒和小兒子一起在廚下吃飯，明盛中途端著碗跑到堂屋去，明朗給他夾了一些菜。

韓敬奇把兩支雞腿夾給了明盛。「去吧，跟你妹妹一個人一支。」

葉厚則眼神閃了閃，笑著敬了韓敬奇一杯酒。

明盛和妹妹一起，在廚房高興的啃著雞腿，葉氏和梅香吃著淘了雞湯的飯，笑看兩個孩子啃得滿嘴流油。

吃過飯，韓文昌等人先回去了，葉厚則叮囑葉氏幾句，也回家去了。葉氏把家裡的菜籽油裝了幾斤，強行讓葉厚則帶走。

那頭，韓敬義和他婆娘董氏聽說三房叫了二房去陪客卻沒叫大房，很不高興，崔氏也跟著罵了幾句。但罵歸罵，現下也無人敢去找麻煩，若還敢去鬧，葉家可不是沒有人了！

葉厚則走後，梅香家就等著過幾天就開始栽秧。一忙起來，到時再也顧不上油坊了，梅香想先榨兩缸油，栽秧期間有人來買油，不至於抓瞎。

自韓敬平去世後，辦喪事鬧哄哄的，來買油和換油的人越發少了。韓家油坊再不動起來，外人怕是以為要關門了。整個平安鎮就兩家油坊，一家是韓家，另一家是鎮子另一邊的余家油坊，兩家明裡暗裡沒少競爭，但各有優勢。韓敬平死了後，這種平衡有鬆動的跡象。

當夜，梅香與葉氏商議。

「阿娘，我明兒要準備開鍋了。」

葉氏頓了一下，緩緩點了點頭。「好，我跟妳一起。咱們先把前頭能做的先做，後頭再把妳二伯也叫上。」

梅香也點點頭。「咱們明兒先做好準備，後天開始。」

第二天一大早，梅香吃過飯之後，穿上一身細麻布衣裳，頭上戴了頭巾，葉氏也是一樣的裝扮，母女兩個一起進了東跨院，明朗帶著弟弟妹妹跟在後頭。

東跨院一直很乾淨，梅香每天都會把裡裡外外清理一遍。

油坊的經營方式有許多種，有人用錢買油，有人把一年存的油菜籽都放到韓家油坊，折算成油，隨時來取，有人每隔一段日子揹一些菜籽來榨油，韓家收取人工費。

絕大部分人家都會選擇第二種，自己把油菜籽送來的，折算率高一些。油坊裡有大庫房，油菜籽放到這裡放心。擱自己家裡，萬一發霉爛了，那就虧死了。遠一些的地方，韓敬平會主動去收，折算率稍微低一點點。

葉氏看到這一堆油菜籽就要掉眼淚，梅香忙勸她。「阿娘，這都是阿爹的心血，咱們定要把它們都榨成油賣出去。」

葉氏嗯了一聲，和梅香一起拆下袋口的繩子，仔細看了庫房裡二十多袋油菜籽。

韓敬平細心，當初黑菜籽和黃菜籽分開收，裡頭混了雜物或不乾燥的，一概不要。油菜籽若帶了水，很快就會發霉，整個庫房裡的油菜籽都要遭殃。

東跨院的東廂房，是韓家最好的屋子，屋頂用的瓦是最好的，還多鋪了一層，房梁用的也是好木頭。地面鋪的大塊青磚，整間屋子定期會用火盆熏一熏，防蟲、乾燥。裝油菜籽的麻袋也不直接放地上，避免地面返潮。

梅香見所有的油菜籽都乾燥得很，放下了心。她留下三袋菜籽，又快速把其餘袋子口紮緊。接著把三袋油菜籽都搬到正房，葉氏要幫忙，梅香不讓。

正房三間屋是連通的，門開在最西邊的屋子，東屋是大炒鍋，中間屋是大磨盤，西邊屋子是炸油桶，從東到西，整個榨油流程就能走完。

葉氏拿來篩子，娘倆個很快把油菜籽都篩了一遍，明朗和明盛在一邊幫著打下手。

等篩完油菜籽，梅香對葉氏說道：「阿娘，油坊是咱們家的產業，阿爹不在了，您是內掌櫃，這鍋，您來洗吧，我和明朗去抱乾柴。」

葉氏點點頭，親自去提了水來洗鍋。這炒鍋特別大，能裝幾百斤油菜籽，廚房裡兩個鍋加起來也比不上這一半大。

葉氏洗好鍋後，梅香和明朗從西跨院豬圈旁邊抱來了許多柴。

梅香先放一把松針在灶門裡，讓葉氏點了第一把火。

火燒起來後，鍋很快就乾了，葉氏燒火，梅香炒鍋。那鐵鍋鏟比木鍬還大，長柄比成年人的手臂還要長。梅香支棱著大鍋鏟，不停攪動鍋裡的油菜籽。炒油菜籽火不能太大，也不能燒偏了，葉氏給韓敬平燒了十幾年的火，比梅香經驗足，她根據鍋裡油菜籽的聲音都能判斷出該如何改變火勢。

等炒好油菜籽，全部盛到幾個乾爽的大鐵桶裡。忙完這些，到晌午飯時刻了。剩下的碾磨蒸粉，下午再弄。

葉氏堅決讓孩子們都歇下，自己一個人手腳麻利做了兩道扎實的菜，又蒸一碗雞蛋羹和一大鍋白米飯。

娘兒幾個上午都累狠了，一人吃了兩碗飯，只有蘭香和著雞蛋羹，吃了一小碗。葉氏把鍋裡的鍋巴起出來，夾著剩菜讓孩子們一起吃。

家裡柴火多，廚下的爐子一直沒歇著，總是有茶水供應，這會吃油了嘴，喝上一大口熱茶水，正好解膩。

娘兒幾個吃過飯，梅香洗了碗，一家子倒頭都睡下了。

葉氏自律一些，睡了一覺就把梅香叫起來，再把熟睡的蘭香抱起來，放到西廂房明朗身邊。葉氏給孩子們肚子都蓋好，帶著梅香牽了小毛驢，一起去了東跨院。

梅香先把炒好的油菜籽放到磨盤上的碾槽子，小毛驢一圈圈拉動磨盤，慢慢將油菜籽全部碾碎。

這邊梅香碾菜籽，那邊葉氏就把碾碎的粉放到大蒸籠裡，入鍋開始蒸。

娘兒兩個忙到中途，明朗帶著弟弟妹妹來了。「阿娘，姊姊，怎的不叫我起來。」

梅香笑了。「你下午把明盛和蘭香帶好就行了，這裡有我和阿娘呢。」

一個下午，梅香和葉氏一直在油坊忙活。明朗中途給二人端來茶水，又繼續回去讀書帶弟弟妹妹。

天快黑的時候，梅香的肚子開始咕嚕嚕。

葉氏耳朵尖，聽到了，笑道：「今兒可算累著了，晚上咱們吃麵條，多加些肉。吃了飯去妳二伯家，明兒叫妳二伯來幫忙包餅打樁。」

梅香忙道：「阿娘，我能幹的。」

葉氏搖頭。「妳再能幹，也是個孩子，怎能什麼都指望妳一個人。這事妳聽我的，咱們頭一回做，多個人多份主意。妳阿爹以前有時候也請人呢，別說妳了。明兒好生弄幾道菜，招待妳二伯。」

梅香聽葉氏這樣說，不再反對，又提醒她。「阿娘，還要買豆腐呢，昨兒借了明銳大哥家的一塊豆腐。」

娘兒兩個一邊商議事情，一邊手腳麻利把剩下的活計都做完，一起回正院廚房。

葉氏讓梅香燒火，她自己擀麵條，忙忙碌碌下了一大鍋麵條，裡面加了鹹肉、乾菌菇、煎蛋和青菜，娘兒幾個美美的吃了一頓。

事情多了，一忙活，都顧不得傷悲了。葉氏怕孩子們虧損身子，預計近來家裡天天都能見到肉。

等吃過晚飯，葉氏先燜了半鍋米飯，留待明兒早上炒來吃。

然後帶著明朗一起去了韓敬奇家裡，讓梅香在家帶明盛和蘭香。

韓敬奇正和他婆娘周氏在說話，夫妻二人有兩子一女，最大的兒子韓明輝已經十四歲了，明年就要成親了，女兒蓮香比梅香小一些，小兒子明尚比明朗小一歲。

見到葉氏娘倆過來，夫妻二人都出來相迎。「三弟妹來了，快進來坐。」

韓明朗給二伯和二伯娘問好，二房的孩子們也給葉氏打了招呼。

寒暄了幾句後，葉氏開門見山說道：「二哥二嫂，我來，是想請二哥明兒去幫我們包菜籽餅，跟梅香一起打樁。趁著秧苗還沒長好，我們家預備多榨幾缸油，不提前預備好，後頭忙起來，各家來打油，可要抓瞎了。」

韓敬奇點頭。「三弟妹想得周到，再過一陣子，怕是家家都要去打油了。弟妹放心，明兒早上我就過去，明輝在家也無事，跟我一起過去吧。」

葉氏忙道：「明輝如今是家裡的勞力了，在家給嫂子幫手也行，去我那裡，豈不成了白使喚人。」

周氏知道葉氏的意思。「弟妹，你們頭一次挑大梁，多個人多份力氣，等你們娘兒兩個做熟了，再不用明輝跟著去了。弟妹只需管他們爺兒兩個一頓飯就行，別的不用客氣。」

葉氏不好拒絕，笑道：「那我就謝過二哥二嫂了。」

說好了事情，葉氏帶著明朗一起回家去了。

第六章　初見面榨油成功

第二日一大早，葉氏正在東院水井邊洗衣裳，明朗兄弟倆在讀書，蘭香還在呼呼大睡。西院裡豬叫雞鳴，正院裡朗朗書聲。

梅香正在廚房忙活，準備炒飯用的輔料，外頭忽然響起了清脆的鈴鐺聲音，賣豆腐的黃炎夏一邊搖鈴一邊喊。「賣豆腐勒！」

梅香忙拿出一個大湯盆，摸出三文錢跑出去了。

剛跨出大門，梅香就喊：「黃老爹，且等一等。」

黃炎夏放下擔子，笑咪咪道：「大姪女，要水豆腐還是千豆腐？」

梅香想了想。「黃老爹，水豆腐和千豆腐我都要，一共三文錢的，您看如何分？」

還沒等黃炎夏開口，旁邊跟著黃炎夏一起來的少年郎先開口道：「兩斤半水豆腐和一斤千豆腐，一共三文錢。」

梅香抬眼看了一眼，對面少年郎個頭很高，穿著一身細麻布衣裳，年紀看起來有十三、四歲的樣子，眼睛很大，眼神看起來很溫和，帶著生意人的那種可親勁兒，眉毛有些淡，皮膚比莊戶人家的少年郎看起來略微白一些。

見梅香打量他，他先有些不好意思紅了紅臉，又抬起頭微笑著看向梅香。「您看這樣分著買可行？」

梅香點了點頭。「可以，就這樣分著買吧。」

黃炎夏沒動，少年郎手腳麻利給梅香切了一大塊水豆腐，又數了幾張千豆腐，秤好斤兩後，全部放到梅香的大湯盆裡。

黃炎夏在一邊笑道：「這兩斤半水豆腐，可以做兩頓了，大姪女今兒要是吃不完，用涼水浸著，放到水井裡吊著，保證明兒不酸不餿。千豆腐放兩天也無妨，馬上就農忙了，我以後隔一天才來一趟，等到農忙過了才能天天來。」

梅香接過豆腐，把錢遞給少年郎。「謝過黃老爹了。」

梅香買好豆腐，回家繼續炒飯，今兒要花大力，她用肉蛋菜炒了一大盆油乾飯，一家人早上都吃得飽飽的。

收拾的時候，她把水豆腐切一半，放到碗裡，讓明朗送去明銳家。

吃過飯，韓敬奇父子來了。

幾人一起表情嚴肅的進了油坊，葉氏昨天就把包菜籽餅要用的稻草全部洗過一遍，晾曬乾了。這會子連固定用的鐵圈和稻草全部拿出來，地上鋪了一塊好大的油紙。

梅香端了一大盆水來，裡面放了些醋，她和韓敬奇父子全部洗乾淨腳，穿上包菜籽餅專用的乾淨厚襪子，踩到油紙上面。先把稻草呈放射狀編攏後用鐵圈固定做底，將蒸熟後的油菜籽粉包裹起來，用雙腳踩實，做成一個個菜籽粉餅。

梅香以前雖然跟著做過，但沒有長時間勞作。儘管她力氣大，但皮膚其實細嫩得很。昨天她手上就起泡了，並未告訴葉氏。今兒她的腳踩在粗糙的稻草上，一下兩下還行，時間一久，她感覺腳底生疼。

梅香抬頭看了一眼，大夥兒都低著頭認真幹活。韓敬奇那雙大腳像長了釘子一樣，穩穩的紮在地上。旁邊的韓明輝比她大兩歲，如今已經能當家裡的勞力用了。梅香咬了咬牙，低下頭繼續踩油菜籽包。

葉氏在油紙外面，將壓實後的菜籽餅一張張放入木造的油槽裡。放滿整個油槽後，梅香和韓敬奇一起穿上鞋子，把油槽的木楔裝好，重頭戲打樁就來了。

打樁用的錘子以粗麻繩掛在半空中，梅香推著一百多斤重的石錘，一下下敲打木楔，油胚餅在重力撞擊下，從油槽中間的小口中流出金黃色的菜籽油。

韓明輝在一邊看得目瞪口呆，梅香比他還小兩歲，卻這般能幹，看來前幾日大夥兒傳得沸沸揚揚的事情不是假的了。還沒等他清醒，韓敬奇又拉著他繼續包菜籽餅。

梅香敲了好久，下面油桶裡接的油越來越多。菜籽油有一股味道，不喜歡它的人一口都吃不得，喜歡它的人覺得沒有那個味道簡直吃不下飯。

梅香聞著菜籽油的清香味，越幹越帶勁。她手下勁頭越來越足，出油量也越來越大。等韓敬奇父子把剩下的菜籽餅都包完了，梅香這頭一槽油還沒打完。

葉氏跑過來，擔憂的看著梅香。「梅香，歇一會吧，妳還小呢，身子骨沒長好，不能這樣幹狠了。」

梅香頭上身上都是汗水，以前韓敬平打椿時，都是光著膀子的，梅香一個小丫頭，自然不能脫衣裳。

韓敬奇走了過來。「梅香，讓我來吧。」

梅香倔強的繼續捶打。「二伯，我行的，讓我把這一槽油打完。」

眾人都不再勸她，葉氏先回正院，快手快腳攪了些麵糊和雞蛋，煎了幾塊餅，又端了些茶水，一起送到油坊，大夥都稍微吃了一些墊墊肚子。

等梅香覺得這一槽菜籽餅再也出不了油，才停了下來。

葉氏跑到下面油桶裡一看，欣喜的叫了出來。「梅香，妳可真能幹，這一槽菜籽餅，比妳阿爹打的油還多個幾斤。」

梅香臉紅撲撲的，用袖子擦了擦汗。「阿娘，我就說我行的，阿奶還不相信。」

韓敬奇在一邊沒說話，這個姪女，性子雖然剛烈又倔強，可真是能幹啊，韌性又強。這樣的閨女，抵得上人家兩個兒子了。

韓明輝以前覺得這個堂妹就是個嬌氣包，長得白嫩秀氣，整日在家待著，不大出門，不是做飯洗衣裳就是繡花，或陪著蘭香玩。脾氣還大，動不動就噘著嘴和三叔鬧，三叔卻始終笑咪咪的。我的天，沒想到他眼裡的嬌氣包，居然是個女壯士。不不不，是個女大俠，那戲文裡的女壯士都是黑黑胖胖的，梅香一點也不黑，更不胖。

韓敬奇對葉氏說道：「三弟妹，妳帶著梅香去洗洗吧，剩下的交給我。」

梅香已經完成了三分之一，剩下的交給韓敬奇父子也行，葉氏沒有拒絕。「那就煩勞二哥了。」

母女兩個走了之後，韓敬奇脫了上衣，甩開膀子就開始幹活。

梅香就著熱水洗了個澡，換了衣裳，自己把衣裳洗了。恰巧，葉氏早上託同族的明旺媳婦割的肉也送來了。

葉氏把家裡的乾木耳給她裝了兩把，直接塞她兜裡。「姪媳婦拿回去用開水泡了，和青菜也好和雞蛋也好，能炒一盤呢。」

明旺媳婦也不客氣。「那可真是多謝三嬸了，如今家裡正缺菜呢。」

二人寒暄了幾句，送走明旺媳婦，葉氏在廚下開始忙活，明朗不時往東跨院送茶水。

等葉氏做好飯，韓敬奇父子也打完第二槽油。因梅香第一槽打得太好了，韓敬奇不敢馬虎，不說比梅香幹得好，總不能差得太多，可把父子兩個累壞了。

葉氏讓明朗往東跨院送了盆水，韓敬奇父子兩個略微洗了洗，取出油渣餅，預備吃晌午飯。

韓敬奇想著三弟不在了，弟妹新寡，家裡孩子又小，他帶著這麼大的兒子去正房吃飯也不大方便，決定就在東院裡吃。

明朗把話傳給葉氏，葉氏明白韓敬奇的意思，讓明朗將堂屋的小桌搬到東院，把燉肉、燉魚、煎豆腐和炒雞蛋幾道菜每樣都裝了一半，各放到一個碗裡，又盛了一大盆白米飯，讓明朗和明盛一起端到東院。

飯菜很充足，韓敬奇父子也不客氣，坐在一起大口吃了起來。

葉氏帶著幾個孩子在正院吃了飯，等明朗去收碗筷的時候，韓敬奇父子已經又開始甩開膀子幹活了。米飯都吃完了，菜還剩下一部分，都單獨撥出來放在一個碗裡，並未下筷子，夜裡還可以再吃。這是韓敬奇細心的地方，既然吃不完，就別弄髒了。

梅香吃過飯又想過去油坊，葉氏攔住她。「上午妳也累壞了，一槽油，妳阿爹一個人都要歇兩回，妳倒一口氣幹了下來。剩下的交給妳二伯和大哥吧，估計不到天黑就能做完。」

梅香揉了揉自己發痠的臂膀，不好意思笑了。她雖然力氣大，但以前父母怕她露餡，極少讓她幹重活。她今兒為了表現，一口氣幹下來，當下不覺得，這會子覺得渾身都有些痠痛。

看來這榨油確實不容易啊，後頭還有田地活要幹，真要省些力氣。

葉氏算得準，太陽剛偏西的時候，二房父子就把最後一槽油打完了。

韓敬奇幹完活就要走，葉氏攔不住，趕緊把晌午剩下的一斤多肉帶上，加了五個雞蛋、半斤千豆腐和三十文錢，讓明朗陪著一起往二房去。

母子兩個剛進院子，周氏起身過來迎接。「弟妹和明朗來了。」

葉氏忙道：「二嫂，二哥和明輝幹完活，飯都沒吃呢。這哪能行呢，說出去人家要戳我脊梁骨的！」

周氏笑道：「弟妹客氣了，這會離吃夜飯還早呢，如今家裡事情也不少，爺兒兩個剛回來就一起去田裡了。」

妯娌兩個一邊說一邊往正房走，明朗乘機也給周氏打了招呼。

進了堂屋後，葉氏把手裡的東西放在桌子上。「二哥和明輝既然回來了，我就不再請他們過去，我把晚上預備的菜帶了過來，二嫂受累，做給一家子吃也使得。」

周氏忙客氣道：「弟妹也太客氣了，都不是旁人，幹這點子活，又是吃又是拿的，多不好意思。」

葉氏忙把三十文錢掏了出來。「我當家的在時，請短工是十五文錢一天。二哥和明輝受了一天累，這是他們的工錢，一共三十文，請二嫂收著。」

周氏一見整整三十文，忙推脫。「弟妹，吃的東西我厚著臉收下了，妳二哥的工錢也就罷了，明輝一個小孩子，跟著去混吃喝的，哪還能要工錢。」

葉氏又推回去。「二嫂，明輝馬上就要成親了，是個大人了。且他幹活肯下力，不說我是他嬸子，就說哪個東家不喜歡這樣的後生呢，這都是他該得的，二嫂快收好，這樣我以後才能時常來請二哥和明輝呢。」

周氏聽她這樣說，只得收下錢。「偏勞弟妹了。」

葉氏笑道：「那二嫂忙，我先回去了。蓮香若是有空，讓她去我家玩。」

妯娌兩個客氣一陣後，葉氏又帶著明朗回去了。

回家後，葉氏和梅香一起，把新打的油用細紗布過濾一遍。清亮亮的油放在桶裡，整整灌滿了一個大缸，過兩天再打一回，整個農忙期間就不用擔心油不夠賣了。

濾出來的渣滓也不能扔掉，上面全是油，葉氏都放到一個碗裡，可以留著炒菜用。剩下的菜籽餅渣子也用專門的盆子裝起來，餵豬餵雞都可以。

梅香下午雖然身上累，也沒歇著，掃地、餵雞、做針線活，家裡的活兒太多了。

這邊韓家三房忙忙碌碌地一條心要把日子過好，那邊，又有人忍不住想來占便宜。

韓家油坊重新開鍋，梅香獨自一人打了一槽油，明旺媳婦回去一說，整個韓家崗都知道了。

董氏聽說三房榨了新油，看看自家快要空了的油瓶子，想了想之後，去找崔氏說話。

「阿娘，家裡快沒油了，馬上就要栽秧，總不能虧著當家的。」

崔氏斜看了她一眼。「這點小事情也要問我？」

董氏笑了。「咱們家是阿娘掌事，我懂什麼呢，還不是要阿娘教我。」

崔氏撇撇嘴。「沒油，妳拿菜籽去三房換就是了，梅香那丫頭不是才榨了新油。」

董氏又笑了。「喲，看阿娘說的，家裡菜籽也不多了，我正犯愁呢。」

崔氏心裡很看不上這個大兒媳婦，想占便宜，還裝個好人樣，這擺明是想讓崔氏向三房要油。

崔氏也不傻，並不上當。「你們親兄弟妯娌之間，什麼話不好說。我老了，只管有飯就吃，沒飯我餓著也行。」

董氏氣得噎了一口，暗罵死老婆子。

崔氏不肯動，董氏就打發二女兒椿香。「妳去妳三嬸家，就說妳阿奶要她的那二斤年例油。」

椿香十四歲了，入了秋就要嫁人，大姑娘家的臉皮薄，一聽董氏的意思就明白了。「阿娘，阿奶願意？」

董氏白了她一眼。「願不願意，妳拎著油瓶子去，能打回來不就成。」

椿香無奈，只得拎著油瓶子往三房去了。

葉氏見到椿香，笑問她。「椿香，妳來有事情嗎？」這個姪女是大房的特例，不像父母那般愛算計人，也不像她姊姊那樣掐尖要強，算是歹竹出了好筍。

椿香低聲說道：「三嬸，我阿娘讓我來，把阿奶的兩斤年例油打回去。」

葉氏愣住了，給還是不給？給了吧，萬一崔氏不承認，自家豈不白損失二斤油。不給吧，椿香一個丫頭巴巴的空跑一趟，也說不過去。

梅香看出葉氏的為難，忙解圍道：「二姊，我們跟二伯家說好了，到時候一起給，總不好撇下二伯。二姊要是來打油，我先給二姊記個帳，下回再一起給錢或給菜籽都行。」

椿香正不好意思，聽梅香這樣說，知道阿奶的油是要不成了，只得點點頭。「那就照妹妹說的辦吧。」

梅香給椿香打了二斤新油，掏出帳本子記下帳。椿香不識字，梅香就一個字一個字的念給她聽，椿香知道三嬸家做生意一向公道，不會糊弄她，連連點頭。梅香讓她在帳目那一欄按了個手印，椿香拎著油瓶子就回去了。

椿香回去後，董氏見油瓶裡面有油，高興的問道：「三房給了？」

椿香吭哧吭哧了半天，只得說了實話。

董氏氣得用手指點她的額頭。「妳個蠢材，什麼時候能有梅香那樣能幹，也算是我親生的了。」

崔氏在一邊聽見了，譏諷了董氏一聲。「去要我的年例油，咋沒跟我說一聲？」

董氏尷尬的笑了一聲。「看阿娘說的，怎能讓阿娘親自去，她小孩子家家的，給阿娘跑腿是應該的。」

那邊廂，葉氏對梅香說道：「梅香，椿香按的手印，怕妳大伯和大娘不會認帳。」

梅香啪的一聲合上帳本。「哼，我不怕大伯和大娘不認。不認帳，我就折算成阿奶過年過壽的孝敬錢。」

葉氏忍不住笑了。「妳阿奶要是知道了，又要罵妳了！」

第七章　受驚嚇無恥之人

此後幾天，梅香和葉氏一起，獨自又打了幾槽油，家裡存了滿滿四缸油。

梅香漸漸學會了用巧勁，不再一味蠻幹。這樣惜著力氣勻勻的使，反倒不覺得累了。且她下手重，每一槽油都能多打出幾斤來。

韓家油坊一連幾天都開鍋，又是梅香這樣十二、三歲的小姑娘親自打的油，這消息就跟長了翅膀的風一樣，很快，周邊村子的人都知道了。

原來的老主顧都紛紛揹著菜籽上門，梅香和葉氏仍舊按韓敬平定的折算率兌給人家菜籽油，若是一下子能打個十斤以上，還能送個二、三兩的。

有些想看熱鬧的，抬了菜籽過來換油，見梅香眉眼細細皮膚白白，都有些不大相信她是個女壯士，見她輕輕鬆鬆扛起一包油菜籽，頓時又驚得直咂舌。

梅香不想出風頭，但誤打誤撞的，沒多費功夫，她的特別之處倒使得油坊的生意好了許多。

這期間，葉氏帶著明朗去請韓敬杰把家裡五畝田又細整了一遍。

韓敬杰三十歲左右，以前因家裡兄弟多，窮得很，好容易娶了個婆娘柴氏，將將十年的功夫，呼啦啦生了四個兒子。韓敬杰家本來就底子薄，只得賃了韓敬平家的地種。韓敬杰雖窮，卻不是那等沒志氣的人家。窮，但窮得硬氣，不偷不搶不算計人家。韓敬平家的活，他幹得無比細心。韓敬平在時，也願意和他來往，每回家裡缺短工，頭一個就想到他。

葉氏和韓敬杰說好了，家裡的牛給韓敬杰用，但自家的田也讓他整。包括下農家肥這些粗活，都包給了韓敬杰。畢竟梅香再能幹，也不能讓她去犁田耙地。

韓敬杰也樂意，他家裡沒有牛，農忙季節用旁人的牛，是要按天給錢的。梅香家的牛不要錢給他用，他給梅香家整田，兩廂都好。

五畝田整好後，葉氏帶著梅香一起，給水田放了足足的水。如今青石河裡的水足得很，大家商議好順序，按照水田離青石河遠近不同，先後利用公用水渠往自家田裡放水。

等水放足了，最緊張的栽秧季節到了。

頭一天，葉氏起得很早，做了蛋炒飯，油水足又不膩人，每個孩子都吃了一大碗。吃了飯後，鎖上門，娘兒五個一起往田裡去。出發的時候，天才將將亮了起來。

今兒先扯秧，葉氏帶了三個秧馬和兩個小板凳，還有幾頂草帽子。

葉氏帶著梅香和明朗一起下了田，讓明盛在田埂上看著妹妹。

梅香多少下過幾回田，倒能適應。明朗以前下田都是跟著玩，今兒頭一回下田幹活，又新鮮又緊張。娘兒三個坐在秧馬上，低頭開始扯秧苗。

葉氏仔細教了兒女們要怎麼幹活，教完後，她在前面領頭，兩個孩子有樣學樣。

扯秧苗不是很難，姊弟倆很快就上手。成把成把的秧苗用稻草紮好，擺在水田裡。

田埂上，明盛帶著蘭香正在鬥草。

梅香正幹得帶勁，忽然感覺腿上有些癢癢的。她先忍了忍，過了一會後，越來越癢，還有些疼。她今兒脫了鞋襪下的田，但褲腿是放下來的，實在癢得厲害了，她也顧不上害羞，把褲腿捲起來一看。頓時，就在田裡尖叫了起來。

葉氏驚得扭頭一看，梅香正在用力扯腿上一條黑乎乎肉肉的蟲子。

葉氏一看就知道是水蛭，立刻大聲對梅香喊道：「不要扯，越扯越緊。」

說完，葉氏就衝了過來，把梅香的手打掉，水蛭頓時又緊緊吸附到梅香的腿上，梅香又尖叫起來。葉氏狠狠一巴掌拍過去，水蛭被拍掉，落到旁邊的秧苗上。

梅香總算停止尖叫，但是已經哭成了花臉貓。

葉氏摸摸她的頭。「莫怕，沒事的。」

梅香擦了擦眼淚，不好意思道：「阿娘，我不怕。」

明朗在一邊打岔。「我也嚇了一跳呢，阿娘，田裡是不是還有好多水蛭？」

葉氏搖頭。「不會太多的，別怕。若再有了，一巴掌就能打掉。」

葉氏囑咐完兒女，又回去繼續幹活。

明朗用稻草把那條水蛭捲起來，送到田埂上，讓明盛帶到大路上，用石頭砸死。明盛樂顛顛的跟蘭香一起，一人撿一塊石頭，你一下我一下，把那條水蛭砸了個稀巴爛。

娘兒三個繼續低頭幹活，速度也越來越快。

中途，葉氏讓明朗回家，把廚房裡爐子上的茶水和爐子旁邊溫著的雞蛋餅拿過去。娘兒幾個來得早，要等到中午再吃飯，怕是要扛不住，小孩子餓得又快。葉氏早上做了些餅留在家裡，預備著半晌午給孩子們充饑。

明朗回去一會後，只見他拉著臉端著茶缸和大瓷碗來了。

梅香忙問：「咋了？」

明朗被姊姊一問，頓時眼眶有些發紅。「我來的時候，遇到韓敬寶，他拿走好多餅。」

梅香瞇起了眼睛，韓敬寶是個無賴，如今竟敢欺負到明朗頭上來了。

說起韓敬寶，韓氏族人都想痛打他一頓。此人快四十歲了，沒個婆娘，也沒有田地，住在兩間破屋子裡。整日遊手好閒，偷雞摸狗什麼事情都幹，專愛欺負老弱婦孺。別說族人了，他的親兄弟們都嫌棄他跟嫌棄臭狗屎一樣！

明朗一手端著帶蓋子的大碗，一手端著銅製大茶缸，韓敬寶一看就曉得裡頭是吃的。趁著明朗不注意，掀開蓋子抓了一把就跑了，一邊吃還一邊哈哈笑。

明朗是讀書孩子，年紀又小，如何能鬥得過這種無賴，頓時氣得眼睛都紅了。這是阿娘做的，韓敬寶搶走了那麼多，弟弟妹妹們吃的就少了。

葉氏聽了沒說話，把剩下的餅給幾個孩子分了。梅香帶著弟弟妹妹，一人強行往葉氏嘴裡餵了一口。

一個上午，娘兒三個扯了整整兩挑秧苗。

葉氏看了看日頭，對梅香說道：「梅香，妳先回去做飯吧，把明盛和蘭香帶回去。」

梅香答應了，起身走到田邊洗了腳，穿上鞋襪後拉著弟弟妹妹往回走。

她一邊走一邊想，要怎麼悄無聲息的把韓敬寶這個無賴子收拾一頓。

農忙的日子又漫長又飛快，累極的時候，感覺這日子真難熬，但一天天熬下來，回頭一看，呀，田裡的秧都快栽齊了。

梅香家只有五畝地，但勞力少，娘兒三個扯一天秧，夠栽兩天。扯秧不算累，可以坐在那裡。栽秧才累呢，一直彎著腰，從早到晚。葉氏自從嫁給韓敬平之後，這樣的重活做得就少了，頭兩天還能應付，過了三、四天後，她一低頭就感覺耳朵嗡嗡直響。

梅香初生牛犢，她勁兒大，栽秧往田裡戳的時候很輕鬆，但為防止傷了手指頭，梅香聽葉氏的吩咐用布條把手指頭裹了起來，這樣幹了幾天後，梅香只是覺得有些腰痠。等她發現葉氏一直在強撐後，死活不再讓她下田。

明朗一直留在秧田裡扯秧，見葉氏體力不支，他也主動去幫姊姊的忙。葉氏無奈，只得自己去扯秧。

梅香帶著明朗在水田裡低頭忙個不停，但明朗才十歲，梅香不敢讓弟弟太累，不時打發他去給葉氏幫忙。

路過的人見兩個孩子在田裡忙活，都嘆了一口氣，真是造孽啊。可如今誰家不忙呢，但願他們母子幾個能撐得下來。

葉氏每天變著花樣給孩子們做吃的，就怕虧著了兩個孩子。

她歇了兩天後，又開始跟著梅香一起栽秧。

梅香不肯。「阿娘，您才好些，別低頭了，小心摔倒了。」

葉氏搖搖頭。「哪有那麼嬌氣，我小時候在娘家也不是不做活。跟著妳阿爹享了幾年福，但手藝都還沒丟呢。」

不論梅香怎麼勸，她只要能撐著，就不肯上來。

見孩子們擔憂，她嘆了口氣，勸梅香。「沒有當娘的在那裡歇著，讓兩個小孩子在田裡忙活著的。旁人知道了，不要戳我的脊梁骨！我只要還沒倒下，就要頂在你們前頭。」

說完，她低下頭開始忙活。梅香和明朗聽得都紅了眼眶，不再說話，也低頭忙碌。

娘兒三個這樣你拉著我，我頂著你，四、五天的功夫，就把五畝田栽了近一半。

又一日，明朗正在秧田扯秧，預備再扯兩把就回家吃飯，不巧，韓敬義來了。他挑著空擔子，笑著給明朗打招呼。「明朗，頭先我跟你阿娘說過了的，勻給我一些秧苗哩。」

明朗也笑著回他。「大伯，我們今年下秧下得多，都給你留著呢。」

韓敬義放下擔子，笑咪咪的開始撿靠在田埂邊已經紮好的一把把秧苗。

明朗頓時變了臉色。「大伯，那是我扯好了的，我們下午就要用。您要秧苗，這田裡多著呢，您得自己來扯啊。」

韓敬義手頓了一下，撿得更快了。「反正都是栽到你家的田裡，栽哪裡不是栽啊！」

明朗氣結，一下子從秧馬上站了起來。「大伯，我阿娘等會就要過來挑秧苗了，您拿走了，我們今兒栽什麼呢？」

韓敬義看都不看明朗。「這不有你在這裡麼，你再加把勁，很快就有了。我今年種了你們家七畝地呢，缺了多少秧苗，你得幫忙呀，不然忙不過來，最後可沒有糧食給你們。」

明朗眼睜睜看著韓敬義挑走了滿滿一挑秧苗，他辛苦了一個上午的功勞，全沒了。

明朗再也沒了當日處理紛爭的機敏，也沒有平日在家人面前的鎮定，他忍了又忍，終於沒忍住，哭了出來。

隔著不遠的地方有人看到了，忙過來問：「明朗，你咋啦？」

明朗一邊擦眼淚一邊說了經過，來人頓時啞然，這個韓敬義，也太不講理了！扯秧苗多費勁，如今誰家不忙？哪家種地主的地還要人家給現成秧苗的？三房秧苗多願意給你，但你得自己扯啊！乾脆什麼也別幹了，白等著撿便宜就是了！

有人路過梅香家的田時，告訴梅香這邊發生的事情。

葉氏已經回家做飯去了，梅香一聽，頓時火冒三丈。

她洗了腳上了岸，飛快跑了過來。等她到的時候，明朗已經又坐在秧馬上開始忙活。

見姊姊來了，明朗站了起來，眼眶紅紅的看了看梅香。

梅香對明朗說道：「別忙了，先跟我回家吃飯。」

姊弟兩個回家後，跟葉氏說了事情，葉氏嘆了口氣，繼續帶著孩子們一起吃飯。

吃過飯，葉氏直接帶著明朗去了秧田。

梅香去了韓敬義家的田地，大房韓敬義夫婦、椿香、韓明全和韓明德都在。

韓敬義笑咪咪的跟梅香打招呼。「梅香，妳家裡忙完了？我家裡今年田地多，可忙了，妳要是能來給我搭把手最好了！」

梅香也笑咪咪的跟韓敬義說道：「大伯，晌午明朗扯的一挑秧苗都被您挑走了，我下午沒得秧苗栽了。我想著，我們下午扯再多，也不夠明兒您兩挑子挑走了。我看明全哥閒著呢，讓他跟我一起去扯秧吧，我連秧馬都準備好了。」

韓明全正在田埂上閒坐，聽見梅香提他的名字，他頓時一個激靈，起身就想跑。

梅香一把拉住他。「明全哥，跟我一起扯秧去吧，簡單得很，明朗都會呢！」

韓敬義張嘴想反駁，可旁邊好幾家人正看著呢，他雖然在三房人面前無恥，在外人面前還要個臉面。他晌午做的事情不地道，這會子梅香大咧咧給他捅出來，他理虧！

董氏立刻叫了起來。「梅香，明全哪裡會幹活！」

梅香笑咪咪說道：「大伯娘，明全比我還大呢，他又不是什麼大少爺，怎麼不能幹活了。他爹娘還要賃人家的地來種，他倒坐田埂上打瞌睡，太不像話！」

說完，她拉著韓明全就往前走。

韓明全一邊走一邊掙扎。「梅香，妳別拉我。」

梅香笑咪咪拉著他往前走。「哥，沒事的，咱們兄妹客氣啥！」說完，梅香狠狠使勁捏了他的手一把，疼得韓明全立刻嗷嗷叫了起來，然後硬把韓明全拉往自家的秧田裡，根本不管董氏在後頭如何氣急敗壞。

到秧田後，梅香遞給他一個秧馬。「明全哥，跟我一起扯秧吧。」

韓明全見梅香鬆了手，轉身又想跑，梅香笑道：「明全哥，你跑啥啊，你跑了我又要去攆你，我脾氣不好，你可別惹我生氣。」

韓明全剛抬起的腳又放下了，怏怏的說道：「我幹活不好，別給妳扯壞了。」

梅香笑道：「不怕的，明全哥不是給我家幹的，那一挑秧苗算我們送給你家的。後頭你們再要用，就要靠明全哥你自己扯了。當然，要是明全哥幹得快，我們缺個三把五把的，你有多的，也能借我們使一使。」

韓明全瞠目結舌，這個死丫頭真是一丁點虧都吃不得！晌午他們還高興，白賺了三房一挑子秧苗，沒想到這個死丫頭在這裡等著呢！

可韓明全敢不幹嗎？他不敢，他怕挨揍！韓明全只得接過秧馬，脫了鞋子下到田裡。

葉氏笑著打招呼，韓明全扯著臉皮笑了笑，喊了一聲三嬸。

韓明全被梅香按在秧田裡扯秧，一個下午，拖拖拉拉的，也能扯個半挑秧苗。梅香下午走的時候，把自己家人扯的秧苗全部帶走，一把不留。

第二日，韓明全沒來，他自己扯的秧苗也帶走了。梅香不管，她讓葉氏在秧田幹活，扯了一會就往田裡送，秧田裡一直空著，韓敬義想拿也沒得拿。

過了兩天，董氏帶著椿香過來了。

葉氏熱情的打招呼。「大嫂來了，可算有個人能跟我說說話了。」

董氏皮笑肉不笑的。「三弟妹，我可不敢跟妳多說，怕妳家梅香發脾氣要打人。」

葉氏笑咪咪的。「看大嫂說的，不是我誇自己女兒，梅香雖然能幹，但最講道理了，她從來不打好人。」

董氏被噎了一口，帶著女兒下了秧田，椿香小聲跟葉氏打了招呼。「三嬸。」

葉氏對椿香笑了笑。「戴好帽子，別曬著了。」

椿香馬上要嫁人了，平常人家的小姑娘，嫁人前一年根本就不下田了，把皮膚好好養一養，不然出嫁時又黑又粗糙，多難看。董氏寧可讓明全整日閒著，也不肯讓椿香歇一歇。

葉氏暗自嘆了口氣，她只是個嬸娘，管不了那麼多。

妯娌二人各自幹活，中途並不曾說話。

第八章　還彼身趕集受氣

梅香比韓敬義先一步到了秧田。

董氏手腳快，她和椿香兩個扯的秧苗比葉氏多。

梅香挑著空籃來的，一見到這麼多秧苗，頓時大喜，笑著對董氏說道：「哎呀，大伯娘，這麼多秧苗啊，正好，我阿娘扯的這點不夠我下午栽，妳們扯得多，勻給我一些吧。」

說完，不等董氏回答，立刻嗖嗖的往籃子裡扔秧苗。

董氏立刻站起來罵。「梅香，妳沒長眼睛，那是我和椿香扯的，妳阿娘扯的在那呢。」

梅香依舊笑咪咪的。「看大伯娘說的，咱們兩家還分什麼你我，昨兒大伯把我們一整挑的秧苗都挑走了，我不也沒說啥。今兒我只要你們半挑，大伯娘還捨不得啊？」

董氏頓時被氣了個仰倒。

旁邊柴氏插嘴。「嫂子，你們這果真是親兄弟，你幫我我幫你的。」

董氏頓時啞口，她想說那是我家的，可昨兒韓敬義挑走了三房一整挑秧苗，大家都知道了。可若說秧苗白白給三房，董氏如何甘心。

梅香手腳快，很快就裝滿了一挑秧苗，葉氏扯的全部裝裡面，董氏母女兩個的也被梅香拿走一大半。

梅香裝好後，笑著對董氏說：「多謝大伯娘了。阿娘，我剛才累狠了，您來挑吧。」

葉氏看了看董氏，又看了看梅香，決定還是聽女兒的話。

她快速洗了腳上岸，挑起挑子就走了。梅香在後頭拿著秧馬，一邊走一邊警戒的瞟著後方，防止董氏來拉扯。

董氏氣得用手指著三房母女，半天說不出話來。看得在旁邊低頭幹活的柴氏，偷偷笑了。

梅香怕韓敬義過來挑秧苗時找葉氏的麻煩，故而把葉氏叫走了。到田裡後，她讓明朗趕緊把弟弟妹妹都帶到田的另一端，自己守在路口那一側栽秧。

直到吃晌午飯時刻，韓敬義也沒來找事。

梅香見時間不早了，就和葉氏一起回家。家裡五畝田已經栽完三畝，剩下的不用再那樣拚了。

翌日早晨，還沒等梅香娘兒幾個出門。葉厚則和葉厚福兄弟一起來了，還帶著大房葉思賢和二房葉思遠兩個男孩子。

葉氏大喜。「大哥和厚福來了。」

葉厚則點頭。「家裡忙得差不多了，阿娘讓我們來看看，妳家裡五畝田怎麼樣了？」

葉氏一邊給兄弟們搬凳子，一邊回答道：「已經栽了三畝田，剩下的我和梅香加把勁，三、四天也就能完工了。」

葉厚福笑道：「姊姊和外甥女竟這般能幹。」
葉思賢已經成親，是個大人了，應對很是得體。「姑媽，今兒我們來，就是想把姑媽家的田都栽完，阿奶就不用擔心了。」
葉氏紅了眼眶。「如今家家都忙，還要你們來給我幫忙。」
葉厚則擺擺手。「多的話不說，今天趕快把剩下的兩畝田栽完。」
梅香本來正在東院查看油菜籽，聽見舅舅們來了，忙趕了過來。
她今兒穿的是一身細麻布衣裳，頭髮盤了雙丫髻，髮髻上各繫了一條紅頭繩，腳下是普通的千層底鞋。這一身裝扮，在農家是最普通不過的。
她才一進門，坐在那裡一直沒開口的葉思遠忽然眼睛亮了起來。
梅香進門就打招呼。「大舅二舅和表哥們來了。」
葉思賢笑道：「表妹越發能幹了，要不是有表妹在，我們早就坐不住了，哪還能等到今天才來。」
梅香笑道：「表哥誇得我快沒地方站了，都是阿娘一樣樣教我的，不然我一個人什麼也幹不了。」
葉氏端來茶水，梅香接過茶壺，倒了四杯茶，一一送到葉家男丁手裡。
葉思遠接過茶杯，看了梅香一眼，什麼都沒說，又低下了頭。
梅香直接忽略過葉思遠的眼神，這個表哥，腦子有些糊塗。

葉氏也想過把女兒嫁回娘家，可大房思賢比梅香大太多，二房思遠年紀倒是合適，但思遠的娘李氏不大情願，葉氏就歇了心思。韓敬平很快給女兒定了王家，雙方不再提此事。

哪知這葉思遠卻存了心思，總覺得若不是李氏反對，表兄妹二人早就訂了親。如今梅香定給了他人，家裡又遭了難，不知道最近受了多少委屈。葉思遠想到這裡，就感覺心裡發糾，故而今兒一定要跟著來。

葉厚則喝過了茶，直接起身。「咱們走吧。」葉家男丁都跟著他一起出門了。

葉氏喊住梅香。「妳趕緊去鎮裡割二斤肉，買條魚，看有什麼菜再買一些。」說罷，葉氏摸出三十五文錢給梅香，又叮囑她。「快去快回，回來後再殺一隻公雞。」

梅香接過錢，一一點頭答應，母女二人分頭忙碌。

葉氏一行人到了田地，董氏昨兒吃了虧，本來想今兒能討一些回去，見葉氏娘家人來了，頓時偃旗息鼓。

雙方打過招呼之後，各幹各的，中間也不怎麼說話。

梅香家的田裡忽然多出四個男丁，韓家崗的人一眼就認出這是葉家人。那些前幾日為葉氏母子幾個嘆息的人也跟著高興，有了葉家這幾個壯男丁，韓家三房這幾畝田哪還愁。

梅香換了一身棉布衣裳，戴上帽子，喝了幾口水，拎著個提籃就出門了。

韓家崗離鎮上比較遠，足足九里路。

一路走過去，人比較少，近來大夥兒都在田地裡忙活，沒幾個人有功夫去鎮上。

梅香腳程快，路上遇到幾個熟人，她與人家說清楚家裡有客，就一個人急著往前趕。等到了鎮上，太陽已經升得老高了。

平安鎮是個大鎮，每隔一日集市，今兒恰巧逢集，雖說是農忙時節，街上也不少人，梅香直接往菜市那邊去。

她找了常去的那家肉鋪，整條豬賣了快一大半。農忙時節，屠夫的生意異常好，誰家這個時候不隔三差五來割斤肉呢。

梅香跟老板說道：「老板，我要二斤五花肉。」

老板正在擦拭刀刃，仔細一看。「喲，這不是韓家大姪女。」韓敬平生前在平安鎮小有名氣，時常帶梅香到鎮上，這家肉鋪老板一眼就認出了梅香。

梅香笑道：「老板生意好，我家舅舅們今兒來了，請您給我割二斤上好的五花肉。」

老板把抹布一扔，笑道：「大姪女放心，定然給妳最好的肉。」

說完，他手起刀落，動作俐落的給梅香割了一條肉，一秤恰好二斤一兩。

老板把肉用荷葉包裹好。「大姪女，五花肉十二文錢一斤，給我二十四文錢就好了。」

梅香看一眼那條肉，有肥有瘦，正經的上等五花肉，快速付了帳，把肉放到提籃裡，別過肉鋪老板，繼續買菜。

往前走一截，是賣魚的地方。梅香仔細挑了一條草魚，花了五文錢，因斤兩略微差了一些，老板還補給她四、五條小貓魚。

梅香接著又花了兩文錢買了一把不太老的菜薹和一斤多黃豆芽。

豆芽攤旁邊，正好是賣豆腐的，主家不是旁人，正是黃家那個少年郎，黃老爹的大兒子，黃茂林。

梅香看了他一眼，他也看了梅香一眼，一眼就認出這個韓家油坊的少東家。

黃茂林又抬出他那溫暖的招牌笑容給梅香打招呼。「大妹妹來了，要買豆腐嗎？」

梅香左右看了看，奇怪道：「今兒只有你一個人嗎，黃老爹呢？」

黃茂林又笑了。「我家裡最近太忙了，阿爹早上把我送過來就回家栽秧去了。」

梅香不再多問，對他說道：「你給我切一塊水豆腐，再拿幾張千豆腐。嗯，油豆皮還有沒有？」

黃茂林愣了一下，想了想，從攤子底下拿出個碗，裡面有兩張油豆皮。「這原是我給自己留的，大妹妹要，就給妳吧。我看妳又是買魚又是買肉的，定是家裡來客人了。」

梅香聽後，也笑了。「那就多謝黃大哥了，你給我秤一秤，看看一共多少錢。」

黃茂林笑道：「一斤半水豆腐一文錢，一斤千豆腐一文半，兩張油豆皮兩文錢，一共四文半。大妹妹若給五文錢，我給妳記上，下回買豆腐少給半文。」

梅香聽他算完，頓時囧了，她手裡就剩四文錢了。

梅香想了想，對他說道：「那，我給你四文錢行不行？下回我再補給你，我今兒帶的錢都花光了。」

黃茂林笑道：「好，我給大妹妹記下了。」

梅香把豆腐一一放好，又給了他最後的四文錢，笑著道謝了就要走。正轉身的功夫，忽然耳邊傳來一個冰冷的聲音。「妳在這裡做甚？」

梅香吃驚，一扭頭，發現了來者，不是旁人，正是她的未婚夫王存周。

王存周面色不善的盯著梅香。「妳一個人跑到這裡來做甚？」

梅香見他忽然這樣訓斥自己，心裡也不高興，她又沒惹他，對她發什麼脾氣，也拉下了臉。「我大舅、二舅今兒到我家裡來幫忙，我阿娘讓我來買些菜回去。如今家裡都忙得很，哪裡還能三五個人一起上街。」

王存周臉色略微好了一些，又問梅香。「妳都買完了？」

梅香點頭。「都買完了。」

王存周看了一眼黃茂林，對梅香說道：「既已經買完了，趕緊家去，在這裡和人家說笑什麼。把帽子戴好，別總跟人胡亂打招呼。」

梅香頓時瞪大了眼睛，她和誰說笑了？他哪隻眼睛看到自己和人說笑了？

梅香本想回他兩句，看到大街上人來人往，就忍住了。「我先回去了，你自便。」

王存周還以為梅香會低頭認錯呢，她竟然脖子一梗，扭頭就走了。

梅香走後，黃茂林在那裡忍不住笑了。

王存周面色不善的看向黃茂林。「你笑甚？」

黃茂林瞇起眼睛，看向王存周。「這位小哥，我心情好自然要笑呀。您要買豆腐嗎？今兒只剩下水豆腐了。」

王存周頓時氣得脖子紅了，他近來讀書讀得不大順暢，剛從先生家裡出來，預備回家。先生家裡也有田地，今兒給他們佈置了一些功課，打發他們各自歸家，讓他們回去給父母幫忙，且一再叮囑他們，不能死讀書，總要懂一些莊稼之道。

王存周已經十四了，科舉上仍舊一無所獲。去年參加縣試，啥都沒撈著。今日本來氣不大順，出了先生家門沒多久，就看到梅香和賣豆腐的笑來笑去，頓時氣又漲了一截。

原來韓敬平在世時，梅香整日在家，把自己和家裡收拾乾乾淨淨。身上穿的衣裳不是桃紅就是柳綠，頭上花花朵朵也不少。在莊戶人家裡，梅香的樣子很是能拿得出手。

如今梅香一來要幹活，日常穿著就沒有以前那樣講究；二來她要照看家裡的油坊，時常應付來打油的人，故而總是笑著跟人說話。黃茂林對待上門的客人，自然也是笑臉相迎。

二人你對著我笑，我對著你笑，看在王存周眼裡，就不是個滋味。

他和梅香雖然訂了親，可二人接觸也不大多，梅香何曾這樣對他笑過。

他以為梅香是小家碧玉，溫柔嬌俏。哪知近來梅香風頭很健，學堂裡都有同窗開始隱隱約約笑話他，以後要娶個母老虎，定然夫綱不振，他更不高興了。

梅香則以為王存周是斯文讀書郎，誰知今兒居然在大街上用這樣的話來羞辱她。呸，什麼讀書郎，就是個小心眼，嘴巴又刻薄。

二人今兒都看到對方的真實模樣，鬧了個不歡而散。

王存周被黃茂林笑著懟了一句，氣了半天之後，忽然不生氣了，跟一個賣豆腐的計較個甚，有辱斯文。想到這裡，他一甩袖子就走了。

黃茂林看著他遠去的身影，心裡嘆了口氣。韓少東家親爹才去，連未婚夫都開始變臉了。缺爹少娘的孩子，總是能看到更多人的真實嘴臉。

黃茂林又笑了笑，自己如今還被繼母挾制呢，別說她一個小姑娘了。

梅香一路氣鼓鼓往回走，走著走著，忽然有些傷心。王存周今兒居然這樣說她，把她當什麼人了。她哪裡跟人說笑了，只不過是買個菜罷了。難道給讀書人做婆娘，以後就要整日板著臉？不許出門？

梅香氣了一陣，又自己想開了。管他呢，她又沒做錯。以後王存周再敢胡亂給她扣帽子，看她不抽他嘴巴。

梅香一路想問題，一路往回走，很快就到了家。

到家後，她來不及歇口氣，立刻換了件上衣，開始忙活。

殺雞、剖魚、切肉……做好準備工作後，她先把肉和著醬油炒了，放到肉罐子裡蓋上蓋子，放到灶門裡頭，用灶火慢慢煨著。又把切好的雞用熱水焯一遍，把生薑和蔥下油鍋裡煸炒，出了香味後把雞肉放進去，炒得略微變色後用水燉。

接著梅香又趕緊下米燜飯，一個人照看兩口鍋，還要顧火，忙得腳不沾地。正忙活著，忽然，明盛和葉思遠回來了。

梅香笑問：「你們怎的回來這樣早。」

明盛回答道：「姊姊，阿娘讓我回來給姊姊顧火，表哥送我回來的。」

梅香低下頭繼續切菜，一邊忙活一邊說道：「你會燒火？別把我的菜燒糊了，灶門裡還有肉罐子呢。萬一你一火鉗捅翻了，灰窩裡的肉還咋吃？」

明盛不好意思的摸摸耳朵。「那，那我跟表哥一起燒火。」

梅香放下菜刀，從缸裡舀水洗菜，一邊說明盛。「表哥是客，又給咱們幹了一上午的活，咋能讓他燒火。」

葉思遠忙道：「表妹不用客氣，我來燒火吧，妳一個人哪能忙得過來。」

梅香笑道：「明盛，你陪著表哥一起吧，別亂跑。」

表兄弟二人一起在灶門下燒火，梅香依舊忙個不停。

梅香總感覺身後葉思遠的眼睛盯著她看，有時，她一回頭，對方又低下頭。梅香心裡有些煩躁，索性不再說話。

等梅香把幾個大菜都做好之後，田裡幹活的人都回來了。

第九章　手足情無端爭執

葉氏打了水給娘家兄弟姪子們洗臉，自己到廚房，看看梅香飯做得怎麼樣了。一進廚房，葉氏就滿意的笑了，盆盆碗碗的，梅香準備了不少。

幾個大菜樣樣都實在得很，灶門裡的肉已經燉好了，梅香加了些水，等滾了後，倒進一些泡發的粉絲，燒開起鍋，整整裝了一大湯盆。魚切塊先煎後燉，裡頭加了許多水豆腐，裝了滿滿一盆子。新鮮肉切丁和黃豆芽一起炒了一大盤。家裡的鹹肉切了一些，怕太鹹還提前泡了泡，撈了兩個醃菜缸裡僅剩不多的醃蘿蔔，切了絲，一起炒了一大盤。

剩下的，都是新鮮炒菜。早上去菜園裡割的一把嫩韭菜炒了幾個雞蛋，裝了一大盤子。菜園裡才冒頭的青菜，梅香薅了一大把，一半炒煎豆腐，一半炒千豆腐，還有一盤子菜薹炒油豆皮。家裡雞蛋多，梅香又在飯鍋裡蒸了一大碗雞蛋羹，還用雞蛋炒了切碎的醃辣椒。

娘兒兩個一起，把菜一樣樣端到堂屋裡去，擺放在八仙桌上。整整十道菜，把大桌子擺得滿滿的，且每個菜分量都足，扎實得很。

葉厚福一見這一桌菜，立刻笑道：「我們來姊姊家，吃得比過年都好。」

葉氏笑道：「你們來給我幫了大忙，請人幹一天活不光要管飯，還要給工錢呢。」說完，葉氏就讓明朗去請韓文昌和韓敬奇來陪客。

葉厚則擺擺手。「妹妹，今兒都是自家人，就不請人了。咱們扎扎實實吃兩飯碗，接著去一口氣幹完了。」

葉氏想了想，就聽了大哥的話。

梅香把鍋裡的飯盛了一大盆過來，擺好碗筷。葉厚則帶頭先坐下了，很快，大夥兒都坐下。葉家四個男丁，韓家娘兒五個，九個人一起坐在八仙桌上。

吃飯的途中，梅香只管看顧著蘭香，明朗那頭照顧著明盛。

葉厚則一邊吃飯，一邊不忘叮囑葉氏。「等秧栽完了，妹妹要每日都去看看，缺水了要及時放水。等入了伏，青石河的水位定會下降，到時候放水肯定會緊張。平日裡讓讓人也就罷了，放水的時候定要有主意。」

莊戶人家為了田裡放水打架鬥毆的事情不少，誰家男丁少，必定要被人欺負。

葉氏點了點頭，梅香在一邊插嘴。「大舅放心，有我呢。誰先誰後往年都有定例的，誰想別我們家的苗頭，我可不答應。」

葉厚福笑了。「就該梅香這樣，既然有規矩了，就照著規矩來。莊稼是咱們的命，豈能讓人。」

葉厚則又繼續對葉氏說道：「秧苗裡定然還混有稗草，等秧苗長結實了。妹妹無事時就去田裡除除草，不能讓人家說妹夫不在了，家裡就垮了。」

葉氏又點點頭。「我都聽大哥的，定不會讓莊稼荒廢了。」

葉厚則也笑了。「妹妹一向最勤快，我不過多說兩句。外甥和外甥女這樣聽話，妹妹再熬幾年，妳的後福在後頭呢。」

葉氏聽見這話，眼眶紅了紅，忙給兄弟姪子們各舀了一勺子肉。「都吃，如今天兒熱了，這麼多菜，不吃完要放壞了。」

一大家子親親熱熱吃了頓晌午飯，略作歇息後，葉厚則就帶著大夥兒一起又去田裡了。人多力量大，半個下午的功夫，梅香家的田地全部栽完了。

葉氏終於鬆了口氣。

葉厚則幹完活兒後，立刻就要帶著兄弟子姪們回家，他家裡還有許多收尾的活兒沒幹呢。

葉氏把家裡的存油打了兩份，每份三斤多，又把家裡的酒打了兩份，一樣有二斤，讓哥哥弟弟帶回家去。

葉家兄弟也沒拒絕，帶好了東西一起回去了。

路上，葉思賢避開了兩位長輩，故意走在後面，小聲對葉思遠說道：「二弟，怎的悶悶不樂？」

葉思遠悶聲說道：「大哥，我無事。」

因葉家只有這兩個男孩，且年齡相差也不是很大，兄弟二人一向關係很好。葉思賢知道堂弟的心思，也知道二嬸不樂意這門親事。他見葉思遠今兒有些神魂不定，怕他行為有差，故而來勸他。

葉思賢忖度著對他說道：「二弟，表妹是有人家的。況且，二嬸也在給你說親了。你莫要莽撞，壞了親戚情分。」

葉思遠踢了踢路上的石頭。「大哥，我是不是太窩囊了？」

葉思賢想了想。「二弟，表妹那樣的姑娘，不適合你。」

葉思遠抬頭看向堂兄。「大哥為甚和阿娘說一樣的話？親上加親難道不好嗎？」

葉思賢認真對他說：「原來姑父在的時候，大家都說表妹嬌氣，整日關在家裡繡花做飯，經常要吃零嘴、要穿好看的衣裳，定然不是個能持家的。可我們都看錯了，姑父一去，表妹立刻挑起了家裡的大梁。她從文靜的小家碧玉到潑辣的管家娘子，不管哪一個都不適合你。你性子軟，一向又聽二嬸的話。若是表妹和二嬸鬧起來，你哪一個都勸不住，吵著吵著，最後親戚情分都沒了。」

葉思賢頓了一下，繼續說道：「況且，你不要忘了，表妹已經有人家了。說親說親，不光是小兒女的事情，更是兩個家族的事情。非死生之大事，不能毀親的。王家二郎是個讀書人，你莫要因為自己的心思讓表妹名聲有損。你若真心為她好，就什麼也別提。今兒你也看到了，表妹過得好好的，根本不需要你操心。你過好自己的日子，等以後表妹出嫁了，明朗還小，咱們能給她撐腰，這才是做兄長的本分。」

葉思遠垂下頭，半晌後又悶悶說道：「我知道了，大哥放心吧。」

葉思賢笑了。「這樣才對，以後要把表妹當自家妹妹對待。說真的，有這樣能幹的妹子多好，若成了自家婆娘，你這樣的靦腆性子，定然降不住她。」

葉思遠也笑了。「看大哥說的，表妹哪裡都不差的。」

葉思賢哈哈笑了。「很是很是，表妹好得很。」

不說葉家父子幾個，梅香和葉氏在家裡，把近來用過的秧馬、花籃等農具洗一洗。

梅香笑道：「阿娘，前兒端午咱們都沒好生過，今兒算把這個節一起補了過來。」

葉氏也笑。「可不就是，往年過端午都要包粽子，今年實在忙不開了，什麼都沒準備，今兒這雞也殺了，肉和魚也吃了，比哪家的端午都不差的。這兩天咱們先把家裡收拾好，等小端午的時候咱們包些粽子吃。」

平安鎮這邊五月初五是大端午，等到十五的時候，還有個小端午，若是前頭沒過，後頭補過也來得及。

收拾完之後，還沒到做晚飯時間，葉氏帶著兩個女兒一起坐在廊下。梅香把針線笸拿了來，和葉氏一起做鞋。

葉氏一邊低頭幹活，一邊對梅香說道：「這幾日忙沒功夫，再過幾日，各家都忙得差不多了，存周也該來送節禮了。」

梅香低頭嗯了一聲，想到王存周上午無故對她發脾氣，心裡仍舊不大痛快。「誰知道啊，說不定人家不想送呢。」

葉氏手中頓了一下。「那不能，這是禮節，就算送來一根稻草也不能不來。存周是讀書人，不能虧禮。」

梅香偷偷撇撇嘴。「阿娘，我看他讀書也不像個有天分的，王家就由著他這樣一直讀下去？讀書不費銀錢？王家說起來還不如咱們家呢！若以後他總是考不上功名，難道要我以後供養他讀書？阿娘，我聽說王家大伯娘在家裡，頗是辛勞。」

葉氏想了想，對梅香說道：「雖說時下規矩都是一樣的，但各家也略有不同，妳阿爹自來不在意這些細節，咱們娘兒兩個在家裡一向自由自在的。但妳看妳大伯娘她們，在家裡一向都是聽當家的話。」

梅香忍不住對葉氏說：「男人當家，聽男人的也沒錯。但我總覺得，王家大伯娘在王家大伯面前，也太低聲了些，難道我以後也要跟她一樣？」

葉氏心裡嘆了口氣，當日定這門婚事，因梅香長得不差，家務活做得好，王存周也是自小讀書的，頗是匹配。誰料到當家的說去就去了，女兒如今撒野了性子，越來越強頭。

葉氏忙放下手裡的活計，板著臉教訓梅香。「那是妳以後的公婆和夫婿，妳聽他們的難道不是天經地義？不要再胡思亂想，好生在家裡把能幹的活都幹了，不能幹的還有我呢。」

梅香雖然心裡不服氣，但見葉氏動了氣，不敢再回嘴，低頭嗯了一聲，不再說話。

葉家人走後，葉氏按照葉厚則的吩咐，天天都去田裡看一看，有沒長結實死了的秧苗，及時補上。至於秧田裡剩下的秧苗全給了韓敬義家裡，都是董氏帶著椿香扯的，梅香堅決不讓葉氏去幫忙。

過了幾日後，還沒到小端午，王存周果然上門了。

未婚女婿給丈人家送節禮，這是規矩。從初五大端午到十五小端午，這期間上門都可以，王家人打發王存周，五月十三這天到韓家來了。

王存周來的時候，葉氏到田裡去了，明朗和明盛正在西廂房讀書。梅香坐在正房廊下做針線，蘭香蹲在旁邊摸家裡的小狗小花點。這小狗是前幾日梅香從別人家逮回來的，才斷奶沒多久，肉乎乎的，身上一塊白一塊黑，蘭香就叫牠小花點。

因大門沒關，王存周直接進來了，手裡提著十幾個粽子外加一條肉。

梅香想到前幾日葉氏對她說的話，主動起身向迎，笑著跟他打招呼。「你來了。」

王存周嗯了一聲，仔細看了看梅香。梅香今兒不下田，穿的是一身淺綠色衣裙，頭上綁了兩根辮子，耳朵上還戴了銀耳釘，手裡拿著一條淡綠色的帕子。

莊戶人家的小姑娘，大多穿灰色和藏青色，王存周看到梅香這一身衣裙，忽然看呆了。半晌之後，又欣喜起來。

明朗聽見動靜忙從屋裡出來，笑著拱手行禮。「存周哥來了。」

王存周一向臭講究，雖然手裡提著東西不好行禮，也微微點頭。「老遠就聽見你們的讀書聲了。」

明朗一邊打發明盛去叫葉氏，一邊把王存周往堂屋裡引。

梅香先去廚房倒了茶水，給王存周和明朗一人端了杯茶後，就回房間做針線去了。王存周眼見著梅香進了屋，眼神就時不時往西屋瞟。

過了一會後，葉氏回來了，梅香出來陪客。

葉氏高興的跟王存周打招呼。「存周來了。」

王存周忙起身給葉氏鞠躬。「嬸子。」

葉氏擺擺手。「快坐，我估摸著這幾天你也該來了，你家裡活都忙完了沒有？」

王存周支吾了一下才開口。「約莫都忙完了。」

葉氏笑道：「忙完了就好。」

王存周禮貌性的回問。「嬸子家裡都忙完了？」

還沒等葉氏開口，明朗先說話了。「說來慚愧，我是家中長子，這回農忙，卻全靠阿娘和姊姊忙活，可見百無一用是書生不無道理。」

王存周忙道：「等弟弟有了功名就好，咱們正經讀書人，莊稼之事略懂一些就罷了，倒不必事必躬親。」

梅香本來見今兒王存周態度可以，還在高興，聽到這話後心裡又開始冒火。這個王存周，書讀得越發左了，以前還沒這麼清高，自從去年縣試沒過，就把個讀書人的身分看得比天大。沒有功名，就是莊戶小子，家裡有活難道幹不得？

葉氏心裡也嘆口氣，存周想來是去年沒考中，心裡有些憋屈，但願下回能中了，他也能解開心結，不再這般死板。

明朗為了化解尷尬，忙請教王存周學問。這個王存周最喜歡了，這些日子在家裡，沒有同窗和先生，他一個人不免內心寂寞，如今明朗能跟他說說學問，可是太好了。

葉氏見他二人說學問，便吩咐梅香。「晌午妳做飯吧。」

梅香點頭應了。

等了一會後，外頭忽然有人來打油，梅香又起身往外走。

來的是一個三十多歲的婦人和一個十幾歲的男孩，母子倆抬了一麻袋油菜籽，梅香笑著和人打了招呼，反手一抄就把油菜籽揹到肩上。

這一幕，正好被王存周看到了！

梅香一隻手叉在腰間，一隻手扶著肩膀上的袋子。這動作若是個大漢來做，英武不凡，換成個小姑娘，剛才還嬌俏可愛，瞬間就走了樣。

她正要進東院，忽然聽得王存周在後面大喊一聲。「梅香！」

梅香站定後，轉身看他，王存周憋了半天後說道：「妳放下麻包，這像什麼樣子！」

梅香聽他這樣說，愣了一下，強壓住心裡怒火，啪的一聲把麻袋放在地上，忽然又臉上笑得像朵花兒一樣。「存周哥，你說的對，我一個姑娘家的，扛著麻袋不成體統。明朗還小，我阿娘扛不動，可巧今兒有你在，煩勞你幫我把這油菜籽扛到庫房裡去吧。」

王存周頓時瞠目結舌，他一個讀書人，如何能扛得動？

可梅香一句話把他架了起來，他是韓家女婿，他不讓梅香幹，自然要自己上了。

明朗在一邊，眼睛瞇了瞇沒說話，葉氏在廚房裡站定，豎著耳朵聽。

王存周挨挨蹭蹭過來了，一隻手抓住麻袋一角，使出全身的力氣，都沒能挪動那包油菜籽一分。

過了半晌，氣氛越來越尷尬。王存周又急又氣，見梅香俏生生立在那裡，嘴角含著笑，那笑裡似乎含著譏諷，他頓時心頭火起。「妳笑什麼？不知道來幫忙！」

梅香甩了甩帕子。「我不去，我怕你說我不成體統。」

葉氏連忙過來解圍。「明朗，咱們和你存周哥一起抬進去。」

放好了油菜籽，梅香開始記帳，又給那婦人打油，然後打發娘兒兩個走了。

第十章　暗思量少年學藝

那娘兒兩個走了之後，葉氏笑道：「明朗，帶你存周哥去堂屋，我和你姊姊去做飯。」王存周和明朗一起往外走，走前又去看梅香，梅香低頭算帳，頭也沒抬。

等二人走了之後，葉氏勸女兒。「妳這脾氣也得改改，男人大丈夫，哪個不要面子，更別說他一個讀書人了。」

梅香忽然抬起頭。「阿娘，我也想讓他有面子，可他為了自家有面子，就不顧我的臉面。剛才有外人在，當著阿娘和弟弟的面，他能這樣訓斥我，以後去了他家，我豈不是要成了小媳婦。」

梅香說完，眼淚就掉下來。

葉氏忙把她攬在懷裡。「妳以前整日穿紅著綠，不是阿娘自誇，這方圓幾里路，有幾個能比得過妳呢。存周是個斯文人，自然喜歡那樣的妳。如今妳忽然大變樣，他心裡繞不開這個彎，也是常理。等他再大一些，時日久了，也就能想開了。」

梅香擦了擦眼淚。「阿娘，難道為了他臉面好看，我就要一直委屈自己。」

葉氏摸了摸她的頭。「等過兩年妳嫁過去，到了王家後稍微收斂些，再生兩個孩子，小倆口一起過起日子來，有了情分就不一樣了。」

梅香聽見葉氏說生孩子，又有些害羞了。「阿娘，我去做飯了。」

說完，梅香就去廚房了，葉氏在後面笑道：「走慢些，步子別跨那樣大。」

梅香在灶上忙碌，葉氏在下面燒火，蘭香抱著小花點坐在旁邊的小板凳上。

王存周雖說是家裡的姑爺，年紀也小，葉氏本來不預備叫陪客的來。明朗提醒葉氏。「阿娘，七爺家的敬博叔父回來了，他雖是長輩，年紀跟存周哥差不多，不如請他來，我們一起說話。」

葉氏想了想，同意了明朗的意見，並親自去請韓敬博。韓文富夫婦聽說是陪客，立刻打發兒子過來。

韓敬博是韓文富的四子，今年十五歲，已經有了童生功名，與鎮上一家木器行李老板家的千金訂了親。

王存周見韓敬博來了，忙起身相迎。「叔父！」

韓敬博也回禮。「存周來了。」

王存周知道韓敬博身上有童生功名，很是敬重，三個讀書郎說起話來也是滔滔不絕。

吃過晌午飯之後，韓敬博先回去了，王存周一再相送。

等送走韓敬博，王存周也要家去了。葉氏硬拉著梅香一起，把王存周送到大門口。

王存周見梅香低著頭不說話，忍不住又囑咐她。「梅香，近來還是少出些門，就在家裡跟著嬸子操持家務。」

梅香心頭火起，整日在家裡？外頭的活他替她家幹了？

王存周又叮囑明朗。「如今你身上有孝，雖不好去學堂，在家也不能荒廢了功課。」

葉氏笑道：「存周果真是懂事了，這樣心細。」

王存周被葉氏誇得臉紅了，忙躬身道：「今兒偏勞嬸子了，我先回去了，嬸子留步。」

葉氏點點頭。「路上小心些。」

王存周點頭，轉身走了。等他拐了個路口，見不到身影了，葉氏才帶著孩子們回了院子，又把大門栓插上，讓孩子們歇個午覺。

梅香躺在床上翻來覆去，總覺得心裡憋屈得很。原先韓敬平在的時候，王存周也時常過來，二人雖不說多親密，也能和睦相處，如今見了面，他就要訓斥她，她又沒刨了老王家的祖墳，怎的總是看她不順眼了？

梅香知道，王存周是個臭講究，他覺得姑娘家家的不該幹粗活，不能一個人往外跑，應該安安靜靜坐在那裡繡花做鞋，或者讀書寫字，要出門也必須有男丁陪同。

讀書寫字梅香不反對，可如今家裡不比以往，她難道還像以前那樣坐在那裡當小姐不問事？

梅香想著想著，迷迷糊糊睡了一會，葉氏就叫她起來了。

葉氏讓梅香在家裡看著弟弟妹妹，她自己帶了鐵鍬往菜園裡去了。

梅香仍在廊下納鞋底，心漸漸平靜下來。

她就是她，她可以為了家人裝文靜，但不會為了裝文靜而委屈家人。王存周的心態在變化，自己也在變化，兩個都在變化的人卻希望對方能待自己如初，這本來就是奢望。可誰都不肯服輸，這中間必定要拉扯許久。

梅香心想，既然這樣，除了讓她裝大小姐不幹活這事不能答應，別的，她且先讓讓他，阿爹既然挑中了王存周，她不能讓阿爹失望。但他以後若是太過分，她也不能答應！

清晨，大黃灣。

雞叫兩遍的時候，黃茂林起身了，洗漱好就往倒座房去了。

黃家豆腐坊占了三間倒座房的位置，黃茂林的父親黃炎夏已經在豆腐坊裡忙開了。昨兒晚上就下水泡過的豆子這會已經發起來了，黃炎夏用清水淘了淘，又把磨盤洗乾淨，把毛驢牽過來，蒙上毛驢的眼。正準備開始磨豆子時，見大兒子來了。

黃炎夏笑道：「怎的不多睡一會？」

黃茂林沒有正面回答黃炎夏的問題。「阿爹起得好早，今兒我要一個人去賣豆腐哩，早起來一會。」

黃炎夏點點頭。「既已經起來了，來給我搭把手。」

黃茂林高興的點點頭，接過黃炎夏手裡的水瓢。磨豆腐的手藝他也學了個七、八成，可想要獨自磨出一盤好豆腐，他且還要學著呢。

黃炎夏套好毛驢之後，抽了小毛驢一鞭子，小毛驢邁開四條腿開始轉著圈拉磨。

吱呀——吱呀——小毛驢拉著石磨一圈一圈不停的轉，黃茂林在黃炎夏的指示下不斷往磨眼裡加黃豆和清水。

這加多少豆子和水非常講究，水一加多了，做不成豆腐，只有豆漿；水加少了，做的豆腐要麼太老，要麼直接成了豆腐腦。

黃豆沿著兩扇磨之間的紋理往外，被碾成豆渣和豆腐水。大顆粒的豆渣用小木鏟剷起來再次放到磨眼裡，得磨到細碎才行。磨過的豆渣隨著豆汁水一起，沿著磨盤的開口流進大木桶裡。

爺兒兩個一個不停加黃豆和清水，一個看著小毛驢，不時提點兩句。等公雞又開始叫的時候，黃豆都磨好了。

黃炎夏拉住小毛驢，解掉套子，牽到外頭驢棚裡去了。

黃茂林把過濾用的架子立好了，不等黃炎夏回來，他自己就把桶裡的生豆漿用大瓢舀了倒進紗布兜裡，細碎的豆渣留在紗布上，然後把濾過的生豆漿倒進鍋裡煮。

正在這個時候，黃炎夏的婆娘楊氏進屋了。

黃茂林的生母郭氏在他兩歲的時候沒了。黃炎夏一個人要照看豆腐坊，還要照顧兒子，忙不過來，娶了楊氏續弦。楊氏進門後，又給他生了一兒一女。二兒子黃茂源也有十歲了，唯一的女兒淑嫻已經七歲了。

人說天下有三苦，撐船打魚磨豆腐。磨豆腐雖然不用像船夫和漁夫那樣到水裡和龍王打交道，但一年三百六十五天日日要早起。楊氏寶愛自己的兒女，以其年紀尚小為由，未曾讓兩個孩子早起。

原來黃茂林也不用早起，但他一日大過一日，漸漸知道手藝的重要性，每日不要人督促，自己早起，跟著黃炎夏學習磨豆腐。

這豆腐坊原就是黃炎夏和原配郭氏一起置辦的家業，黃茂林也想把手藝傳給大兒子。可楊氏的想法自然不一樣了，家裡有十幾畝地，夠吃夠喝，豆腐坊可是家裡的主要活錢來源，若給了黃茂林，她兒子要怎麼辦？這一年多以來，黃茂林天天早起，楊氏急了，也跟著早起。黃茂林要幹活，她只說讓他歇著，小孩子家家的別累壞了身子。

黃茂林想學手藝，只得比楊氏起得還早，趁著楊氏不在，他多學一些。

楊氏進門後立刻就笑道：「茂林怎的又起這麼早，你還小呢，別熬壞了身子，趕緊去睡一會吧，剩下的交給我和你阿爹就行。」

黃茂林也用他溫和的招牌笑容看向楊氏。「阿娘，我每日下午可以睡一時。阿娘整日操持家務，還要照顧弟弟妹妹，別累壞了。」

黃炎夏見楊氏和大兒子互相關心，心裡很高興，對楊氏說道：「他願意學，就讓他學吧，等下午再讓他多睡一會。」

楊氏臉上仍舊笑著。「那就聽當家的。」

楊氏坐到灶門下開始燒火，黃炎夏則不斷的攪拌豆漿，不時提醒楊氏添減火勢。

等黃茂林這邊全部過濾完後，另一口鍋也燒了起來。

黃茂林對黃炎夏說道：「阿爹，這一鍋讓我來吧。」

黃炎夏點點頭，讓楊氏熄了這一鍋的火，開始點鹵。點過鹵之後，把熟豆漿放到一個個扁平木盒裡。那木盒都刷了一層厚厚的桐油，不怕蟲蛀，也不漏水。

黃炎夏很快把一鍋豆漿處理好了，就等豆腐成型。那邊，黃茂林正不停的攪拌另一口鍋裡的豆漿。

黃茂林不怕楊氏不好好燒火，若因為火不好弄壞一鍋豆漿，阿爹頭一個要問她的錯，自己還是個孩子呢。

等天將將亮的時候，黃家的豆腐終於都做好了。

黃茂林今兒要獨自開始挑大梁了，以前，他都是和黃炎夏一起出門去賣豆腐。

黃炎夏賣了十幾年豆腐，十里八鄉，就沒有他不認識的人。哪些人家難纏、哪些人家和善，這幾個月的功夫，黃茂林都記了個八九不離十。

黃家父子賣豆腐，不逢集市走得遲一些。每到一個村子，一邊搖鈴一邊吆喝。「豆腐，賣豆腐」清脆的鈴鐺聲配著吆喝聲，在寂靜的清晨，能傳出好遠。

誰家需要豆腐了，聽見這個聲音，有的帶了黃豆出來，有的拿了錢出來。莊戶人家基本上都是用黃豆換，若家裡沒有黃豆，又來了客人，倒是會咬牙摸出兩個銅板來買豆腐，只有住在鎮上的有錢人家才會回回都拿錢買豆腐。

黃家離鎮上只有四里路，倒不是很遠。黃炎夏每日帶著兒子以他家為中心，方圓五里路之內，他都會走個遍，包括鎮上。逢集的時候，黃炎夏會走得更早，先把周邊遠一些的村子走一遍，然後再去鎮上擺攤子，離鎮上近的人家都會去鎮上買豆腐。

前些日子農忙，逢集的時候，他一大早把黃茂林送到鎮上看攤子，自己回家栽秧。背集的時候，他一個人走街串巷賣豆腐，把黃茂林留在家裡幹活。這幾日，黃家十幾畝田的秧都栽完了，爺兒兩個又恢復每天早上擔挑子賣豆腐的慣例。

賣了幾日後，黃茂林忽然與黃炎夏商議。「阿爹，咱們每日要走好遠的路，回來時都半上午了。不如咱們兩個分開，一人挑一些，一來擔子輕一些，二來，也能早些回來。」

黃炎夏剛開始覺得兒子胡鬧，賣豆腐是那樣容易的？他一個半大小子，人家定然要欺負他。

楊氏也不答應。「茂林，你才多大，家裡有我和你阿爹呢，哪能讓你挑大梁。」

黃茂林軟磨硬泡。「阿爹，要不，這幾日您就在後頭跟著不要說話，您看我一個人能不能行。總是讓您一個人風裡來雨裡去的，兒子也不忍心呢。」

黃茂林這話半真半假，他心疼黃炎夏辛苦是真的，但他也知道黃炎夏就喜歡聽這種體恤人的暖心話。

果然，黃炎夏聽兒子這樣說了後，心裡很是感動。索性就聽兒子的，自己在後頭跟著不說話。有人來買豆腐時，黃茂林卸擔子、秤豆子、切豆腐，樣樣都索利得很。

有人開玩笑。「黃老爹，你可算熬出頭了，兒子也得力了。」

黃炎夏咧嘴笑。「他還小呢，全靠鄉親們照看他。」

黃炎夏是生意人，常年都笑臉對人，有他跟著，並無人為難黃茂林。且黃茂林天生笑顏，長得也不差，誰看著心裡都舒服。

這樣跟了幾日後，黃茂林再次提出單獨去賣豆腐的要求。黃炎夏仔細想了許久，不顧楊氏阻攔，答應了兒子。

今兒，是黃茂林獨自出門的頭一天。黃炎夏只給了他兩大板豆腐，讓他去西北邊幾個村子賣。西北邊幾個村子因良田多，鄉親們家裡略微殷實一些，難纏的人少。

今兒是背集，爺兒兩個天一亮就出門了。

沒有黃炎夏跟著，黃茂林感覺又新鮮又緊張。他挑的豆腐少，擔子比較輕，走起路來也快。他先去了王家凹，眾人見他獨自一個人來的，不免驚訝，也少不了打聽。黃茂林始終笑咪咪的，能答的定認真回答，不能回答的，也客氣的岔開話題，不會讓人家覺得尷尬。

黃茂林一路走過來，都很順利。到了韓家崗時，擔子裡的豆腐沒剩多少了。

梅香在家聽到賣豆腐的吆喝聲，忙拿出碗，摸出兩文錢，牽著蘭香的手一起出門。

黃茂林笑咪咪的打招呼。「大妹妹買豆腐？」

梅香點點頭。「明兒就是小端午了，不知你們來不來，我先買一些備著。上回欠您的半文錢，前幾日已經還給黃老爹了。」

黃茂林笑道：「阿爹跟我說過了，明兒我還來，大妹妹今兒不用買太多。」

梅香點點頭。「那，我就要一文錢的水豆腐。你明兒過來，給我帶些豆腐渣行不行？我弟弟愛吃那個。」

黃茂林邊秤豆腐，邊笑著點頭。「行，我給大妹妹帶一斤多，小孩子家家不能吃多豆腐渣，那個不好消化。」

梅香用碗接過豆腐，讓蘭香給黃茂林一文錢。

蘭香乖巧的把一文錢遞過去，黃茂林接過錢，見蘭香頗是可愛，輕輕摸了摸蘭香頭上的小揪揪，蘭香朝他笑了笑，黃茂林也對蘭香笑了。這下蘭香有些害羞了，躲到梅香身後。

梅香摸摸蘭香的頭。「咱們回去吧，黃大哥慢走。」

黃茂林點點頭。「大妹妹客氣了。」

梅香轉身就牽著妹妹走了。

黃茂林看著梅香的背影，都說韓家大妹妹變厲害了，可他看她又講道理又能幹。父母不全的孩子，難道就要任人拿捏不成。

黃茂林挑起擔子，也轉身走了。

第十一章 出師利勸退惡客

黃茂林回家後，黃炎夏還沒回來。

他一進門，楊氏立刻迎了上來。「茂林，今日如何？可有人為難你？」

黃茂林放下擔子，笑道：「阿娘，我今兒順利得很。家裡可還有飯？我餓得不行了，先讓我吃兩口飯吧。」

為了不讓楊氏繼續追問，黃茂林擔子還沒放下，就說肚子餓了。

楊氏本想問帳目的事，聽見黃茂林要吃飯，她也不好再追問，只得勉強笑道：「都給你留著，稀飯在鍋裡，菜在碗架上，飯鍋旁還貼有兩塊鍋盔，你和你阿爹一人一塊。」

黃茂林把擔子放到豆腐坊裡，出來後一邊往廚房走，一邊笑著對楊氏說道：「辛苦阿娘在家做飯了。」

楊氏扯了扯嘴角。「你們爺兒兩個出去辛苦，我做個飯是應該的。」

黃茂林進了廚房，盛了一大碗濃稠的稀飯，拿了一塊鍋盔，夾了幾筷子菜，端著碗就坐在灶門下的小板凳上吃飯。

黃家正房是黃炎夏夫婦和淑嫻居住，東耳房是放糧食和黃豆的地方，西耳房空著的。東廂房是廚房和一間雜物間，西廂房黃茂林和黃茂源一人住一間。

倒座房共有四間，最東邊是門樓，往西邊來兩間是豆腐坊，最後一間是庫房。西邊有個跨院，裡面有牛棚、豬圈、雞圈和柴火棚子。

楊氏回正房後，去了女兒的西屋，淑嫻正在做針線活。見楊氏進來了，淑嫻忙起身。「阿娘，大哥回來了？」

楊氏看了看她手裡的活計。「妳忙妳的，不用出去。」

淑嫻又坐下了。「二哥到哪裡去了？大哥跟二哥這樣大時，都知道跟著阿爹濾豆漿了。」

楊氏摸了摸她的頭髮。「妳還小呢，不用操心那麼多。上午把這兩行線走完了就歇一會，別把眼睛看壞了。」

淑嫻點了點頭。「阿娘放心，我做完這個就不做了。」

說起兒子，楊氏也有些操心。黃茂源讀了一年的私塾後就說腦仁疼，死活不願意再去讀書。黃炎夏預備找個地方讓黃茂源去當學徒，楊氏不答應，當學徒多苦，整日挨打挨罵。但若說讓黃茂源跟著磨豆腐，楊氏又心疼，磨豆腐更苦。

兩口子爭執不下，黃茂源就一直閒著。楊氏心裡也發急，但她捨不得這份家業，卻又捨不得兒子去吃苦，如今只能這樣混著。心想最好永遠不用分家才好，豆腐坊讓老大管著，掙了錢是大家的。

但不管楊氏怎麼想，她也不敢說出來。

黃茂林在廚房吃了一大碗稀飯和一塊鍋盔後，肚子有個七、八成飽了。他才放下碗，黃炎夏便回來了。

黃茂林忙迎了過去。「阿爹回來了。」說完，他立刻拿了只乾淨碗，把剩下的一大碗稀飯全部盛給他，剩的菜也倒進他碗裡，又把鍋盔放在上面，雙手端給了黃炎夏。

楊氏也出來了。「當家的回來了。」

黃炎夏點點頭，嗯了一聲，洗了手後，接過碗坐在廊下就開始吃飯，一邊吃一邊問。「你今兒如何？可還順利？」

黃茂林一邊從懷裡掏出一堆銅板，一邊笑道：「今兒再順利不過的，兩大板水豆腐，賣到最後幾家一家多給了一、二兩，一共五十四文錢。二十斤千豆腐，一共三十文。兩樣攏共八十四文錢，都在這裡。」

黃炎夏心裡有譜，兩大板水豆腐一共八十斤出頭，差不多就是這個價錢。

他一邊吃飯一邊說道：「頭一日能賣得這樣好，果真不錯。賣到最後都是要添一些，明兒你換個方向走，如果總是一樣的路，每次賣到最後都是那幾家，旁人家得不到優惠，時間久了也不好。」

黃茂林點點頭。「我聽阿爹的。」

楊氏看了一眼放在旁邊小凳子上的一堆銅板，笑著說道：「茂林真是能幹，頭一日竟沒讓人占了便宜去。」

黃家有一件事情最讓黃茂林滿意，那就是家裡的錢都是黃炎夏在掌管。黃炎夏需要知道豆腐坊的出息，故而一直親自管帳。黃茂林的一應開銷，都是直接從黃炎夏手裡走。唯一能讓楊氏鑽空子的地方就是黃茂林的衣衫，黃炎夏給了錢，買什麼樣的布不還是楊氏說了算。

楊氏給黃茂林納的鞋底都比旁人薄一些，因而黃茂林的鞋底總是破，剛開始他以為自己的腳太費鞋，還有些內疚，楊氏只笑咪咪說不妨事。

有一回，黃茂林回外祖郭家，走著走著鞋底磨破了。等到了郭家後，他舅媽讓他脫了給他補一補。精明的郭舅媽一眼就發現這鞋底比一般鞋底要薄很多，禁不住大罵楊氏。「黑了心的賊婆娘，若不想做後娘，當初就正經找個大小夥子去做原配嫡妻。黃家的豆腐坊，可是我們姑奶奶在的時候一起置辦的，如今好處她都得了，平日裝個好人樣，背地裡卻這樣刻薄我們姑奶奶唯一的骨血，也不怕將來穿腸爛肚而死。」

黃茂林聽見繼母玩這樣的小手段，也灰了心。郭家舅父原要跟著黃茂林一起回去問黃炎夏，當時才十一歲的黃茂林攔住外家人，他自己回去後直接把這事告訴了黃炎夏。

黃炎夏心裡也有些生氣，在聽見兒子沒讓外家人來鬧之後，心裡很滿意。

黃炎夏不想和楊氏為這件事吵嘴，畢竟楊氏也給他生了一兒一女，鬧出去了，一家子臉上都難看。但他要給郭家一個交代，也不能讓大兒子小小年紀就對家裡寒了心，更要對得起死去的郭氏。

黃炎夏想了許久，把新置辦的五畝上好的水田直接寫了黃茂林的名字。郭家聽說此事後，看在黃茂林的面子，沒有再提此事。

楊氏當時極力反對。「當家的，茂林還小呢，寫他的名字，說出去旁人要說這孩子不孝了。」

黃炎夏直接對她說。「妳我不說出去，誰知道呢。再說了，遲早總是要給他們兄弟的，早點寫孩子們的名字，以後也省得再改，多跑一趟衙門，多費一道錢。」

楊氏被噎得半天沒說話，黃炎夏直接堵死她的嘴，若外人知道了，就是她說出去的。

楊氏後來知道了鞋底的事情，有些羞，還有些怕，郭舅媽可不是她能惹的。她不敢再馬虎，用心做鞋。往後她若是哪裡做得不到位，黃炎夏也不說她，就私底下補貼黃茂林，三十五十的，沒少給過錢，連郭氏以前的銀首飾和其他的貴重嫁妝，黃炎夏都給了大兒子。

黃茂林雖然年紀還小，但經歷了鞋底事情後，忽然變得非常有危機意識，黃炎夏給他的錢和東西，從來都是攢得緊緊的。

這些年已經攢了五、六兩銀子了，還有郭氏的兩根銀簪子、一對銀鐲子和兩對銀耳環，都一併放在私藏的錢匣子，藏在床邊腳踏板底下，匣子還上了鎖，鑰匙被他藏在門框頂上。

因此，黃茂林日常都是自己打掃，旁人也輕易進不了他的屋子。

後來黃茂林單獨賣豆腐後，日日如實交帳，一文不留。黃炎夏更加滿意，第一個月底的時候還偷偷塞給了他兩百文錢。

話轉回來，五月十五的早上，黃茂林天還沒亮就擔著挑子出門賣豆腐了。

臨走前，他當著黃炎夏的面，從廚房拿來一個大碗，從豆腐坊裡舀了一大碗豆腐渣，放到擔子底下的籃子裡。

黃炎夏看到後沒說話，既然放手讓兒子做，他也不能管太多。

黃茂林出門後，這回先去了西北方向的劉家坪，過了往鎮上去的大路之後，又去了方寨。然後往北走，依次是張灣和韓家崗，再往東南去是王家凹和小黃灣。繞完了這六個村子，黃茂林就可以回家了。

今兒是小端午，許多人家都會買塊豆腐。也有儉省一些的人家，想著栽秧的時候天天豆腐啊肉啊的都沒斷過，現在農忙過了，總不好再整日吃好的。

梅香家因為初五時忙著栽秧，連粽子都沒包，故而今日要好生過一過。

一大早起來後，葉氏如往常一般伺候家裡的牲口，早飯就交給梅香做。

梅香燒了一鍋稀飯，便去菜園看看有什麼可收的。

菜地就在大門口不遠處，面積不小。葉氏勤快，今年種許多夏季時令蔬菜。梅香割了把韭菜，摘了幾個新長的青辣椒，剛長出來的脆嫩豇豆也摘了幾根，小茄子摘了三個。

許多菜都要長出來了，很快，莊戶人家就要進入不缺菜的季節。因著家裡菜多，剛冒頭的豇豆和辣椒梅香也捨得摘，一些菜地少的人家，可捨不得這樣吃。

稀飯燒開後，梅香熄了火，開始準備菜。

今兒家裡過端午節，一日三餐都要正經做。

梅香把韭菜擇乾淨，摸出兩個雞蛋，準備做韭菜炒蛋。正在切韭菜的時候，外頭熟悉的搖鈴聲又響起來。「賣豆腐勒。」

梅香丟下菜刀，拿出碗，摸出幾文錢往外跑，蘭香看到後忙蹬蹬蹬跟在姊姊身後。

還沒等梅香出門，黃茂林就已經卸下擔子，等在大門口了。

見梅香拿著碗出來了，黃茂林笑道：「大妹妹，妳這一個碗怕是不夠，我給妳帶了一碗豆腐渣呢。」

梅香也笑了。「那我再回去拿個碗，黃大哥且等一等。」

黃茂林站在樹蔭下擦了擦汗，仔細看了看韓家院子的外貌，心裡禁不住讚嘆，難怪平安鎮人人敬佩韓掌櫃，十幾年的功夫，憑自己一個人就能掙下這麼大一片家業，果真令人佩服。得虧韓家孀子和大妹妹能幹，若不然這麼大一片家業要是被人奪去了，娘兒幾個還不得去要飯。

正當他思緒萬千的時候，梅香拿著兩個碗再次返回。

黃茂林再次擦了擦額頭的汗。「大妹妹今天都要些什麼？」

梅香想了想，對他說道：「您給我秤兩文錢水豆腐，兩文錢千豆腐，還有這碗豆腐渣。」

黃茂林切好水豆腐，放到她的碗裡，又把足斤足兩的千豆腐蓋在水豆腐上面，然後把豆腐渣倒進另一個碗裡。「大妹妹，妳給我四文錢就好，這碗豆腐渣，算我送給妳的。」

梅香忙道：「那怎麼行，您辛苦做出來的，又大老遠挑過來的。」

黃茂林笑道：「這東西喜歡的人喜歡，不喜歡的人一口都不嘗，我家裡還多著呢。因它重，我和阿爹每日早晨都不帶這個。家常誰喜歡誰到我家裡去買，便宜得很。也就去鎮上擺攤的時候會帶一些，賣多少算多少。」

梅香仍舊不肯。「那也不能白占您的便宜，總是黃豆磨出來的。」

二人正推來推去，旁邊忽然傳來一道聲音。「這是在做甚呢？」

梅香扭頭一看，是族裡一位婦人高寡婦。

因高寡婦死了的男人在家排行第三，梅香忙打招呼。「三伯娘來了。」

高寡婦笑了。「這是怎的了？」

梅香知道這婦人舌頭長，不想跟她說實話。

黃茂林忙打岔道：「這位大娘，您要買豆腐嗎？今兒的豆腐不老不嫩，您煎著吃也行、燉著吃也行，保管您不會散。」

高寡婦眼睛滴溜溜的轉。「喲，這豆腐渣多少錢一斤？梅香，勻給我一些吧？」

黃茂林忙道：「喲，不知道大娘要豆腐渣呢，今兒沒有了，明兒我再給大娘帶一些。」

高寡婦笑著問梅香。「梅香，如今打油還有送的沒？」

梅香愣了一下，忙又笑道：「三伯娘，送油還是頭先的事兒，如今存油不多，不敢再送了。」

高寡婦挑了下眉。「是頭先送的沒錯，但頭先我也沒去換油呀。」

梅香也笑道：「三伯娘，下回再送油，我頭一個通知您，定不會讓您誤了時候。」

高寡婦知道梅香也不是個任人拿捏的，輕哼了一聲，不再說話。

高寡婦又轉頭看向黃茂林。「黃家小哥，給我秤一文錢水豆腐吧。」

因為高寡婦打岔，梅香還沒來得及付錢，索性退到一邊，讓高寡婦先來。

黃茂林秤好了豆腐後，用小鏟子鏟著豆腐放到高寡婦的碗裡。

高寡婦看了看，不滿意的對黃茂林說道：「黃家小哥，你這斤兩不夠吧，再給我添一些唄。」

黃茂林笑看著高寡婦。「大娘，可不敢這樣說，我們家的秤在平安鎮是出了名的公道，從不會缺斤短兩。您若是怕少了，這韓老板家裡肯定也有秤，不如借來校一校。」

高寡婦撇撇嘴。「你們兩個嘴倒是一樣的尖。」

說完，她把一文錢甩到黃茂林的豆腐板上，一扭頭走了。

梅香氣結，想要回嘴，黃茂林忙做手勢攔住她。

等高寡婦走遠了，黃茂林對梅香笑道：「大妹妹，這樣的人多得很，不必跟她們動氣，她沒占著便宜，該生氣的是她才對。下回妹妹要是不想這樣生硬的回她，就說如今打二十斤油送二兩，讓她知難而退。」

梅香不好意思的笑了笑。「還是黃大哥會行事，我就是太莽撞了，聽見她說那些不中聽的話就想生氣。」

黃茂林謙虛。「大妹妹還小呢，往常又不大出門，自然和這種人打交道打的少。妹妹不曉得，我剛開始和阿爹在鎮上賣豆腐時，什麼樣的人都有。有些人賴帳不給錢，有些人給了足斤足兩的豆腐還不幹，非要我們再多給一些，還有直接動手搶了就跑的，事後根本不認帳。我頭先也很生氣，我阿爹告訴我，除了動手搶的必定要討回來，其餘磨嘴皮子的，就跟他磨，千萬不能生氣，不能壞了財運。」

梅香聽得直咂舌。「還有這樣的人，黃大哥你可真能幹，要是我就要動手打人了。」

黃茂林一邊收拾擔子，一邊哈哈笑了。「大妹妹客氣了，大妹妹如今一個人能管起油坊，這般能幹，是我比不了的。」

梅香也笑了，親自把錢給了他。「多謝黃大哥的豆腐渣，以後您缺油了，只管到我家裡來，我就算存油少，也能送您半斤。」

黃茂林接過錢。「那就多謝大妹妹了。」

二人客氣一番後，梅香先轉身回家去了，黃茂林笑了笑，也挑著擔子走了。

第十二章　送粽子慈母教子

買回豆腐之後，梅香開始炒菜，等飯做好之後，叫了一家人一起吃飯。

吃過早飯之後，葉氏端著盆子要去河邊洗衣裳。梅香忙攔住她。「阿娘，您放那裡，等我洗了碗我去吧。」

葉氏也沒和她爭，小姑娘家的洗衣裳本就比較多。「那妳直接去吧，碗我來洗。」

梅香漱了漱口，端起盆子就去了。蘭香要跟著，葉氏忙拉住她。河邊可不是好玩的地方，萬一掉進去，撈都撈不起來。

原來天冷的時候，葉氏自己洗衣裳，家中水井裡的水有些熱乎勁。等天一暖和，她就會讓梅香到河裡洗衣裳。

梅香端著盆子到河邊的時候，已經有好幾個小姑娘在那裡洗衣裳了。隔壁的秀芝、二房的蓮香、韓文富的孫女竹香、韓文昌的大孫女茴香，還有兩個關係遠一些的姊妹，外加兩個年輕小媳婦。

河邊一溜的扁平圓石頭，洗衣裳用正好。梅香到了後，大夥兒紛紛跟她打招呼，梅香找好位置就洗開了。

秀芝就在她旁邊。「三姑，今兒倒來遲了。」

梅香在家雖然是老大，但出生時，韓敬義愣說都是堂姊妹，自然要一起排行，共祖父母，一起排行的也多，韓敬平夫婦就沒反對。

梅香笑了。「妳們真勤快，來得這樣早。」

蓮香問梅香。「三姊姊，妳什麼時候有空呀，我們剛才還說找妳一起剪花樣子呢。」

梅香一邊搓衣裳一邊笑道：「妳們儘管來，我那裡有十幾種花樣子呢，都是我用熟了的，我也想跟妳們學兩樣新的。」

幾個小姑娘一起說說笑笑，旁邊兩個年輕的嫂子在一邊聽著，偶爾插兩句嘴。眾人陸陸續續洗完了衣裳，先後走了，空出來的位置又被後面來的人補齊。

梅香回家後，葉氏已經開始包粽子了。梅香匆忙把衣裳晾在東院，跟著去幫忙。蘭香坐在一邊看阿娘和姊姊包粽子，偶爾用小手指戳一戳粽子，小花點在她腳邊跑來跑去的。

娘兒兩個一個比一個手巧，一張粽葉到了手裡，迅速捲成錐狀，先裝一半糯米，再加兩塊鹹肉，繼續填滿糯米，用手略微按一下，緊實之後，裹成四角狀，再用細棉線紮緊，一一放到旁邊的盆子裡。

天兒越來越熱，粽子不能放太久。葉氏只預備包五、六十個，要往韓文富和韓文昌家裡送一些，大房和二房那裡也要意思一下。

梅香一邊快速裹粽子，一邊和葉氏說道：「阿娘，今年咱們沒種糯米，等冬天的時候，打不了餈粑了。」

葉氏手下不停。「到時候看問誰家找一些糯米，咱們就打一鍋。」

梅香點頭。「若是只打一鍋，也不用請人，我自己就能打了。」

葉氏不置可否。「到時候再說罷。」

幾十個粽子，娘兒兩個很快就裹好了。粽子包好後，梅香立刻去廚房，往鍋裡加了大半鍋水，把粽子放進鍋裡，架起劈柴就開始煮粽子。

葉氏把盆子勺子都收拾乾淨了放好，對梅香說道：「我去田裡看看水，一會就回來。」

葉氏走後，梅香把灶門裡的柴加足了，又去忙著做鞋。

前幾日王存周過來送了節禮，葉氏讓梅香給他做一雙鞋當回禮，梅香得趕緊把鞋做好。

等葉氏回來的時候，鍋裡的粽子還沒煮好。

梅香見葉氏手裡拎了一條魚，用稻草串著，笑問她。「阿娘，這魚哪裡來的？」

葉氏笑道：「妳敬杰叔父今兒在青石河裡下了個網，網到三條魚，我要了一條大的，他自己留了兩條略微小一些的。」

梅香問葉氏。「咱們要給錢嗎？阿娘。」

葉氏想了想。「給錢他定然不會要，這條魚，要是到鎮上買，估計也得四文錢左右，等會打一斤油送給他，再加幾個粽子。」

韓敬杰今年種的油菜籽不多，大多都是麥子。農忙一過，估計他家裡吃油又緊張了。

梅香點頭應了，繼續低頭納鞋底。

過了一會後，鍋裡的粽子終於煮好了。葉氏把粽子撈出來放到盆裡，加了些涼水，一來讓粽子快點涼下來，二來粽子會更加緊實。

等粽子涼了，葉氏先剝了兩個，讓四個孩子分吃了，然後挑出四十個粽子，放在盆子裡，打了一斤油。還沒到晌午飯時刻，葉氏叫了明朗兄弟，母子三個帶著東西出門了。

葉氏本來準備先去韓敬義家，明朗對她說道：「阿娘，大伯家最遠，咱們不如先去二爺爺家，再去七爺爺家吧，然後去敬杰叔和二伯家，把韓家崗轉一大半再去大伯家。」

葉氏聽兒子這樣說，頓時明白了他的意思，笑著同意了。

娘兒三個先去韓文昌家裡送十個鹹肉粽子，韓家族人包的大多都是白粽子，梅香家因為有油渣餅，每年都多餵幾頭豬，去年過年賣了三頭豬，自家留了一整頭豬，全部做成鹹肉，可以吃大半年。

韓文昌家的歐氏笑著出來迎接。「姪媳婦來了，明朗和明盛也來了，快進來坐。」

葉氏笑道：「二嬸，我就不坐了，今兒我包了鹹肉粽子，天越來越熱了，放不久，給二叔和嬸子嘗嘗。」

歐氏笑道：「年年吃你們的肉粽子，我都不好意思了。」

葉氏客氣道：「二叔二嬸時常幫我們的忙，幾個粽子不算什麼。」

歐氏接過粽子後放到桌上，立刻從供桌櫃子底下掏出兩塊糕點，分別塞到明朗和明盛手裡。「我這裡也沒啥好東西，一人吃一塊。」

葉氏笑著讓兄弟二人接了。「偏勞二嬸的好點心了。」

明朗帶著弟弟道謝，娘兒三個別過歐氏，又往韓文富家裡去了。

韓文富和老妻蘇氏招呼了葉氏，葉氏又是同樣的說辭，蘇氏回了她幾個鹹蛋。然後去韓敬杰家和韓敬奇家，各送了五個粽子。葉氏沒要韓敬杰的回禮，本來就是還人家一條魚的人情，韓敬奇家回了一張油豆皮。

最後才是韓敬義家。

一路走過來，遇到不少族人，人家問葉氏做甚，葉氏笑著說給婆母和兩位叔父家送些肉粽子。大夥兒都心領神會，誰家有好吃的，孝順些的給公婆送一些，有些家裡太窮了，孩子們整日見不到葷腥，老人家也不會和孫子們爭那口吃的。

葉氏帶著孩子們到大房時，椿香已經在做午飯了，董氏正在擇菜，崔氏坐在廊下。

董氏見葉氏過來了，還端著盆子，欣喜的迎過來。「三弟妹來了。」

葉氏笑著一邊跟董氏打招呼一邊往裡走。「大嫂和阿娘在忙呢，今兒我得空，包了幾個肉粽子，送十個來給阿娘和孩子們嘗嘗。」

明朗帶著弟弟給崔氏和董氏見禮，椿香也出來喊了三嬸。

崔氏扯了扯臉皮。「我還以為妳今年不包粽子呢。」

葉氏笑了。「那哪兒能呢，頭先太忙，顧不得，這兩天才忙完。」

董氏忙笑道：「喲，我還以為大端午時弟妹家包了粽子呢，早知道這樣，我給弟妹送幾個過去，如今都已經吃完了。」

董氏見葉氏盆裡還有東西。「弟妹也太客氣，帶這麼多東西做甚。」

葉氏笑笑沒說話，明朗接話道：「因大伯娘家離得遠，粽子又重，我們先去二爺爺和七爺爺家裡，晌午敬杰叔給了我們一條大魚，我們也往他家送了五個粽子。二奶奶給了我和明盛一人一塊糕點，我們都吃了。這是七奶奶給的幾個鹹鴨蛋，還有二伯娘給的油豆皮。」

董氏頓時像被卡住嗓子一般，明朗這小崽子是在要回禮嗎？

葉氏忙說兒子。「明朗，別胡說，給你阿奶送東西，是咱們應該做的，天經地義。」

說完，葉氏對崔氏說道：「阿娘，我先回去了，您老歇著。」

崔氏點了點頭，董氏也扯著臉皮笑了一下。

葉氏別過大房人，帶著兩個兒子一起走了。一路上，葉氏笑著與遇到的族人打招呼，臉上並無異色。

到家之後，梅香在廚房忙活，她剛把米飯燜上，在灶下架了劈柴，蹲在廚房門口剖那條魚。

見葉氏回來，梅香笑著打招呼。「阿娘都送完了？」

葉氏點點頭，把盆子放在廚房裡的案板上，吩咐梅香。「這張油豆皮明兒炒把青菜吃。」

梅香點頭應了。

明朗正預備回西廂房讀書，葉氏忽然叫住他。「明朗，去把大門拴上。」

明朗有些疑惑，大白天的，除了歇午覺，日常並不關大門的。但葉氏表情嚴肅，他聽話的去把大門拴上了。

明朗去關門的功夫，葉氏又吩咐明盛帶著妹妹玩，讓梅香好生做飯。孩子們見阿娘一直板著臉，都乖乖聽話照做。

明朗關了大門後又走到葉氏面前，葉氏轉身往堂屋走去。「你跟我來。」

明朗也斂住笑容，跟著她往堂屋走去。

到了堂屋後，葉氏本想訓斥兒子，可看著兒子將將到自己肩膀的身高，又不忍心了。當家的去了，幾個孩子都是她的命根子，哪一個她都不忍心讓他們受委屈。但若不教他們一些道理，萬一孩子錯了心性，走歪了路，她如何對得起當家的。

她嘆了口氣，摸了摸明朗的頭。「明朗，阿娘知道，你心疼阿娘和姊姊，有時候想衝到前面替我們出頭。可你還是個孩子呢，不能明著和長輩較勁。讀書人最注重名聲，為了這點子蠅頭小事，和長輩回嘴，對方還是個婦人，說出去有損你的名聲。以後這種事情，咱們能糊弄過去就糊弄過去，就算糊弄不了，你也別輕易和婦人回嘴，有阿娘在呢。」

明朗聽完葉氏的話後，低下了頭。「阿娘，我曉得了，以後不再和長輩回嘴。」

葉氏怕兒子難過，忙安慰他。「阿娘沒有怪你，阿娘知道，你心疼家裡人，想做個頂天立地的男子漢，這並沒有錯，但做事情不能一味硬著來。和婦人回嘴，不能顯得你是個男子漢，你若像你阿爹和你敬博叔父一樣，幹出一番事業來，不用你說一句話，這些人自然都會敬重你的。你明白阿娘的意思嗎？」

明朗抬起了頭，紅著眼眶對葉氏說道：「阿娘，兒子知道，兒子定會好生讀書，考個功名回來。」

葉氏又怕兒子逼自己太狠，忙寬慰他。「你盡了心就好，考功名哪是那樣容易的，慢慢來，不用急，你還小呢。」

明朗兩隻手不停絞著袖子。「阿娘，兒子知道了，以後定然多修身養性，不再這麼浮躁了。」

葉氏笑了。「阿娘也不懂如何修身養性，只是，多跟著你們先生和你敬博叔父學一學，總是沒差的。」

明朗抬起頭，又點了點頭。「兒子曉得了，阿娘放心罷。」

葉氏點頭。「你是個懂事的好孩子，阿娘再沒有不放心的，你阿爹不在了，長兄如父，你弟弟還要指望你教導呢。」

明朗頓時感覺肩頭責任重了一分。「阿娘放心，兒子會好生帶著弟弟的。」

葉氏見他一副小大人樣子，又忍不住摸了摸他的頭。「雖然你阿爹不在了，但阿娘和你姊姊會把家業撐起來，等你長大了，再好生照看你姊姊。如今你的任務就是好生讀書，帶好弟弟，多的不要太操心。」

明朗一時言語匱乏，只是紅著眼眶點頭。
娘兒兩個說了一番知心話之後，葉氏讓明朗去帶著弟弟，自個兒往廚下去了，直接坐到灶門下準備燒火，蘭香也樂顛顛跟了過來。
梅香偷偷問道：「阿娘，明朗怎麼了？」
葉氏笑了。「他想維護我，剛才和妳大伯娘頂嘴，我讓他以後不要和婦人回嘴了。」
梅香點點頭。「阿娘，以後還是我跟阿娘一起去吧，明朗是讀書郎，不能總和這些小心眼的婦人打交道，以後做文章都不大氣。」
葉氏又笑了。「妳去，萬一跟妳大伯娘吵起來，鬧得更難看。」
梅香哈哈笑了。「看阿娘說的，我是那樣不懂事的人嗎？只要不來占咱們的家業，這些小事，我才懶得跟她計較。」
說完娘兒兩個都笑了。
梅香又請示葉氏。「阿娘，我準備把魚和水豆腐煮，前兒剩下的半斤肉，一半炒豇豆，一半炒茄子。豆腐渣我用油炸了，炒青辣椒。千豆腐和青菜炒一盤，再蒸一碗雞蛋。您看這樣可行？」
葉氏點點頭。「這樣很好，本來我想殺隻雞的，既有了魚，過陣子再殺雞也使得。」
等做好晌午飯，大夥兒盛飯的盛飯、端菜的端菜、擺碗筷的擺碗筷，娘兒五個又一起圍坐在小飯桌邊。

葉氏不停給孩子們夾菜。「晌午菜多，別剩下了，都吃完。」梅香帶頭，弟弟妹妹們跟著一起都敞開了吃。葉氏見孩子們吃得香，臉上的笑容就沒斷過。

話說葉氏晌午帶著明朗走了之後，崔氏看了看三房送去的肉粽子，當場剝了一個自己吃了。

等大房父子回來後，崔氏又讓董氏給他們一人剝一個先墊墊肚子。「敬義出去幹了一上午活，明全和明德正在長身子，這粽子扎實，裡頭還有肉呢，都給他們爺兒三個留著。」

董氏雖然也想吃，但崔氏說了要留給韓敬義父子三個，她和椿香一個都沒有，她也不敢忤逆崔氏。家裡有好吃的一向都是如此，除非是多得很，她們娘兒兩個才能跟著沾幾口。

等到下午吃粽子時，明德故意端著碗到處晃蕩，背著崔氏和韓敬義，偷偷餵了阿娘和姊姊一人吃了一口。董氏忍不住感嘆了一句我兒孝順，椿香推不過，輕輕咬了一小口，頓時感覺嘴裡香得舌頭都要吞下去了。

韓敬義吃了三房的粽子，心裡又活動開了。老三雖然不在了，但三房殷實著呢，包個粽子還要加肉。可他雖然一肚子歪主意，一時也找不到下嘴的地方，他怕梅香那個混帳丫頭又要打韓明全。

過完小端午之後，田裡的秧苗很快都長結實了，葉氏開始帶著梅香隔幾天就去除草。葉氏雖然性子靦腆，但也是個要強的人。她牢記著葉厚則的話，不能讓人家覺得三房沒有男人日子就過不下去了。

夏季，正是雜草瘋長的時候，葉氏母女兩個的鋤頭都沒歇過。除了照看田地，家裡有牛、驢、雞和豬，每隔幾天母女兩個還要合力榨油。

雖然忙碌，但看著田裡秧苗越長越高，棉花慢慢結桃，豆子長莢，家裡四頭豬越長越胖，錢匣子裡的錢也越來越多，母女兩個覺得這日子越發有奔頭。

第十三章　賣雞蛋茂林援手

日子呼啦啦就到六月初，天氣越來越熱了。

梅香家有十幾隻母雞，因吃得好，每天能下十幾個雞蛋。葉氏雖然捨得給孩子們吃雞蛋，但如今菜園裡菜多，每天都能結餘近十個雞蛋。

葉氏頭先攢了一批雞蛋，因族裡有人辦喜事的，從葉氏這裡買走了兩百多個雞蛋。她又醃了一百多個鹹蛋，就這會子，家裡又攢下了兩百多個雞蛋。葉氏預備把雞蛋拿到鎮上去賣了，也能換一些銅板。

本來葉氏想自己去，但梅香死活不同意。母女兩個一起去的話，蘭香也要跟著去，她太小了，肯定熬不了一上午。

最後，梅香決定，她帶著明朗一起去，葉氏拗不過女兒，只得同意了。

這天早上，天邊剛有一絲亮光，梅香和明朗已經吃完了一大碗雞蛋炒飯，喝了些熱水，一人拎著一籃子雞蛋就出門了。

葉氏囑咐梅香。「上午的時候，去買幾張餅，妳和明朗一人吃兩張，剩下的帶回來給明盛和蘭香。到鎮上不要和人家起爭執，賣多少算多少。」

梅香點頭應了。

姊弟兩個走了有四、五里路遠，梅香見明朗那一籃子雞蛋在兩隻手裡換來換去，就知道他大概是累了。她要把明朗手裡的雞蛋接過來，明朗不同意。

梅香笑道：「你還小呢，別累壞了身子。我一隻手拎一個籃子不用歪著身子，還舒服一些。你先歇一歇，等快到鎮上的時候再給你。」

明朗這才把籃子給了她，姊弟兩個快步往前走，很快就到了鎮上。

夏天天亮得早，趕集的人來得也早。姊弟兩個剛到的時候，街上已經有不少人了，要緊地方的攤位都沒了。

韓敬平以前也會到鎮上來賣油，但他一個人就可以忙得過來，從來沒帶過葉氏和孩子們趕集。

葉氏囑咐梅香找個一般的地方就可以，若是有人來收攤位錢，看人家給多少，跟著給就是了。梅香沒到鎮上來賣過東西，更沒有找攤位的經驗。她帶著弟弟一路走過去，發現有些邊緣地帶還有空隙，可梅香想找個好地方。

走了一程之後，梅香忽然聽得有人叫她。「韓大妹妹。」

梅香一扭頭，發現賣豆腐的黃茂林正笑咪咪的看著她，手裡還拿著兩張餅。「大妹妹來做甚？」

梅香笑了。「黃大哥好，我家裡雞蛋太多了，我阿娘讓我來把雞蛋賣了，我和弟弟正在找地方呢。」

黃茂林咬了一口餅，聽見梅香這樣說，忍不住又笑了。「大妹妹，如今街上好攤位都是有主的，只有那清冷的地方隨意擺。我旁邊賣豆芽的今兒家裡有喜事沒來，托我把攤位轉租了，多少隨我定，妳要不要去那裡？那地方人多，要不了多久都定能賣完。」

梅香瞬間眼睛亮了。「一天多少錢？」

黃茂林先問她。「大妹妹，妳這雞蛋怎麼賣的？」

梅香回道：「一文錢兩個。」

黃茂林點點頭。「大妹妹，妳在清冷的地方也能把雞蛋賣個七七八八，但費時間，且人家愛殺價。我把豆芽攤位租給妳，妳給兩文錢吧，這攤位本是按月租的，一個月九十文錢呢。」

梅香想了想，若到清冷的地方賣，真不一定能賣完，再拎回去不划算。她立刻笑道：「那就有勞黃大哥了。」

黃茂林笑著往前走。「你們跟我來，吃早飯了沒？這是妳弟弟呀？」

梅香忙回答。「我們都吃過了。黃大哥每回來都沒吃早飯嗎？這是我大弟弟，叫明朗。」

明朗忙叫了聲黃大哥。

黃茂林對他笑了笑，不想說自己家裡的事情。「我來得早，等不及家裡的早飯。」

三個人到了黃茂林的攤子，黃家的豆腐攤位置不錯，雖然不是菜場的正中心，但大部分趕集的人都會從這裡過。

黃茂林對梅香說道：「大妹妹把籃子放下，你們只管坐在這裡，保准一會就會有人來買。你們年紀小，若有人殺價，別輕易答應了。」

梅香笑道：「多謝黃大哥指點。」

黃茂林還沒回答她，就有人來買豆腐，他立刻招呼客人去了。

姊弟倆把小馬紮打開，坐下了等客人上門。

梅香怕弟弟一個讀書郎害羞，讓明朗坐到她後面去。

明朗不幹。「姊姊，我又不偷又不搶，不怕。」

等了一會後，果真有人來問。行情價都是一文錢兩個，梅香家的雞蛋乾乾淨淨的，上面沒有一絲雞毛和一個雞糞點，鎮上講究的大娘們都喜歡。

大半個時辰之後，梅香賣掉了一百三十多個雞蛋，得了六十幾文錢。她拿出四文錢給明朗，讓他去買八張油餅。

明朗去買餅的功夫，黃茂林正好沒客人，坐在一邊跟梅香閒話。「大妹妹，妳這是頭一回上街賣東西？」

「是呢，往常都是我阿爹來賣油的時候順道就把雞蛋賣了。」

黃茂林不好提人家過世的父親，只得笑了笑。

梅香笑問他。「黃大哥你賣豆腐多久了？」

黃茂林連忙回答。「我也就去年開始的，頭先是跟著我阿爹一起賣，今年才開始一個人守攤子。」

梅香驚訝道：「我看黃大哥你老道得很，還以為你賣了好多年呢。」

黃茂林謙虛道：「嗨，我都是跟著我阿爹學的。倒是大妹妹妳，沒人教也能自己摸索著幹。我看妳剛才有模有樣的，還以為妳跟著韓老板學過呢。」

梅香悶聲說道：「我阿爹不讓我學這個，就讓我在家繡花。」

黃茂林不好說別人家教養孩子的事情，只得勸慰她。「各家父母教孩子總是有些不大一樣，不過都是為了孩子好。」

梅香不再說話，把籃子裡的雞蛋又理了理。

黃茂林試探著問了一下。「大妹妹，上回那個穿長衫的小哥是誰？我也挨了他一句訓哩。」

梅香忙道歉。「真是不好意思，黃大哥，他近來遇到不順的事情，火氣大了些，黃大哥別跟他計較。」

黃茂林見梅香沒有正面回答他的問題，也不再追問。

兩個人正說著，明朗買完餅回來了。

鎮上的油餅裡頭包了一點韭菜雞蛋，用油煎熟的，香得很，一文錢兩張。各家大人上街的時候，會花兩文錢買幾張餅，帶回家給年齡小的孩子們解解饞。

鄉下人家的伙食整日少油無鹽，許多人家都是「灶門口撒糠頭、筷子挑香油」，儉省得很，孩子們若能有兩塊油炸或油煎的吃食，別提多高興了。

梅香立刻拿出兩張餅，用紙包了讓明朗遞給黃茂林。「黃大哥，得虧你給我找的這個好地方，不然我和弟弟要苦等一上午了。離晌午飯還早呢，大哥吃兩塊餅墊一墊。」

黃茂林仍舊用他招牌溫暖笑容看向梅香。「大妹妹，我這原不過是受人之託，還收了妳的錢呢。」

梅香笑了。「上回你還送我一碗豆腐渣呢，我買了八張餅，還有好多，你別客氣。」

黃茂林聽她這樣說，不好意思笑了笑，伸出雙手接過餅，趁著熱乎，立時吃了起來。

梅香給明朗兩張，自己只吃了一張，剩下的三張餅用油紙包好，又用帕子包起來，放在籃子底下。

吃過餅之後，梅香繼續等客人來問價錢。果如黃茂林所言，不管是豆腐還是雞蛋，都是賣頭不賣尾，好幾個婦人都讓梅香兩文錢五個賣給她們，梅香一一拒絕。

梅香不願意降價，後頭就賣得更慢了。

又等了近一個時辰，快要罷集了，梅香籃子裡還有二十多個雞蛋，黃茂林的豆腐賣得就剩個七、八斤的樣子。

梅香有些發急，若要降價，兩文錢五個，實在太賤了，還不如留在家裡做鹹蛋。

黃茂林問梅香。「大妹妹，妳最後這幾個，不能再僵著了。我這些豆腐，怕是也要送出去一、二斤。」

梅香想了想，對黃茂林說道：「黃大哥，今兒多謝你幫我找的攤子，這是兩文錢攤位費，有勞了。我這二十多個不賣了，鎮上有家要緊的親戚，我都拿去送人情算了。」

黃茂林接過錢。「能送人情最好，總比賤賣了好。下回妹妹要是還來，只管來找我，我認識巡街的張大哥，總能幫妳找個好地方。」

梅香笑了。「我曉得了，多謝黃大哥。那你先忙著，我們先走了。」

還沒等她走，黃茂林又叫住她，從案板底下掏出個碗，裡頭是滿滿的豆腐渣。「妹妹拿回去，和著辣椒炒，也是一碗菜。上回妹妹不是說家裡弟弟喜歡吃，我家裡多得很，不值錢。」

明朗頓時有些不好意思了，他喜歡吃豆腐渣的事情，如今連賣豆腐的都知道了。

梅香見弟弟臉紅了，笑著接下了。「多謝黃大哥，我自己也喜歡吃呢，等明兒你去賣豆腐，我再把碗還給你。」

別過黃茂林，姊弟倆走出好遠後，明朗忙問：「姊姊，這雞蛋要送給誰？咱們在鎮上沒有親戚呀。」

梅香問明朗。「你如今在家裡自己讀書，但也不能和秦先生家斷了來往。咱們去你先生家裡拜訪，把這雞蛋送給他。」

明朗聽姊姊這樣說，也覺得有道理，不再說話。

姊弟兩個到了秦先生家門口，先叫了門，來應門的是秦太太。

明朗拱手行禮。「見過師母。」

秦太太笑道：「明朗來啦，進屋坐。」

梅香按葉氏以前教她的，給秦太太蹲身行禮，笑道：「秦太太好，我是明朗的姊姊梅香。今兒我和弟弟來街上賣雞蛋，往常有勞秦太太照顧我弟弟們。這幾個雞蛋您莫嫌棄，做兩盤菜也使得。」

說完，梅香就把她手裡的籃子提手放到秦太太手裡。

秦太太是個溫和的婦人，忙道：「你們小孩子家家的，跑這麼遠來賣雞蛋，我怎能要你們的東西，快進屋坐。」

梅香搖頭。「太太，我們身上有重孝，就不進去了。」

明朗也道：「請師母代我向先生問好。」

秦太太知道韓家的事情，見姊弟兩個心誠，也不好拒絕。「你們且等一等，我把籃子還給你們。」

說完，秦太太進屋去了。

過一會，秦太太把籃子拿了出來，裡頭用紙包了幾個包子。「這是我才蒸好的肉包子，你們忙一上午也累了，拿著路上吃。來，先喝兩口熱水。」

秦太太先把籃子放到梅香手裡，又把一大茶碗熱茶遞給梅香。

梅香接過茶碗。「謝過太太，我們正好口渴了呢。」

梅香先喝了兩口，又把碗遞給明朗，明朗把剩下的都喝完了。

姊弟兩個喝了茶，梅香又給秦太太蹲身。「謝過太太的茶，時辰不早了，我們先回去了。」

明朗也再次拱手。「請師母留步。」

秦太太溫和的囑咐姊弟倆。「那我就不留你們，路上小心些。」

正要走，忽然聽得有人叫。「明朗。」

姊弟倆一抬頭，發現是秦先生來了。梅香再次蹲身行禮，然後站到一邊。

明朗給秦先生作了個揖。「先生好。」

秦先生點點頭。「聽說你來賣雞蛋？知道操心家務事，是個有擔當的。」

明朗聽見先生誇獎他，紅了紅臉。

秦先生朝他招了招手。「你過來。」

明朗遲疑了一下，心想這只是在門樓裡，應該無礙，忙走到先生旁邊。

秦先生把手裡一張折著的紙打開。「你在家守孝，也不要忘了讀書。這是我給你安排的功課，你回去了一一照著做，若有不明白的，用心記下來，問你的同窗也行，有機會來問我也使得。」

明朗大喜，忙再次作揖。「謝過先生。」

秦先生摸了摸鬍鬚，笑咪咪說道：「去吧，路上小心些，莫要荒廢了功課。」

姊弟倆別過秦家夫婦，各自提著籃子一起往回走。

明朗籃子裡是油餅和那一碗豆腐渣。明朗怕餅涼了，直接揣進懷裡。

梅香籃子裡是包子，數了數，一共六個肉包子，隔著紙包一摸還是熱的，忙拿了一個給明朗吃。

明朗接過包子後，掰了一半遞給梅香。「姊姊，我才吃了餅，吃不下那麼多，咱們一人吃一半吧。」

梅香笑著接過包子，姊弟倆邊走邊吃。包子裡頭肉餡足，咬一口，頓時感覺香得很。

離韓家崗還好遠的時候，姊弟倆就發現明盛帶著蘭香等候在青石橋上。

見到大哥和姊姊，兩個小娃兒立刻飛奔過來。

梅香把籃子給了明朗，一手抱起一個，一人親一口，然後大步往回走。

蘭香的眼睛往籃子裡瞟，明盛也跟著看。明朗笑著從懷裡掏出兩張餅，給弟弟妹妹一人一張。

那餅明朗一直捂在懷裡，還有點熱乎，明盛和蘭香接過餅香噴噴的吃了起來。

幾個人到家後，葉氏從廚房裡出來，忙趕著問梅香。「今兒如何？沒人欺負你們罷？」

梅香放下弟弟妹妹，笑著回答。「阿娘放心吧，都順利得很。我們去了就遇到黃家豆腐坊的少東家，他給我們找了個好地方，賣得極快。到後頭剩二十多個雞蛋，那些大娘嬸子們殺價殺得太厲害了，我就帶著明朗把二十多個雞蛋都送給了秦先生，秦太太還給了我六個大肉包子呢。」

葉氏聽見一切順利，終於放下心來。「妳做得很好，秦先生對妳兩個弟弟多有照顧，送給他家是應該的。你們沒進秦家門吧？」

梅香搖頭。「不會的，阿娘放心吧。今兒一共帶去兩百七十八個雞蛋，送給秦先生二十六個，一共得了一百二十六文錢。租攤子花了兩文錢，買餅花了四文錢，還剩一百二十文錢都在這裡呢。」

梅香從懷裡把荷包掏出來，都給了葉氏。

葉氏笑了。「我一個上午都在擔心你們，下回我定要自己去。」

梅香想了想，對葉氏說道：「阿娘，咱們菜園裡菜越來越多了，我見街上好多賣菜的，我們能不能把咱們吃不完的菜挑一些去賣了？要不，等到後頭好多菜都扔了，不如一開始拿去換錢，多少總能得幾個銅板。」

葉氏笑了笑。「先不說那麼多，飯快好了，咱們先吃飯吧。」

梅香和明朗洗了把臉，葉氏把飯擺好，娘兒五個一起吃了起來。

第十四章　授行規簽訂文書

過了幾日後，梅香家菜園裡的菜呼啦一下子全長起來了。茄子、豇豆、辣椒、莧菜、空心菜……一頓炒兩、三種菜，葉氏還醃豇豆、曬茄子，這樣又吃又留的，仍舊有剩。

梅香又和葉氏商議。「阿娘，要不咱們也去鎮上租個攤子吧。這幾個月咱們都沒去，鎮上的老主顧都要被余家搶完了。」

葉氏聽梅香這樣說，有些意動，但家裡沒有成年男丁，她還是不大放心。

梅香見葉氏猶豫的樣子，添了把柴火。「阿娘，咱們不多攢些銀子，過幾年弟弟們考試成親，花銷越來越大，總不能賣田賣地吧？」

葉氏把韓敬平留下的家業看得極其重要，聽見這話，下意識反駁她。「那定然是不能的！」

梅香又勸。「阿娘，咱們先試試，帶個幾十斤油，再挑一擔菜。租個地方正經賣一賣，菜吃不完浪費了也太可惜了。」

葉氏擦了擦手。「妳說的也有道理，妳阿爹沒了，咱們不說把家業變大，總不能敗了，那余家想來正等著咱們先敗了呢。」

夜裡，葉氏帶著梅香把家裡的存銀都清點了一遍，總共還有七十多兩銀子。

在鄉下，上等水田一畝才四兩銀子。本來韓敬平預備今年再置辦幾畝田地，如今他去了，葉氏不再提此事。孤兒寡母的，田地多了遭人惦記。

葉氏摸了摸女兒的頭。「妳這個年紀，本該在家做飯洗衣就好，卻要跟著我奔波。」

梅香笑了。「阿娘，做飯洗衣我早會了，多學些本事，總是不差的。」

葉氏心裡想著，以後無論如何要多給女兒些陪嫁。想完了心事，她又忽然發起愁來。「這租攤子要找誰呢？」

梅香想了想。「阿娘，我去問問黃少東家。上回我賣雞蛋，就是他幫我找的地方。」

葉氏笑了。「才吃了人家一碗豆腐渣，又要請人家幫忙。」

梅香笑了。「阿娘，我也送了兩個餅給他吃呢。」

葉氏點頭。「那妳後日去趕集，問問黃少東家，能不能幫我們看看有什麼好攤位，順道買二斤鹽回來。」

梅香點了點頭，商議完事情，母女兩個各自去歇息了。

沒想到還未等梅香去趕集，第二日一大早，黃茂林擔著豆腐挑子先來了。

梅香聽見鈴鐺聲，忙拿著碗和錢出來，葉氏也跟了出來。

黃茂林已經卸了擔子，站在樹蔭底下對她笑。「大妹妹，今兒要什麼豆腐？」

梅香笑道：「黃大哥，你來得好早，是不是還沒吃飯？」

黃茂林把草帽捲起來當扇子搧。「我等會就回家了，家裡給我留了飯。」

葉氏走上前說道：「黃家小哥，我要兩張油豆皮，晌午炒青菜吃。」

黃茂林迅速從底下掏出兩張油豆皮，放在梅香碗裡。「如今天氣越來越熱，豆腐都不能放，嬸子晌午就吃了才好呢。」

葉氏笑了。「小哥真是能幹。」

黃茂林不好意思的笑了。「嬸子過獎了。」

梅香接過豆腐，付了錢，又問他。「黃大哥，我想到鎮上擺個攤子，你能幫我找個合適的地方嗎？我們給租錢。」

黃茂林反問梅香。「大妹妹要賣些什麼呢？」

梅香笑道：「我們成日在家裡等人上門打油，鎮上的客人都丟了。若是逢集去鎮上，總能多賣幾斤。再有，菜園裡的菜太多了，鎮上有錢人多，賣給他們總能換幾個錢。」

黃茂林點點頭。「嬸子和大妹妹想得周到，菜吃不完丟了是怪可惜的。若是你們確定要定攤位，我這幾日打聽打聽，一旦有好地方，立刻來告訴你們。」

葉氏欣喜道：「多謝黃家小哥了。」

黃茂林把油豆皮袋子紮緊。「嬸子客氣了，鎮上一些路邊沒主的地方每日誰先來誰先得，只有店家門口的地方要交錢，租金都有成例，交給店主就行。再者，咱們鎮上沒有衙役巡街，張里長雇了幾個大漢巡街，每個月都要給他們一些錢，這錢都是咱們出，我一個月要交十文錢呢。」

葉氏點頭。「人家巡街，總要得些銀錢。」

黃茂林把擔子收拾好，笑著對母女兩個說道：「那我就先走了，過幾日有消息了，我再來告訴嬸子和大妹妹。」

梅香忙叫住他。「黃大哥且等一等。」

還沒等黃茂林反應過來，梅香蹬蹬跑回去了。

過了一會兒，她端出兩個碗，一個碗裡放了兩個菜餅，另一個碗裡是半碗稀飯。

梅香把碗遞到黃茂林面前。「黃大哥定然還沒吃早飯，這稀飯不燙，幾口就能喝了，我早上做了好多菜餅，這兩塊你帶著路上吃。」

黃茂林看了葉氏一眼，見她溫和的對自己笑，就沒有推辭。「謝過嬸子和大妹妹了，我剛好肚子也餓了呢。」

葉氏在一邊暗自嘆息，這要是親娘還在，怎麼也不會讓孩子餓肚子上路。黃掌櫃壯年漢子，餓一餓也就罷了，這半大的孩子，如何能禁得住餓。

黃茂林先接過稀飯，幾口喝了，又把兩塊餅摞在一起，一隻手扶著擔子，一隻手拿著餅吃。

葉氏笑著囑咐他。「我們就不耽誤你賣豆腐了，路上走慢些。」

黃茂林笑了。「那我先走了，嬸子和大妹妹進去吧。」

說完，他挑著擔子轉身走了，一邊走一邊吃餅。

葉氏帶著女兒也進院子裡去了。

第二日，梅香一大早就趕集去了。

她手裡提了個籃子，還帶了個鹽罐子，一路快走，到雜貨鋪時，裡面有不少人，老板一家子忙個不停。

梅香一眼看見老板家的兒媳婦，忙過去問話。「嫂子，有鹽嗎？」

那年輕媳婦笑。「有呢，妹妹要多少？」

梅香笑了。「我要二斤整。」

「妹妹稍等。」年輕媳婦笑著說完，走到櫃檯後面，打開一個小缸，從裡面舀出些鹽，用旁邊一個小秤秤了重，秤完後又問梅香。「妹妹帶鹽罐子了沒？」

梅香忙把鹽罐子拿出來。「帶了呢，正好就是二斤的。」

那年輕媳婦笑咪咪的把鹽倒進梅香的罐子裡。「可巧了，正正好。妹妹看，罐子口平平的，半兩都不少。」

梅香把罐子口蓋上。「嫂子家的秤公道，平安鎮家家都知道的。」

年輕婦人客氣。「都是鄉親們信賴我們，再不敢糊弄人的。」

梅香收好了鹽罐子，問她。「嫂子，一共多少錢？」

年輕婦人回答。「一斤鹽十八文錢，妹妹給我三十六文錢。」

梅香索利的數出三十六文錢給她。「嫂子忙著，我先走了。」

年輕婦人接過錢，笑著對梅香說道：「妹妹慢走。」

等梅香出門後，年輕婦人看著手裡的銅板，這個妹妹倒好，一文錢的價都沒講。若是換成那些婦人，兩斤鹽定要講一文錢的價下來。她才入門不久，若是帳目不對，婆母又要說她了。

梅香買了鹽之後，又往菜市那邊去了。

還沒到黃茂林的攤子時，就聽見他叫她。「韓家大妹妹，且等一等。」

梅香正在猶豫要不要去問問他，哪知黃茂林先叫了她，梅香忙不迭的過去了。

「黃大哥，今兒豆腐賣得怎麼樣了？」

黃茂林笑道：「馬上就要賣完了，妹妹來趕集的？」

梅香笑著回答他。「我阿娘讓我來買二斤鹽，我才從王家雜貨鋪出來。」

黃茂林點頭。「我今兒來得早，問了巡街的張大哥，他跟我說了三個地方。頭一家在路口那裡，租金貴一些，一個月一百二十文。還有一家是後街裁縫鋪門口，那裡人少些，一個月只要五十文。最後一家，喏，就是對面那個賣油條的，聽說要去縣裡。他的攤子和我這一樣，一個月九十文錢。」

梅香沒想到他這麼快就能打聽到如此多消息。「黃大哥真能幹，我還以為要等些日子呢。我回去問問我阿娘，明兒就給你消息。」

黃茂林點頭。「大妹妹，要快些。咱們平安鎮大，旁邊有官道，販子們多得很，最多只能等兩天。」

梅香又趕著道謝。「多謝黃大哥，明兒一定給您消息。」

黃茂林笑道：「不用謝，太陽越來越大了，妹妹趕緊回去吧。」

梅香想了想，到對面油條攤子買了四文錢的油條，一共八根。

她要送給黃茂林四根，黃茂林擺手說不要，梅香強行把四根油條放到他的攤子上，並推開他來阻攔的手，扭頭就走了。

黃茂林看著攤子上的油條，感覺胳膊上還有梅香剛才推過的柔軟觸感，他忽然臉紅了一下，低頭撿起一根油條吃了。

梅香回家後，葉氏立刻給她打水洗臉。

蘭香把腦袋伸進籃子裡，見到油條，臉上笑開了花，葉氏讓她去把哥哥們叫來。

梅香一邊把油條給弟弟妹妹們分了，一邊告訴葉氏這個好消息。

葉氏問梅香。「妳覺得哪個好呢？」

梅香仔細斟酌著對葉氏說道：「路口的那家，一來租子貴，二來太招眼了。裁縫鋪那裡人少了一些，不若還是賣油條的這家好。」

葉氏笑了。「妳跟我想到一起去了，咱們賣的是油和菜，去菜市最好。明兒就告訴黃家小哥，讓他幫著把攤子定下來。」

梅香點點頭。「若明日他來賣豆腐，咱們直接把租子給他。若他明兒不來，我去鎮上給他。」

葉氏點了點頭。「妳走一上午也累了，歇會吧，我去做飯。」

葉氏去廚房之後，明朗問梅香。「姊姊，我以後跟著妳們一起去吧。」

梅香搖頭。「你就留在家裡，看著明盛和蘭香。」

明朗不再說話，低頭思索。

梅香又勸他。「你不用擔心我和阿娘，你只管好生讀書。阿爹的熱孝還沒過，你若整日往外跑，若被一些臭講究的人看到，要說你不守規矩了。」

明朗抬頭對梅香笑。「那姊姊就要受累了。」

梅香笑道：「咱們親姊弟，說這些幹甚。」

第二天早上，黃茂林的鈴鐺聲如約好了一般響了起來。

明朗兄弟二人放牛去了，如今田地裡的活都幹完了，總不好一直把牛放在韓敬杰家裡。明朗自發的接過了早上放牛的活，每天帶著書本和弟弟，一邊放牛一邊讀書，路過的族人看到了，都暗自讚嘆。

聽見黃茂林的鈴鐺聲之後，梅香和葉氏一起出門，黃茂林一邊用一條藍色手巾擦汗，一邊笑問：「嬸子，大妹妹，妳們都想好了嗎？若想好了，明兒就要定下了。」

葉氏笑著回答黃茂林。「多謝黃小哥幫我們問攤位的事情，我們都商量好了，就要那家賣油條的位置，不知道是如何交租子的。」

黃茂林笑道：「按月交的，嬸子明兒上街不？我帶嬸子去見店老板，把租子交給他，再交給巡街的張大哥十文錢，一個月之內保管天天太平。」

梅香心裡直咂舌，這一個銅板還沒見著，先去了一百文錢。

葉氏對黃茂林說道：「好，我明兒去街上直接找你，又要煩勞黃小哥了。」

黃茂林客氣。「都是小事情，我昨兒還吃了大妹妹的油條呢。」

聽他說油條，梅香忙跑回去，如上次一般，給黃茂林端了一碗稀飯，拿了兩張煎蛋餅。

黃茂林不好意思的摸了摸頭。「我又偏勞嬸子家的餐食了。」

葉氏溫聲笑道：「雖說你如今當大人用了，但還在長身子呢，不能餓肚子。」

黃茂林喝過了粥，把碗遞給梅香，有些靦腆的對葉氏說道：「嬸子，我先走了。明兒您去了街上，直接找我。」

葉氏點了點頭。「你路上當心。」

當天夜裡，葉氏數了一百二十文錢，放到一個荷包裡，囑咐明朗。「明兒你在家裡看著弟弟妹妹，我和你姊姊去鎮上。」

明朗點頭應了。

第二日，天還沒亮，葉氏就帶著梅香出門了。

事情還沒辦成，葉氏不想讓韓家崗其他人知道。娘兒兩個走出好遠，才零星碰見幾個從田裡回來的人。

等到了鎮上，梅香帶著葉氏往黃家豆腐攤那邊去了。

黃茂林剛把攤子擺好，見到葉氏母女兩個，高興的打招呼。「嬸子和妹妹來了。」

葉氏笑道：「耽誤你做生意了。」

黃茂林擺擺手。「沒有的事，這會人少呢。走，我帶嬸子和妹妹去找店家。」

在黃茂林的帶領下，母女兩個見到了對面店家老板。

那是一家布莊，門面不小，老板是個和氣人。「喲，黃家小哥來了。」

黃茂林笑臉迎向店老板。「趙大叔，您這門口油條攤子可還在？這是我親戚家的嬸子，想租您這地方，我前兒跟你說過的。」

趙老板看了一眼葉氏，見是個婦人，且看起來性子內斂得很，心裡放心了。「黃小哥你說過的，我自然會給你留著。今兒他家最後一天賣油條了，你們要是租了，就從下個集開始吧，仍舊一個月九十文錢，你們看可行？」

黃茂林看了葉氏一眼，葉氏微微點頭。

黃茂林笑道：「自然是行的。趙大叔您一向公道，我們誰不知道呢。」

趙老板哈哈笑了。「既這麼著，咱們就把文書簽了。」

葉氏忙給趙老板見個禮。「以後煩勞趙老板多照應了，我夫家姓韓，娘家姓葉。」

趙老板也拱手回禮。「韓家娘子好，不知您要做何營生？」

葉氏認真回答道：「家裡有個油坊，我預備每個集挑幾十斤菜籽油來賣。再帶一些自家種的菜，多少能換兩個錢。」

趙老板試探著問道：「不知可是韓敬平韓老板家？」

葉氏抬頭看向趙老板。「趙老板認得我當家的？」

趙老板點頭。「韓老板以前常來的，鎮上人都認得他。弟妹既然是韓老板屋裡人，我先給你們免十天租子吧。往常我也是在韓老板手裡打油吃，你們好久沒來了。」

葉氏忙不迭道謝。「多謝趙老板關照，我們以後定會安生做買賣，不給您添麻煩。」

趙老板笑了。「韓老板是條漢子，他的家人，我自然是放心的。」

說完，趙老板拿出紙筆，寫了文書，一式兩份，黃茂林和梅香都看了一遍，上面的日子是從十天後開始的。趙老板自己先按了手印，葉氏也按了手印。

趙老板把自己那一份收起來，葉氏收起了另外一份。

趙老板囑咐葉氏母女。「弟妹後天就可以來了，你們孤兒寡母的，頭一天別弄多了，要是賣不完，再挑回去也受累。你們先幹幾天試試，要是能幹下去就好生幹。」

葉氏再次道謝。

黃茂林在一邊賠笑。「我還擔心嬸子在這裡人生地不熟的，這回可好，遇到趙大叔這樣的好人。」

趙老板哈哈笑了。「黃小哥快去吧，你家豆腐攤來人了。」

黃茂林聽說來客人了，忙別過趙老板就往外走，葉氏母女也跟了上去。

第十五章 點醒人做足準備

葉氏見他忙碌，從對面賣油條的那裡買了幾根油條，把其中兩根用紙包好，放在豆腐攤子上。

那邊，梅香正在和賣油條的老板搭話。「老板，聽說您要去縣裡了，恭賀您步步高陞呀。」

老板笑道：「承您吉言了，姑娘小小年紀，嘴巴倒甜。」

梅香笑問：「老板，您去縣裡，這攤子也要帶走嗎？」

老板有一搭沒一搭的和梅香說話。「那倒不用。」

梅香笑了。「大叔，實不相瞞，您這位置我家租了，您這櫃檯能不能轉給我？總比白放著強些。」

老板驚訝的看向她。「妳一個小孩子家家的能作主？」

葉氏在那邊見梅香和賣油條的說個沒完，忙過來問。

梅香問葉氏。「阿娘，咱們要不要弄個櫃檯？若東西都擺地上，看著就不上檯面。」

這話把葉氏問住了，韓敬平以前來賣油，也會帶兩個凳子，把油桶放在凳子上。若她們母女也天天帶凳子，也太費事了些。

梅香笑道：「阿娘，這位大叔家的櫃檯願意轉手呢。」

葉氏連忙問賣油條的老板。「不知您這櫃檯作價幾何？」

黃茂林那邊這會沒有客人，也過來看看。

賣油條的老板沒有回答葉氏的話，而是先和黃茂林打招呼。「黃家小哥，這是你家親戚？」

黃茂林笑道：「這是我表嬸。」

賣油條的老板知道黃家小子懂行，也不敢太糊弄葉氏。「這位娘子若真想要這櫃檯，給我五十文錢吧。」

還沒等葉氏回答，黃茂林立刻瞇起眼睛笑了。「方老板，您這櫃檯都用多少年了，都快趕得上您的歲數，上面都是油漬，糊得鼻子眼睛都找不到了。再說，您這也不是什麼好料子，哪裡要得了五十文。多的沒有，二十文錢，您幹不幹？」

方老板立刻笑罵他。「你個賊小子，還不如讓我白送算了。」

黃茂林也打哈哈。「您老這一去縣裡，在大酒樓裡幹活，一個月少說三、五兩銀子，以後吃不完用不盡的，哪裡還在意這幾文錢。」

方老板如今最得意的事情就是他要去縣裡一家大酒樓裡當師傅了，聽黃茂林這樣奉承他，也哈哈笑了。「也行，看你的面子，不過二十文也太少了，二十五文吧。」

黃茂林又看了葉氏一眼，葉氏微微點頭，黃茂林又開始和方老板纏磨。「二十五文也行，不過，把您這兩張凳子也給我表嬸吧，她們母女總得有個坐的地方。」

方老板咧嘴笑。「行行行，都給你們。我今兒再用一上午，罷集了才能給你們。」

黃茂林點頭。「不妨事，我今兒上午一直在，您到時候給我也行。」

正說著，豆腐攤那邊又來人了，黃茂林忙趕了過去。葉氏和方老板打過招呼，也帶著梅香過去了。

等黃茂林又打發走了一批人，葉氏對黃茂林說道：「黃小哥，你這攤子晚上都放在哪裡呢？」

黃茂林笑道：「嬸子，您叫我茂林就行。我晚上都把它放在後頭店家裡，三五天給他塊豆腐，也算兩清。等會兒咱們一起去找趙老板，看他家能不能給您放一放。」

葉氏點頭。「真是多虧了有你，不然我們哪裡能成事。」

葉氏帶著梅香安安靜靜的在豆腐攤後面守著，黃茂林在前頭不停忙活，偶爾回頭看一看葉氏母女。

直等了近大半個時辰，黃茂林抽空帶著葉氏去找了趙老板，讓梅香在這裡看一會。

趙老板聽黃茂林一說，點頭應了。「我家後院柴房廊下寬敞，弟妹只管放。不過我提前跟弟妹說好，您這櫃檯上有油漬，不能從正門走，怕蹭到料子上去了。您每日從側邊的小巷子裡繞到後門進出，也就多幾步路的事情。」

這是應該的，不能影響人家生意。葉氏又是一連聲的道謝，此時店裡又來了客人，葉氏識趣的跟著黃茂林一起走了。

葉氏今兒順利辦成了事情，心裡很高興。「茂林，真是多虧了你，今兒樣樣事情都順利。」

黃茂林忙客氣道：「嬸子不用客氣，都是小事情。誰還沒個難處呢，以後咱們兩家面對面，更能相互照應了。」

二人回到豆腐攤之後，梅香一見葉氏滿臉喜色，就知道事情辦妥了。

黃茂林對母女二人說道：「嬸子，這離罷集還有一會呢，您先帶著妹妹回去吧。後頭的事情都交給我，您儘管放心。」

葉氏從荷包裡數出五十文錢給黃茂林。「茂林，你幫我把二十五文錢給方老板，不是還要交巡街的錢。我一時半會也不知道去給誰，乾脆都煩勞你給我交了罷。」

黃茂林笑了。「嬸子，不用那麼多，妳給我三十五文就夠了。」

葉氏又收回十五文。「那我就不跟你客氣了，以後咱們兩家相互多照應。」

說好了事情，葉氏就要帶著梅香回去。

梅香笑著對黃茂林說道：「黃大哥，我們先回去了，你先忙著。」

雙方別過，葉氏帶著梅香走了。

母女兩個走出好遠，黃茂林仍舊愣在那裡，想著梅香剛才那個溫婉的笑容。

隔壁豆芽鋪的張老爹問黃茂林。「茂林，你與這韓家人是親戚？」

黃茂林回過神來。「也說不上親戚，就是關係好一些。」

張老爹笑了。「這韓家丫頭能幹得很，那王家二郎可是有福氣了，能討個這麼能幹的媳婦。」

黃茂林聽見這話，頓時呆住了。梅香身上有親事，他也知道，只是每日故意不去想。他扯了扯嘴角。「我就是看她們可憐，才搭把手的。」

張老爹似笑非笑的說道：「搭把手是應該，你小子別迷了心眼。」

黃茂林忙笑道：「您老又打趣我作甚，難道是今兒豆芽賣得不好？」

張老爹呸了一聲。「再胡說我踢你小子屁股，我豆芽賣得好得很！」

說完，兩個人都哈哈笑了。

母女兩個到家的時候，將將到做晌午飯的時候。

明朗忙過來問情況，葉氏大概和他說了。

明朗點頭。「阿娘和姊姊受累了。」

梅香拍拍他的肩膀。「以後你也要受累了，他們兩個可不好帶。」

明朗笑了。「明盛跟著我讀書寫字，妹妹乖得很，中途給她吃些東西，喝兩口熱水，再上趟茅房，一個上午就沒別的事情了。」

梅香抱起蘭香。「乖乖，來吃油條。」

天氣熱，油條吃冷的也無妨。但葉氏怕蘭香太小，仍舊端了一杯熱水過來。娘兒幾個一人吃了一根油條，喝了兩口熱水。葉氏去廚房做飯了，梅香帶著弟弟妹妹們一起坐在廊下。

吃過晌午飯，娘兒兩個顧不得歇息，一起去了東院。庫房只剩一缸油了，需要再榨一缸。今天時間不多，娘兒兩個挽起袖子就開始幹活，忙到夜深人靜，才終於又榨出一缸油。

第二天早上，梅香難得睡了個懶覺。每回榨油，她吃得多睡得久，葉氏也怕她累壞了身子，飯食做得好，早上讓她睡個夠。

等梅香起來的時候，家裡的一切瑣碎雜活都幹完了。

梅香有些不好意思。「我這真是睡到飯熟醒了。」

葉氏溫和說道：「快洗臉去，來吃飯。」

今天仍舊有很多活兒要幹，母女兩個匆匆吃過飯，又去東院忙開了。

先把昨兒榨的油濾兩遍，再把油渣餅處理掉。韓家的油渣餅主要有四種用途，一是做吃食，第二是用來餵豬，第三是用來漚肥料，第四就是賣掉。

葉氏預備明兒帶個十幾斤去鎮上賣，總有人喜歡吃這個，或用來炒菜不用再放油。

處理完油渣餅後，葉氏找來兩個三十斤的油桶。韓家還有五十斤、二十斤和十斤油桶各兩個，再小的就是油瓶子了，五斤、兩斤和一斤的都有，還有個舀油用的小竹筒，剛好半斤。有這些東西，就不需要用秤了。

葉氏往兩個油桶裡各加了二十五斤油，再加上十幾斤油渣餅，總共六、七十斤。

處理完油坊的事情，葉氏對梅香說道：「今兒上午妳再歇歇，我去田裡看看水，吃了中飯咱們再去菜園弄些菜。」

梅香點頭。「阿娘，那我在家看著弟弟妹妹。」

葉氏扛著鐵鍬出門去了，放水不需要太多力氣，葉氏多半都是自己去。除了真要出大力氣，田裡的事情，她泰半不讓梅香幫忙。

葉氏到自家田裡轉了一圈，下頭兩畝地水倒還充足，上頭三畝田再過兩天看樣子要放水了。她打算明兒先去趕集，回來後再與人商議放水的事情。

韓家崗還算好的，因為靠著小河，遇到雨水少的年分，收成差一些，也不至於絕收。有些沒有河流的地方，田裡沒水，眼見莊稼要乾死了，半夜起來挖人家田埂偷水的事情多著呢。

葉氏出門後，明朗正在猶豫要不要讓弟弟去玩一會，梅香端了杯溫茶水進了西廂房。「你們一人喝口茶，潤潤嗓子。」

明朗笑道：「姊姊別忙了，歇一歇吧。」

梅香摸摸明盛的頭。「好生跟哥哥讀書寫字，明兒我去趕集，給你帶好吃的回來。」

明盛一邊喝茶一邊瞇著眼睛笑。

送過了茶，梅香去廚房裡看了看。

葉氏早上去過一趟菜園，回來時把今兒要吃的菜都帶回來了。梅香想了想，準備晌午炒個茄子，用辣椒炒兩個雞蛋，拍兩條生黃瓜，莧菜留著晚上下麵條吃。

見時間還早，梅香就去做針線。

一家人冬天的鞋現在可以預備起來了，秋天農忙，沒時間做，各家主婦們都是夏天就開始準備。梅香拿起鞋底，開始縫製起來。蘭香坐在小板凳上，托著下巴看姊姊幹活，小花點躺在蘭香腳邊，把腦袋放在蘭香腳上面，瞇著眼睛打盹。

梅香見一個小人一隻小狗整日形影不離，覺得又好玩又可人疼，對蘭香笑了笑，蘭香也對姊姊笑了笑。

梅香溫聲對妹妹說道：「蘭香，明兒阿娘和姊姊去街上，妳在家裡乖乖的好不好？」

蘭香搖頭。「我也要去，小花點也去。」

梅香搖頭。「我和阿娘是去幹活的，妳在家跟著哥哥們，讓小花點陪妳玩。等我們回來了，給妳帶好吃的。妳想吃油條還是油餅？要不買饊子給妳吃？」

蘭香想了半天。「我想吃糕糕。」

梅香笑了。「妳可是會吃，雞蛋糕貴著呢。」

蘭香還不明白貴是什麼意思，又重複說道：「吃糕糕，吃糕糕。」

正說著，葉氏回來了。

梅香起身迎接。「阿娘回來了，您先歇一歇，等會我做晌午飯。妹妹剛才說要吃糕糕呢，什麼都不要，就要糕糕。」

葉氏也笑了。「明兒把菜賣了，總能得幾文錢，買幾塊糕點回來給你們吃。」

梅香跟葉氏商量。「阿娘，要不要買些糖回來，我想包糖饃饃吃。」

葉氏點點頭。「那就買一斤回來，妳省著些用。」

葉氏洗過臉，從廚房裡拿了根黃瓜洗乾淨了，娘兒幾個一人吃了一小段，脆生生的黃瓜吃到嘴裡甜絲絲的。

吃過黃瓜後，葉氏也跟著梅香一起做鞋。

梅香問葉氏。「阿娘，頭先舅舅們來給咱們幫忙，什麼時候咱們去看看外婆？」

葉氏用針頭在頭皮上劃拉一下。「等咱們的攤子擺索利了，挑個背集的日子，割幾斤肉去看妳外婆。」

梅香又問：「天馬上越來越熱了，怕是會下暴雨，咱們家屋頂的瓦片還沒撿呢。」

葉氏嗯了一聲。「過幾天就請人撿，若妳二伯有空就叫妳二伯，他若顧不得，就叫妳敬杰叔父。」

娘兒兩個一邊幹活一邊閒話，很快就到了晌午飯時刻。

等吃過飯，葉氏對梅香說道：「這會家家都在睡午覺，趁著沒人，咱們先去菜園弄些菜回來。」

梅香一邊點頭，一邊起身。「阿娘，那咱們走吧。」

果如葉氏所言，路上一個人都沒碰到。事情還沒成，葉氏不想讓太多人知道。

娘兒兩個顧不得大中午的毒辣太陽，手腳不停忙活，還沒等韓家崗的人睡午覺起來，就弄好滿滿一挑菜。

剛回到家，明朗立刻打了一盆水給她們洗臉，又端來兩杯溫茶水。

洗過臉，喝了茶水，葉氏吩咐兒女。「明朗，去把大門拴上。梅香，來跟我一起把這菜整理了。」

正院東北角有一棵桂花樹，能擋住正房廊下好大一片陽光。娘兒兩個各自搬了個小板凳，坐在廊下擇菜，一點兒太陽也曬不著。

葉氏帶著梅香，把豇豆一條條捋順，用稻草紮成一把一把的。韭菜裡面的枯葉子、泥土全部擇乾淨了，也紮成捆。

忙活了半個下午，終於把一挑菜都整理好。葉氏試了一試，這一擔略微輕一些，且菜不怕摔，她預備讓梅香挑這一擔。

整理完菜，梅香打了個哈欠，眼淚花花的。

葉氏笑道：「這會可不能睡了，不然夜裡走了睏，明兒早上起不來。」

梅香也笑了。「我找點事情做就不睏了。」

娘兒兩個正說著，明朗過來了。「阿娘。」

葉氏溫聲問他。「有什麼事情？」

明朗不好意思撓撓頭。「我和明盛寫字的紙沒了，您明兒能幫我們帶一些回來嗎？」

葉氏笑著點頭。「還缺別的嗎？我一併給你帶回來。」

明朗搖頭。「別的都有，阿娘讓姊姊去買，姊姊知道我用什麼樣的。」

梅香笑道：「放心吧，我給你多帶一些回來。」

娘兒幾個就在廊下說閒話，夏日的午後，寧靜得很，葉氏看了看家裡，哪怕當家的不在了，這個家好像還如原來一樣有活力。不光如此，娘兒幾個的心貼得更近了。

葉氏在心裡對著韓敬平墳墓的方向暗語，當家的，放心吧，我和孩子們都好得很，日子也會越來越好的。

第二天雞叫兩遍的時候，葉氏就起來了。做飯、餵豬、掃院子，娘兒兩個各自分工。

吃過飯之後，葉氏囑咐明朗看好弟弟妹妹，就帶著梅香出門了。

第十六章　開門紅街頭失神

母女兩個走得早，等到了鎮上，天邊才亮了起來。

黃茂林老早就在豆腐攤上張望，他家裡離鎮上近，來得早，已經擺好攤子，就等韓家母女來。

葉氏母女離著好遠的地方，黃茂林就看見了，忙迎了過去。「嬸子和大妹妹來了。」

葉氏笑道：「茂林來得好早。」

黃茂林笑道：「嬸子和大妹妹吃了早飯沒？」

葉氏把擔子換了個肩膀挑。「我們吃過飯來的，我還給你帶了兩塊鍋盔呢。你們小孩子家，餓得快。」

到了地方後，葉氏卸下擔子，擦了擦汗。「梅香，妳在這裡看著，我去老板家把櫃檯抬過來。」

黃茂林忙跟了過去。「我跟嬸子一起去吧，昨兒就是我放的。」

葉氏笑著感謝他。「若不是有你幫忙，我們哪能這樣順利呢。」

梅香在攤位邊守著，過了一會後，葉氏和黃茂林把櫃檯抬了過來。

那櫃檯比較窄，但長度可以，葉氏把一桶油放在櫃檯底下的櫃子裡存著，另外一桶擺在櫃檯上，又把許多菜放在櫃檯上面。

葉氏心細，特意帶了把傘，綁在櫃檯一角。

旁邊不遠的地方有許多人家都摘了自家的菜來賣，葉氏一看，心裡有些擔憂。

黃茂林懂葉氏的心思，忙寬慰她。「嬸子，若有人壓價，等賣到一半再說。如今雖說賣菜的多，但也不能賣得太賤了，不然還不夠辛苦錢的。嬸子這菜籽油今兒是頭一回來賣，怕是要吆喝兩聲。這個月巡街的錢我剛才已經替嬸子交給張大哥了，嬸子放心，張大哥和我有些交情，沒人會來尋嬸子的麻煩。」

葉氏掏了兩塊鍋盔塞到黃茂林手裡。「等會餓了墊一墊肚子，我這裡還有熱茶，你吃東西的時候自己過來倒一杯，別客氣。」

黃茂林笑咪咪接過鍋盔，與葉氏母女打個招呼，回自己的豆腐攤上去了。

前天回家時，母女兩個特意問了各家菜價，什麼樣的菜什麼價錢，心裡都有譜。

葉氏看那兩桶油，有些不好意思吆喝。

梅香戴上帽子，對葉氏說道：「阿娘，我來吧。菜籽油勒，韓家作坊新榨的菜籽油——」

正吆喝著，趙老板的大兒媳婦出來了。「韓家嬸子，給我打三斤油吧，我們家吃慣了你們家的油，等了幾個月，可算來了。」

葉氏笑著接過趙大媳婦手裡的油瓶子。「多謝您照顧生意，這幾個月因著家裡有事就沒來。以後每個集都會來的，還請您幫著跟街坊們說一聲。今兒您是頭一份，我送您二兩。」

葉氏打油技術嫻熟，空竹桶一伸進去就能打出二兩來，保證不多不少。

趙大媳婦欣喜道：「哎呦，那讓嬸子破費了。您放心，我定然跟街坊們多說說。」

趙大媳婦付過了錢，拿著油瓶子回去了。

鎮上的娘子們挑剔，菜略微髒了就不要。梅香家的菜整理得乾淨，一個家裡兒孫多的老板娘，一下子買走一提籃的菜，葉氏欣喜的秤重算帳，還送了她兩個番茄。

老板娘笑咪咪看向母女兩個。「女人家做生意不容易，妳家的菜乾淨，價錢也公道。有多的豇豆下個集給我帶二、三十斤來，我要醃兩罈子。」

葉氏笑道：「多謝嬸子照顧生意了，您貴姓？我給您送到家門口去。」

老板娘自己是個潑辣人，但卻喜歡和葉氏這樣的溫柔的人打交道：「我是馮家棺材鋪的。」

葉氏眉頭都沒皺一下。「那多謝馮嬸子了，我後天一早給您送三十斤過去。」

馮老板娘點了點頭。「姪媳婦只管去，別嫌晦氣就行。」馮家是賣棺材的，雖然掙錢多，但很多人不愛上門。

葉氏笑了。「嬸子說笑了，大家正經開門做生意，都是一樣的。」

馮老板娘給葉氏母女開了個好頭，娘兒兩個頓時信心大增。葉氏大起膽子，也吆喝了幾聲菜籽油。

一個時辰之後，街上陸陸續續來了好多打油的。今兒余家沒來人，母女兩個撿了個大便宜。

等各樣蔬菜賣了個大半，來買菜的人開始殺價了。葉氏不降價，只另外贈送，很快就把剩下的油和菜都處理乾淨了，只有油渣餅還剩了三、五斤。

黃茂林中途過來一趟。「嬸子，大妹妹，今兒開門紅呀。好兆頭好兆頭，恭喜嬸子和大妹妹了。」

葉氏也笑了。「還要多謝茂林你的幫忙。」

黃茂林笑道：「都是嬸子和大妹妹能幹。」

葉氏給黃茂林倒了一杯熱茶。「還沒涼透呢，你快喝兩口。」

黃茂林接過茶杯，咕嘟嘟喝完了。「謝過嬸子，有這一杯茶，半天心裡都暢快。」

喝過了茶，黃茂林又回去招呼客人去了，葉氏吩咐梅香去給明朗買紙，她自己一個人守在這裡。

梅香去了鎮上唯一一家賣筆墨紙硯的店家，給明朗兄弟二人買了一個月用量的紙。又去點心店買了兩斤雞蛋糕，然後去雜貨鋪，買了一斤糖。

等梅香回來後，葉氏還沒賣出最後幾斤油渣餅。

天越來越熱了，葉氏決定不等了，今兒的成果她已經很滿意了。

葉氏把油桶收好，將兩個凳子塞到櫃檯裡面，和梅香一起把櫃檯抬進趙家後院。

葉氏本來想把剩下的油渣餅送給趙家，梅香攔住了她。「阿娘，今兒咱們已經送了二兩油給趙家，這油渣餅，等過幾天再送吧。日子長著呢。一下子送多了也不好，人家還得回禮。」

葉氏想了想，忍不住誇讚梅香。「還是妳想得周到，妳阿爹以前也跟我說過，人的胃口都會越來越大，要細細的餵，不能一下子餵多了。可見你們是親父女，想的都一樣。」

梅香忙謙虛。「今兒阿娘受累了，我只管著收錢，甚都沒幹。」

葉氏抬著櫃檯一邊，梅香抬另一邊，娘兒兩個一起往前走。「咱們一家子骨肉就不說那些話了，等回去了，下午好生睡一覺。」

收好了櫃檯，葉氏挑著擔子，帶著梅香去和黃茂林告別。

母女兩個到家後，明朗打洗臉水、搬凳子、倒茶水，忙活個不停。

幾個孩子也都餓了，各自吃了根黃瓜。

梅香把買的紙拿出來，全部給了明朗。「我估摸著買的，你也不用太儉省。字寫得不夠多，哪裡能好看呢。」

明朗道了謝接過紙，愛惜的摟在懷裡，又回到西廂房去了。

葉氏把今兒賺得的銅錢都倒了出來，那五十幾斤油得了近兩百文錢，一挑菜也賣了三十幾文錢。但寫字用的紙比較貴，今兒又買了糕點和糖，賣菜的錢全部貼進去都不夠的。

葉氏把剩下的銅錢都收到屋裡去，然後帶著梅香去做飯。

葉氏燜了些米飯，隨意炒了兩道菜。

今兒一下子得了三十多文錢，葉氏頓時變得愛惜每一根菜起來。

許多人家也知道菜園裡的菜多少能換幾個銅板，但時人都認為去鎮上賣東西拋頭露臉，只要家裡還有碗飯吃，就不去幹那丟人的事情。

葉氏敢到鎮上去，一來是韓敬平以前常去鎮裡，二來她深知寡婦養兒不容易，若不攢些錢，以後孩子們定要受委屈。只要家裡還有田地，戶籍沒寫個商字，不偷不搶的，怎麼就丟人了。

初見葉氏的人，都覺得她有些靦腆懦弱，其實她骨子裡自帶一股韌勁。她決定了要好生帶著幾個孩子過日子，就立刻打起精神來。她決定要去鎮裡，就立刻按下梅香，事事自己出頭，只讓梅香做幫手。

梅香雖然能幹，但在葉氏眼裡，她仍是個十二歲的小姑娘。儘管葉氏自己也感覺很疲憊，但她依舊讓梅香在堂屋帶著弟弟妹妹，自己來廚房做飯。

葉氏母女兩個到鎮上賣油賣菜的事情，很快就傳遍了整個韓家崗。

韓文富和韓文昌知道後不置可否，人家天沒亮挑著擔子去鎮上，辛苦掙幾文錢，難道還要被這群在家裡坐著閒磕牙的懶婆娘比下去？

韓敬義和董氏都不說話，三房掙錢多，等明全成親，問她借幾個還能不借？

但不管旁人怎麼想，葉氏既然決定了要幹，就要幹出個樣子來。

下午，葉氏去菜園忙活了半天。

天還沒黑，葉氏回來了，她讓梅香擀麵條，自己去西院忙活。

西院的活都粗糙得很，葉氏一般不讓梅香動手。擀麵條雖然累一些，但總歸是乾乾淨淨的。

第三日，葉氏又帶著梅香去了鎮上。

果如葉氏所想，余家也來人了，在另外一條街擺了個攤子。余家人也知道，鎮上的大戶多，若韓家每個集都來賣，時間久了，鎮上的人家怕是都只認韓家了。

好在余家並沒有離韓家攤位太近，鎮上兩條主街，一家占一條，井水不犯河水。葉氏也很滿意。若兩家離得太近，有些刁鑽客人就要挑事了，雙方都落不到好。

上回說要打油的來了好幾家，沒來的大概是見余家的攤位比較近，索性就近打油，葉氏也能理解。

葉氏叮囑梅香。「我去馮家看看，若有人買東西，就照定好的價錢來，有人講價錢，妳就推說不能作主。」

她還到對面請黃茂林幫著照看一下。

黃茂林笑著點頭。「嬸子只管去，這裡有我呢。」

葉氏走後，黃茂林趁著沒人的功夫，過來和梅香打招呼。

「妹妹，太陽曬得厲害，妳別坐到傘外頭去了。」

梅香笑了。「黃大哥，你別站外頭，坐到傘底下來吧。」

黃茂林笑咪咪的坐到她旁邊。「挑這麼重的東西過來，妹妹累不累？」

梅香給他倒了杯水。「黃大哥，我不累的，我力氣大。」

梅香笑咪咪的看著黃茂林，她就不信，黃茂林不知道自己的底細。

果然，黃茂林把茶水喝了，然後看了梅香一眼，見梅香兩隻杏眼睜得老大，定定的看著自己，他忽然心裡像被小搥子槌了一下，怦怦跳了起來，頓時眼神有些飄移不定。「我也聽人說過妹妹的事情。妹妹這樣的際遇，我想要還沒有呢。可別聽那些嘴碎的人胡說，我覺得妹妹這樣就很好，哪裡都不差。」

梅香被誇得臉紅了一下，黃茂林忽然意識到自己說錯話了，忙打住話題。「妹妹雖然能幹，也要注意些，妳年紀小，不能一下子累狠了。」

梅香低聲道謝。「我知道，多謝黃大哥。」

一陣風吹來，梅香額前的碎髮被吹起，隨風飄蕩著，晃來晃去，黃茂林看得有些發愣，他感覺自己的心好像被栓在那一縷碎髮髮梢上，忽上忽下。

梅香忽然歪頭看向他。「黃大哥，你在看甚呢？」

黃茂林頓時回過神來，心裡痛罵自己，韓大妹妹是有人家的人，他整日胡思亂想些什麼。他連忙露出笑容看向梅香。「妹妹不知道，我阿娘在我很小的時候就去了。咱們父母不全的孩子，就要剛強些。」

梅香又給他倒了杯水。「黃大哥，多謝你這些日子對我家的關照。」
黃茂林又把水喝了。「妹妹見外了，以後有什麼難處，只管來找我。」
梅香點了點頭，那頭，又有人來買豆腐了，黃茂林把茶杯還給梅香，趕忙去了。
過了一會，葉氏回來了。梅香見葉氏籃子裡空了，知道馮家收了菜。
葉氏把十文錢放進匣子裡，坐了下來。「可有人找事？」
梅香搖頭。「無人找事，中途來了個老爹爹，想賒帳，我就說不能作主，他就走了。」
葉氏點頭。「妳做的對，咱們小本買賣，哪裡禁得住賒帳。」
娘兒兩個坐到傘底下，慢慢等客人上門。
早上走的時候，葉氏煎了一大碗餅放在廚房。除了餅，還有地裡的甜瓜，加上前兒買的糕點。有這些吃的，她也不擔心家裡三個孩子。
黃茂林的豆腐賣完後，他又過來了。「嬸子，您這邊如何了？」
葉氏起身，笑著對黃茂林說道：「還剩十來斤油和兩把韭菜呢，你忙完了就先回去吧。」
黃茂林笑了笑。「我陪嬸子等一會，我回去也無事，就等著吃飯了。」
葉氏讓黃茂林坐下，黃茂林哪裡能讓葉氏給他讓位置，忙回去把自己的凳子搬過來。
葉氏溫和的與黃茂林話家常。「你每日起這麼早出門賣豆腐，能睡得好嗎？」
黃茂林忙回答道：「我吃了晌午飯會睡一會，但不敢睡太久，怕夜裡走了睏。」

葉氏笑了。「小孩子家家，瞌睡多正常。這兩次趕集，梅香也要我叫才能起得來。」

黃茂林摸摸頭。「嬸子家離得遠，要起得更早呢。」

正說著，梅香忽然打了個哈欠，三人都忍不住笑了。

慢慢說話的功夫，招呼了幾個客人，葉氏將兩把韭菜分送給了兩個打油多的人。

葉氏抬頭看看天。「茂林，日頭越來越大了，咱們都趕緊回去吧。」

黃茂林笑著看了梅香一眼，雙方別過，各自回家去了。

此後，葉氏每隔一天往鎮上去一趟。因娘兒兩個風雨無阻，菜的品相又好，慢慢積累了許多老主顧。人家來買菜，見她家還賣菜籽油，也一併帶了。漸漸又把余家的客人拉過來一些，生意越來越好。

每隔兩、三個集，娘兒兩個榨一回油，家裡存的油菜籽消耗掉許多。

忙碌的日子異常充實，葉氏不去管村裡的風言風語和眼紅。照看田裡、地裡和菜園裡，伺候牲口，照顧孩子，她忙得很，沒功夫和人閒磕牙。

就這樣一個集市一、兩百個銅板慢慢的攢，等到立秋的時候，除了家裡的所有開銷和油菜籽的本錢，娘兒兩個淨落了二兩銀子。二兩銀子可不是少數，多少人家一年也結餘不了這麼多錢，葉氏的幹勁更足了。

又一日下午，梅香帶著弟弟妹妹一起去河邊洗家裡鐵鍬等東西，沒想到卻鬧出一場大事。

第十七章　瘋牛傷人釀大禍

青石河共有三處洗東西的地方，梅香今兒洗的是家裡的鐵鍬、籃子，還有廚房裡的抹布，就到最下游那個缺口。這個缺口旁邊有十幾棵大樹，七、八個小男孩聚在大樹下玩耍。

梅香分給明朗一支刷子，讓他洗籃子，明盛給哥哥打下手，梅香單獨幹。

正洗著，忽然聽見從東邊傳來陣陣尖叫聲。「牛瘋啦，快跑啊！快跑啊！」

梅香驚得立刻抬頭看，聽說那水牛一旦瘋起來，見人就頂，會出人命的。

梅香立刻站起身，把明盛和蘭香拉到身後，一手抄起棒槌。

那樹底下的幾個孩子正玩得高興，等牛衝過來的時候，他們都傻眼了。

梅香大叫。「快跑啊，快跑啊！」

那幾個大的反應過來，往旁邊躲了躲，小的被嚇得只知道哭了，牛一頭抵了過去，一個小孩子被頂到一邊。好在小孩衣裳寬大，牛角正好鑽到衣裳裡，不曾受傷，只是被摔了一下，但那孩子還是哭得聲音都變了。

頂完一個小孩，牛又衝向其中一個穿紅衣裳的小孩。

梅香大喊。「明朗，帶明盛和蘭香回家！」

說完，她拎著棒槌就衝了過去，還沒等牛頂到那紅衣小孩，梅香舉起棒槌對著那牛屁股狠狠捶了一記。

瘋牛吃痛，撇過頭，立刻就用牛角來頂梅香。

梅香早就準備好了，一個側身躲到一邊，順手把躺在地上的紅衣小孩抱了起來，往旁邊的樹後面躲。

那牛圍著樹開始攆，攆了兩圈後，放棄梅香，又去頂剛才那個被甩到一邊的孩子。

梅香大喊。「快跑，快跑！」

可三兩歲的小孩害怕的時候除了大哭啥也不會幹，梅香只得丟下紅衣小孩，又對著牛屁股捶了一棒槌，這下可把瘋牛氣壞了，滿場子亂跑起來。

梅香頓時投鼠忌器，好幾個小奶娃在邊上都嚇傻了，踩到哪一個都會要人命的。形勢立刻反轉，再不是瘋牛攆著梅香跑，而是梅香攆著瘋牛跑。

梅香一邊攆一邊打，瘋牛豈會老實聽話，那牛角就沒閒過，一直想頂梅香。

正攆著的功夫，各家大人們都來了，奔到旁邊把自家小孩都抱走了。梅香才鬆了一口氣，哪知那牛忽然發狠，對著她側身猛頂了一下，梅香躲閃不及，感覺自己的左膀子傳來一陣劇痛，抬都抬不起來。

在她愣神的功夫，瘋牛又要頂她。梅香忍著劇痛往上抬手，但抬得慢了，袖子被牛角掛住，呼啦一聲，整個左邊袖子都被扯掉了，大半截膀子都露在外頭，梅香動作明顯慢下來很多。

剛趕過來的韓文昌立刻大喊。「梅香，跑，別理牠，交給我們！」

梅香聽到後，咬牙往旁邊一躲，趁著瘋牛扭身的機會，她立刻縮回抬起的腳，往另一邊轉身就跑。

瘋牛發現自己上當，又轉身來追。旁邊候著的一群壯漢們早準備好了麻繩，兩頭一拉，往牠腳下一絆，瘋牛立刻摔倒了。漢子們一擁而上，迅速用繩子死死綁住了牛的腳，瘋牛拚命在地上掙扎，但再也沒起來過。

梅香跑到不遠的地方後，因為膀子疼得厲害，頭上大顆大顆的冷汗開始往下掉。她停下了腳步，用棒槌支在地上，撐著半邊身子，大口喘氣。

明朗把弟弟妹妹送回家後，又跑過來。「姊姊。」

他想去扶梅香，但見姊姊疼痛的樣子，又不知道要怎麼扶，再見姊姊整個左膀子都在外面，忙要脫下自己的上衣給姊姊披上。

還沒等他的上衣脫掉，旁邊忽然傳來一聲怒吼。「韓梅香，妳在做什麼！」

梅香估計自己的膀子斷了，正疼得眼冒金星，聽得這一聲怒吼，抬頭一看，正是王存周。

今兒秦先生讓王存周來看看明朗的功課做得如何，他剛到青石橋，老遠見到梅香居然光著一條膀子站在那裡，頓時怒從心起！

梅香忍著疼。「你眼睛瞎了嗎？沒看到我在做甚。」

王存周並不太清楚發生了什麼事情，見梅香這樣衣衫不整，還跟他頂嘴，抬起手啪的搧了梅香一個巴掌，指著她的臉怒吼。「妳這樣不守婦道的女子，不配進我王家的門！」

梅香反應過來後，咬牙直起身，扔掉棒槌，衝上去用右手啪啪給了他兩巴掌。「你個眼瞎心瞎的狼崽子，快給我滾！」

打完這兩巴掌，梅香頓時疼得坐到了地上。

明朗氣得要死。「王存周！你再動手試試！」說完，明朗立刻用自己的外衫蓋住梅香的半邊身子。

王存周被梅香兩耳刮子打蒙了，他從來不知道，女人還可以打男人！

韓家族人聽見這邊的動靜，立刻又有一批人趕了過來。

有兩個嬸子幫梅香把衣裳整理好了，剛才王存周打梅香耳刮子，那紅衣小孩的親娘看見了。

她立刻過來說道：「王家小哥，梅香妹妹剛才為了救幾個孩子受了傷，你怎能不分青紅皂白就打她？這還沒進門呢，你就逞上威風了？」

剛過來的韓文富聽說後，沈下了臉，看向梅香。「梅香，妳怎麼樣了？」

梅香已經疼哭了。「七爺爺，我左膀子好疼啊！」

有人立刻說道：「剛才那瘋牛頂了梅香的膀子一下子，怕是傷著骨頭了。」

韓文富立刻指揮旁邊幾個婦人。「妳們小心些，把梅香送回家。」

幾個大娘嬸子們合力抬起梅香，小心翼翼把她抬回了家。

韓文富對韓敬奇說道：「敬奇，你把這小子看住，別讓他跑了。」說完，他又吩咐族裡兩個姪子，去王家凹通知王存周的父母，讓他們務必過來一趟，不然，他們的兒子就別想回去了。

葉氏本來正在田裡，聽見有人說梅香受傷了，嚇得丟下鐵鍬就往回趕。一見到女兒，葉氏立刻就哭了出來。「梅香，妳怎麼樣了？妳怎麼樣了啊？」

梅香扯了扯嘴角，對葉氏說道：「阿娘，我無事，就是左膀子被瘋牛頂了一下。」

葉氏哭著和眾人抬回了梅香，讓她在房裡斜躺著。

那些小娃兒的父母都來了，韓敬義和韓敬奇聽說後也趕過來，大夥兒都聚在院子裡。

葉氏急得直哭。「七叔，二叔，這要怎麼辦啊？」女兒忽然被傷，葉氏瞬間亂了陣腳。

韓文富對葉氏說道：「姪媳婦，梅香怕是要請大夫。」

葉氏忙不迭的點頭。「好，請大夫，我如今走不開，七叔看讓誰去幫我請鎮上的王大夫。」

韓文富看向眾人，明銳立刻站了出來。「七爺爺，三嬸，我去吧。」

明輝也應聲道：「明銳哥，我跟你一起去吧。」

韓文富點頭。「那你們現在就去，要快。」

兄弟二人立刻就走了，葉氏也顧不上眾人，打了一盆熱水進房，和那幾個婦人一起給梅香擦了擦臉。她身上傷口太嚇人，大夥兒都不敢碰。

韓文富見各家都來人了，沈聲問道：「是誰家的牛？」

牛主人韓敬美瑟縮著出來了。「七叔，是我家的牛。」

韓文富吩咐道。「你這牛不能留了，馬上就殺了。」

韓敬美雖然心疼一頭牛，也知道瘋牛留不得，只得點頭道好。

韓文富又問他。「你家牛傷了梅香，你預備要如何處理？」

韓敬美支吾了半天。

韓文富開口道：「敬美，若不是梅香在，那幾個小娃兒，踩死一個，你就不光是賠一頭牛這麼簡單了。」

韓敬美低下了頭。「七叔說的是。」

韓文富見他並沒有推脫責任，心裡滿意。「梅香的醫藥錢，你定是要出的。她本來就是家裡的半個頂梁柱，如今受了傷，家裡的活兒幹不了，你也要來幫忙。」

韓敬美繼續點頭。「我聽七叔的吩咐。」

韓文富嗯了一聲。「這樣很好，等你家的牛殺了，你要多分給明朗家裡一些牛肉。梅香傷了手，後面說不定還要吃藥，你不能斷了藥錢。」

說過了韓敬美，韓文富又看向那一群小孩的父母。「今兒若不是梅香在，你們幾家的孩子怕是凶多吉少。梅香家的事情，不能光指望敬美，你們也要出力。」

那紅衣小娃的母親吳氏是個爽快人，她成親好幾年，就生了一個兒子，今兒梅香救下她兒子，心裡感激得很。「七爺爺，我聽您的吩咐。」

另外幾家見吳氏這樣，也不敢做忘恩負義的，紛紛表示贊同。

韓文富說道：「如今梅香受了傷，沒有三兩個月休不好，以後你們幾家輪流到她家來幫忙，再有，人家救了你們的兒子，家裡有什麼吃的，也送一些來。」

吳氏點頭。「這沒得說，七爺爺放心，我頭一個來。」

旁邊的明朗忽然插嘴。「二爺爺，七爺爺，姊姊今兒被牛撕掉了袖子，王存周罵我姊姊不守婦道，不配進王家門，還打了我姊姊一巴掌，這件事，不能就這樣算了。」

韓文富瞇起眼睛。「這件事你不用管了，我等他父母過來說話。」

韓敬義這個時候也同仇敵愾起來。「這王家小哥太不像話了，梅香衣裳被撕扯掉了，又不是她自願的。再說了，在場都是咱們老韓家的親骨肉，一個祖宗傳下來的，哪裡就那麼多講究？」

韓敬奇驚愕的看了一眼韓敬義，老大今兒被雷劈了？竟然說出這麼體面的話。

吳氏也生氣的插了句嘴。「七爺爺，您定要給他個教訓，不然外人知道了，以為咱們老韓家的姑娘都是這樣好欺負的！」

韓文富對韓文昌說道：「二哥，等會王家怕是會來人，敬平不在，二哥跟我一起迎一迎吧。」

韓文昌點頭。「那是自然，我小孫子今兒也在那裡呢。」

韓家親連著親，那幾個小孩牽扯到大半個韓氏家族。這會聽說要和王家撕扯，各家都表示要來人助陣，不能讓王家這樣欺負人。

不到一個時辰，明銳和明輝一起帶著鎮上王大夫來了。

王大夫年紀一大把了，梅香年紀也小，在一幫婦人的眼皮子底下，也顧不得男女大防。他仔細看了看梅香的傷口，又輕輕捏了捏梅香的膀子，梅香疼得冷汗直冒。

王大夫看過之後心裡就有譜了。「這孩子骨頭怕是被頂裂了，我給她上一些藥，先吊起來，養個三兩個月就能好了。」

葉氏惴惴不安的問了問。「王大夫，這會不會影響以後生活？」

王大夫摸了摸鬍鬚。「你們好生照看，她年紀小，只要恢復了，也無大礙。」

葉氏忙不迭的點頭。「多謝王大夫，我定會好生照看她的。」

王大夫又叮囑葉氏如何煎藥，如何照顧梅香日常起居。明朗怕葉氏記不住，還特意寫了下來。

清涼涼的藥敷在傷口上，梅香感覺疼痛頓時減少了一些，可她心裡的氣卻一絲沒少，王存周那一巴掌使勁了全力，梅香的臉仍舊熱辣辣的

韓敬美付過了醫藥錢後，韓家人客氣的送走了王大夫。

王大夫出門沒多久，王存周的父母、幾個叔伯以及王家族長一起來了。

王存周的娘趙氏一進門就哭喊。「存周，存周，兒吶，你在哪兒呢？」

韓敬奇見到王家人來了，立刻讓旁邊族人去把王存周帶了來。

王家族長進門之後笑著對韓文富拱手。「韓老弟，不知有什麼要緊的事情，倒把家裡這些孩子唬住了。」

韓文富也笑著拱手回禮。「王老哥，這事說大不大，說小不小，但看王老哥如何處理了。」

正說著，王存周被人帶了過來。

趙氏忙哭著撲上去。「我聽說梅香打你了？還沒進門就敢打男人，這樣缺教養，以後如何能過日子？」

旁邊的吳氏立刻張嘴就罵。「黑了心的小賊，妹妹為了救一幫小孩子，受了那麼重的傷，他不說心疼我們妹妹，上來就是一個大耳刮子，還說我們韓家的姑娘不守婦道？瞎了他的狗眼，我們韓家姑娘哪裡不守婦道了？是養漢子還是偷懶不幹活了？這就是你們老王家的教養？就會在女人頭上逞威風！有本事，你去考個功名回來呀？肩不能提手不能挑，廢物一個，還有臉嫌棄我們妹妹？」

吳氏一頓痛罵，把王存周氣得渾身直發抖。沒考上功名，是他認為最恥辱的事情，梅香能幹，也讓他心裡不痛快。

趙氏頓時不樂意，指著吳氏罵了起來。「妳是誰家的媳婦，長輩們說話，妳在這裡滿嘴噴糞胡咧咧，妳公婆就是這樣教導妳的？」

吳氏的婆母在旁立刻聲援自己的兒媳婦。「王家弟妹，我這兒媳婦好得很，孝順公婆，操持家務，再沒有一樣不好的。我兒子可不像那些歪了心思的人，見到媳婦能幹，還要生氣。」

韓文富忽然大聲喊了一嗓子。「都住嘴，明文媳婦，這是長輩，不可無禮。」

吳氏立刻軟下聲音。「七爺爺，我可不敢和王家嬸子頂嘴。王家小哥好歹也得叫我一聲嫂子，我說他兩句原也使得。」

說完，她拉著紅衣小娃退到一邊去了。

王家族長先跟韓文富道歉。「韓老弟，這孩子今兒行事莽撞了些。您是長輩，教導他幾句也就罷了，他還小呢，咱們總得給他機會悔過。」

韓文富沒說話，明朗開口了。「王家爺爺，他是個讀書人，自己犯的錯，卻讓長輩來給他道歉，這如何能說得過去。他今兒傷了我姊姊的心，傷了我家的顏面。他需要給我姊姊賠禮道歉！」

韓家人見明朗小小年紀就知道為姊姊出頭，心裡又高興又心酸。

王存周的阿爹對兒子說道：「存周，今兒是你做的不對，不問青紅皂白先動手打人，你去房門口給你媳婦道歉。」

趙氏小聲辯駁道：「當家的，存周也挨了她兩耳刮子呢。自來只有男人打女人的，哪有女人打男人的？」

明朗立刻大聲反駁。「男人打女人，也要打得有道理，沒道理，天王老子也不能隨意打人，我姊姊沒有做錯事情，憑什麼要挨打？」

王存周的父親呵斥趙氏。「妳快給我住嘴！」

趙氏不敢再回嘴，心想且先讓著梅香，等過門了，看自己怎麼收拾她。

王存周聽見長輩們都讓他給梅香道歉，心裡也很不服氣。

第十八章　瘋牛案梅香退親

王存周滿心不願意，但族長和他父親都發話了，只得挨挨蹭蹭往正房行去。

他才走到正房臺階下，忽然停下腳步，梅香在一位族嬸的攙扶下，自己出來了。

葉氏忙過來扶住她。「妳起來做甚，長輩們都在呢，不會讓妳受委屈的。」

梅香勉強笑了笑。「阿娘，我無事。上了藥，這會不大疼了。」

葉氏忙給她搬了個有靠的椅子，又在後面放了個枕頭給她靠著。

梅香笑著對王存周說道：「你不用進去了，你有什麼話就當著大家的面說吧。」

王存周憋了半天，一個字都說不出來。

梅香笑著問他。「王存周，你今兒為甚二話不說就打我？」

王存周立刻找到了理由。「妳個姑娘家，衣衫不整，成何體統。」

梅香又笑了。「你是不是認為那幾個孩子的命不值錢，不值得我衣衫不整去救他們？」

王家族長大驚，韓家丫頭這是要拱火，立刻大聲呵斥他。「存周，你莫要再說了，趕緊給你媳婦賠禮道歉。」

王存周雖然心裡不服氣，聽見族長爺爺這樣呵斥他，也不敢再強嘴，只猶豫著要如何道歉。

梅香抬手攔住他。「王存周，我問你幾個問題。你若答得好，咱們之間就不用道歉了。」

王存周眼睛一亮，立刻點頭。「妳問，我定知無不言。」

梅香瞇著眼睛看向他。「王存周，如果今兒你來得早，看到瘋牛發瘋，你會讓我去救那幾個孩子嗎？」

王存周立刻回答道：「自然要去救的！」

梅香笑了。「好。那我再問你，若你知道救人會讓我衣衫不整，你還會答應嗎？」

把禮教看得比天還大的王存周，又猶豫了。

梅香冷哼了一聲。「你還是覺得，那幾個孩子的性命，不如你的規矩重要。」

王存周只得辯解。「婦人失貞潔，如何還能苟活於世？」

明朗立刻大聲對他說道：「王存周，你的意思是說讓我姊姊找根繩子把自己吊死是嗎？」

王存周支吾。「我何曾說過讓她吊死。」

明朗欺身向前。「你覺得我姊姊失了貞潔是不是？」

王存周眼皮耷拉了下來，不置可否。

明朗個子比王存周矮，忽然，他衝向前，踮起腳尖，抬手啪地抽了王存周一個大巴掌。

「你這個沒心肝的狼崽子，枉費你讀了這麼多年的聖賢書，原來是個表面光鮮的驢糞蛋子。

聖人什麼時候說過救人於水火是失貞潔敗壞名聲的話？你讀書讀不好，做人的道理也狗屁不通，難怪你考不上功名。考官們眼明心亮才沒錄你，你要是考上功名做了官，老百姓才要遭殃了！」

趙氏立刻撲了過來。「你個挨千刀的短命鬼，連你也打他！」

旁邊韓家幾個婦人眼明手快，一起拉住趙氏。「哎呦，王家嫂子，他們小孩子之間，打打鬧鬧不是常有的，妳是長輩，怎麼能跟小孩子動手呢。」

王家族長一看，心喊糟糕，存周這個混帳，讓韓家這小子逮住話柄，一下子把話說死了！

王存周的父親忽然對韓文富說道：「韓叔父，存周今兒是有錯。可她們姊弟兩個，挨個抽他巴掌，存周也是個讀書人，讓他的臉往哪裡擱？」

韓文富冷哼了一聲。「王家姪子，今兒要被瘋牛踩死不是你王家的孩子，你們自然站著說話不腰疼了。」

韓文昌也接話說道：「你們家的小子好大的口氣，一張嘴就給梅香定了個失了貞潔的罪名，敢問大姪子，我韓家這麼多姑娘，以後若是都嫁不出去，你負責？」

王存周的父親啞然。

王存周雙眼通紅，指著明朗的鼻子罵。「君子動口不動手，你的書都讀到狗肚子裡去了？」

明朗冷笑一聲。「你也配稱君子？漠視父母辛勞，整日做個只會吃喝拉撒的廢物，我原想著你以後能考個功名也就罷了。如今你連稚童的死活都不放在心上，可見不光是無情無義，是歹毒。上回你當著外人的面訓斥姊姊，我不和你計較，如今你越發得寸進尺，動輒對姊姊不是罵就是打。我姊姊是你沒過門的媳婦，不是你的丫頭！你想當大老爺，且還早著呢，如今就別發夢了，老實跟我一樣捲起褲腳下田幹活吧！」

還不等王存周反駁，明朗一甩袖子，走到韓文富和王家族長面前，先鞠躬行禮。「諸位長輩都在，阿爹不在了，阿娘說我是一家之主，今兒我要作主，與王家退親！王家門楣高，我們攀不上！」

葉氏頓時大驚。「明朗，不可胡來！」

韓文富正色對明朗說道：「明朗，這是你父親在時給你姊姊訂的親！」

明朗再鞠躬。「七爺爺，阿爹去了，姊姊不再是整日繡花撲蝶的小家碧玉，王存周嫌棄姊姊拋頭露臉。且他考不上功名後，心性大變，喜怒無常。功名難考，他如今除了讀書，什麼都不願意幹，以後若考不上功名，難道要我姊姊養他一輩子？養他一輩子也就罷了，但他動輒打人罵人，我難道就要把姊姊送過去受委屈？」

梅香忽然在後面大喊一聲。「好，明朗，我聽你的，這個糊塗蛋廢物，我再也不想看到他了！」

說完，梅香掙扎著起身，走到韓文富和韓文昌面前，撲通一聲跪下。「七爺爺，二爺爺，今兒下午，我骨頭斷了，疼得掉眼淚，王存周來了，二話不說就給我扣了個不守婦道的帽子。這話能隨便張嘴就說嗎？那是會要人命的。可見他糊塗，且心腸歹毒。他自己做錯了事，卻讓長輩來道歉，毫無擔當！父母整日辛勞，他甚也不幹，可見不孝。這樣糊塗無擔當又不孝的人，阿爹若是看到了他的真面目，定然二話不說就退親！」

王存周的父親哼了一聲。「韓家小子，你也別太過分，退親就退親，還要把人說得這樣不堪。說真的，這樣脾氣大的媳婦，能找到幾個呢。」

明朗要反駁，韓敬奇一把拉住了他。「王家大哥，梅香多好的孩子，你們不是嫌棄她拋頭露臉，就是嫌棄她脾氣大。若是我家三弟還在，你們這樣欺負他女兒，你看他不砸了你家的供桌！」

王家族長嘆了口氣，對韓文富說道：「韓老弟，結親結親，原是結兩家之好，豈能輕易退親。存周還小，過幾年長大就懂事了。」

韓文富搖搖頭。「王老哥，你莫要以為明朗是個小孩子胡說八道，這孩子最是懂事，一向維護家裡人，他能說出這話，怕是思量了許久。我雖是長輩，也不能橫加干涉。梅香雖然脾氣大，你們家的哥兒，也不像話。梅香，妳起來說話，妳身上有傷呢。」

葉氏忙過來扶起了梅香，梅香想了想，走到王存周面前。「王存周，我要退親，不是因為你不好，也不是因為我不好，咱們兩個如今還沒成親，就這樣你看我厭煩我看你厭煩，實在不是良配。以後你要考功名做大老爺，你若把我欺負狠了，我怕是會動手打你。你自己好好好想想，被自家婆娘打了，你丟不丟得起這個臉。」

沒等王存周回話，趙氏立刻說道：「連自家男人都打，妳可真是天底下頭一份！」梅香今兒立意要退親，自然不會再忍讓趙氏。「大娘，我們韓家幾個孩子的命在他眼裡一文不值，難道他不該打？要是今兒被瘋牛踩的是您的親孫子，我見死不救，我怕您會拿刀砍死我了。想來死了孩子是別人家孫子，自家當然不心疼。我說王存周怎的這樣歹毒，原來是一脈相承的！」

趙氏氣得要厥過去了。「哪家的媳婦如妳這般，還跟婆母頂嘴？可是反了天了，當家的，退親，趕緊退親！」

葉氏氣得和趙氏爭執起來。「王家嫂子，哪家婆母對待沒過門的兒媳婦這樣？我還在這裡站著呢，您就這樣？」

韓文富忽然拍了下桌子。「都別吵了！」

說完，他看向葉氏。「姪媳婦，明朗說要退親，妳如何想的？」

明朗看出了她的猶豫。「阿娘，阿爹有多疼我們幾個，您還能不知道嗎？」

提起韓敬平，葉氏立刻嗚嗚哭了起來。「當家的啊，您看看，您才走，我們娘兒幾個就要被人欺負死了啊！」

正僵持著，忽然外頭傳來崔氏的大嗓門。「我聽說有人打上門了？當我老婆子是死的不成！」

崔氏一進門，先掐了自己大腿一把，然後開始嚎哭。「哎呦，阿奶的乖孫女耶，哪個天殺的敢欺負妳了？跟阿奶說，阿奶給妳作主。」

梅香機靈，立刻淚眼汪汪。「阿奶呀，我胳膊斷了，王存周還打我，說我不守婦道。阿奶啊，明朗要給我退親，您快勸阿娘答應了吧。要是我去了王家，整日被人這樣欺負，您老說出去都丟人！」

崔氏心裡撇嘴，這個死丫頭，倒是會來事，她立刻對著王存周狠狠呸了一聲。「王家小子，今兒的事情我都知道了，你覺得我孫女失了貞潔？呸，別叫我把你們老王家那些丟人的事情都抖出來，旁人不說，你阿爺當年和寡婦搞破鞋的時候，你阿爹還沒斷奶呢！」

噗嗤，人群裡傳來笑聲，立刻又沒了。

王存周的父親頓時氣得滿臉通紅，王存周聽到這些長輩的事情，立刻用雙手捂住耳朵。

還沒等王存周的父親開口，韓文昌立刻大喊。「嫂子！」

崔氏叉著腰走到韓文昌面前。「老二，你大哥死了，你姪子死了，你是梅香的二爺爺，怎能讓王家給她扣個這樣的大帽子。女娃家被人說沒了貞潔，那是會要命的！」

韓文昌忙勸她。「大嫂，您先坐下，正商量著呢。」

崔氏哼了一聲。「還商量個屁，趕緊退了這門親事，當日我就跟老三說不妥當。看看，不聽我老婆子的話，他閨女如今受這樣大的委屈。」

王存周的父親呼啦一下站了起來，對王家族長說道：「叔叔，退親吧。韓兄弟在的時候，家裡樣樣都好，如今越發不成個樣子了。」

崔氏立刻又跳了起來。「你再滿嘴胡沁一句試試，怎麼不成個樣子了，我兒媳一心守寡，孫子認真讀書，孫女賢慧能幹，哪裡不成個樣子了？我們老韓家不學人家搞破鞋，也不是那等不把別人家娃兒的死活放在心上的人。」

王存周的父親呼哧呼哧喘著粗氣，他不想和崔氏對罵，太難看。

葉氏聽見他這樣說自家，心裡很是氣憤，又看了看梅香。「梅香，妳以後不後悔？」

梅香搖頭。「阿娘，我肯定不後悔。我寧可嫁給個大字不識的泥腿子，也不要和這個偽君子在一起。」

葉氏擦了擦眼淚，對韓文富說道：「七叔，既然明朗作主了，孩子們都不反對，王家也有意，那就退了這門親吧。」

說完，葉氏進房，把王存周的庚帖拿了出來，遞給了韓文富。「七叔，兩個孩子都是好孩子，只是緣分不夠，以後各自婚配，兩相安好。」

韓文富嘆了口氣。「王老哥，您看這？」

王家族長也嘆了口氣。「韓老弟，既然他們兩家都沒意見，那就退吧。可惜了，我還想著以後和韓老弟做親戚呢。」

韓文富笑了。「王老哥，咱們兩族離得近，就算沒了這門親，以後定然也不會斷了來往。不過，我得把醜話說到前頭了。你們兩家既然都願意退親，就好聚好散。莫要這頭一退親，那頭就到處散佈謠言。」

葉氏忙點頭。「兩位叔父說的是，存周雖然無緣做我女婿，我還是希望他能早日考上功名，再娶個官家小姐，樣樣都稱心。」

王存周的父親也只得表態。「叔父放心，我們自然不會到處胡說。梅香是個好孩子，等她以後再有了好人家，我做大伯的也高興。」

韓文富笑道：「多少人家退親，打得雞飛狗跳。你們兩家都有讀書人，不能幹那樣不體面的事情。對外就說當日訂親訂得急，如今測算八字不大合，各自還回庚帖重新婚嫁。你們可都記住了？」

葉氏忙點頭。「七叔，我都記下了。」

王存周的父親也點頭。「韓家叔父放心，我們兩家本就關係好，自然不會故意壞了孩子們的名聲。」

韓文富點頭。「那最好不過了，你們家回頭把梅香的庚帖也還回來。」

兩家本來吵得不可開交，但雙方家長都想到自家的讀書郎，漸漸都克制住了脾氣，有兩家族長在中間斡旋，這場親事退得異常體面，不傷及梅香和王存周的顏面。

梅香心裡很高興，退了親事，她忽然覺得王存周再也沒那麼可惡了。「王大哥，我祝願您以後金榜題名，再娶個賢良淑德的官家小姐做嫂子。」

王存周扯了扯嘴角，他心裡其實是有幾分喜歡梅香的，就是想馴服她，哪知道如今搬起石頭砸了自己的腳。一想到梅香以後可能要給別人做媳婦，王存周頓時心裡又像被貓爪撓了一般不甘心。

王存周假裝不在意的對梅香說道：「妳以後也好生過日子，脾氣還是要收斂。」

梅香笑著回他。「多謝王大哥。」

那頭，兩家長輩們說定了事情，王家人就走了。

韓文富叮囑所有人。「你們家家戶戶都有女兒，若有人在外胡說八道扯出什麼不好聽的話來，全族的姑娘們都要受委屈。梅香為了救你們的兒子、孫子，大好的親事被毀了，你們莫要忘恩負義！」

吳氏立刻表態。「七爺爺，您放心吧，梅香妹妹這樣好，以後還會有更好的人家的。」說完，她對著葉氏說道：「三嬸，明兒上午我就過來，聽您的吩咐。若是需要打油，我讓我當家的來。」

葉氏立刻拉住吳氏的手。「那就多謝姪媳婦了，我一個人還真忙不過來，正發愁要如何過呢。」

韓文富看向其他幾家。「你們幾家，一家兩天輪著來，至少三個月，不能斷了。」眾人忙道好，韓文富擺擺手。「都回去吧，梅香好生歇息。」

葉氏一再道謝，送走族人。

第十九章 稚童趣智退祖母

葉氏很快做好了晚飯，梅香傷的是左膀子，右手仍舊能拿筷子吃飯，只是不能端著碗，只得把碗放在桌子上吃。

吃過飯，葉氏把碗洗了，又燒了一鍋熱水，幫女兒擦洗。

等一家子都收拾好了後，葉氏囑咐梅香夜裡要側著睡，有事情要叫人。

葉氏半夜過來了三趟，每回都靜悄悄的，怕吵醒了女兒。聽見女兒均勻的呼吸聲，她又悄悄返回東屋。

少女貪睡，勤勞的梅香也不例外。她阿娘過來三趟，她一丁點都不知道，睡夢裡，膀子還總是隱隱作疼。她一會兒平躺著睡，一會兒右側著睡，因為左膀子不能隨意調整姿勢，睡得也頗為辛苦。

第二天天沒亮，葉氏就起來了。她先給蘭香把了尿，又把她放回床上繼續睡，然後自己去了廚房。等她剛把米下鍋，明朗洗好臉過來了。

「怎的不多睡一會兒？」

「阿娘，我來燒火吧。」

姊姊受傷了，明朗知道家裡事情太多，光指望阿娘一個人，劈成兩半也忙不完。

葉氏想了想，沒有拒絕，讓明朗坐在灶下燒火，她去照顧西院的牲口，還要洗衣裳掃地。

明盛起來後，自己洗了臉，蹭到哥哥身邊。想到牛還沒放，明朗心裡有些急。他不放心明盛一個人燒火，讓他一個人去放牛就更不放心了。

葉氏忙完了之後，過來吩咐明朗。「你把牛牽出去放一圈，明盛在家裡不要去了，等會帶著妹妹。」

一個早上，娘兒幾個忙忙碌碌，總算把牲口都伺候好了，飯菜也端上桌子。

梅香起床後自己洗了臉，葉氏抽空給她梳了頭髮。

剛吃了飯，吳氏就帶著紅衣小娃來了，手裡還提著個籃子。

葉氏忙迎了出去。「姪媳婦來了。」

吳氏笑了。「三嬸，我家裡都忙好了，過來您這裡看看，有什麼我能幹的，您儘管吩咐我。」

葉氏笑了，一邊說一邊把吳氏往堂屋裡帶。「那真是多謝姪媳婦了，梅香一歇下，我是按下葫蘆起了瓢。」

吳氏忙勸葉氏。「我就怕三嬸一個人忙不過來，吃了飯就過來了。這是我家裡攢的一百個雞蛋，還有一包紅糖，三嬸別嫌棄，給妹妹補補身子。」

葉氏忙推辭。「姪媳婦太客氣了，妳能來給我幫忙我就很感激了，怎麼還能要妳的東西，妳拿回去給留哥兒吃吧，他還小呢。」吳氏的獨子，那個紅衣小娃，就叫留哥兒。

吳氏把籃子放在桌面上。「家裡還有呢，留哥兒有得吃。三嬸就別客氣了，這是七爺爺吩咐的，我不敢不聽呢。」

葉氏笑了。「那我就不客氣了，上午請姪媳婦幫我把家裡看好，我去地裡把炸了桃的棉花摘一摘。」

吳氏忙道：「三嬸，我跟您一起去地裡吧，我來是幹活的，不是來當客的。」

葉氏很不好意思的推辭，吳氏便直接開始找籃子。葉氏忙給吳氏找了頂草帽，又帶了一壺水。

吳氏摸了摸留哥兒的頭。「你就在這裡和你叔叔姑姑們一起玩，阿娘忙完了就來接你，莫要淘氣。」說完，吳氏就和葉氏一起出門去了。

留哥兒以前和蘭香一起玩過，雖然不怎麼來，但他一向皮得很，每天在外頭瘋跑，不大怕人，吳氏知道他的性子，才放心大膽把他留在這裡。

留哥兒和蘭香同年，姑姪兩個很快就玩到一起去了。家裡的點心都吃完了，梅香讓明朗切了兩個甜瓜，一人吃了兩小塊。

蘭香和留哥兒蹲在正房廊下，一起給小花點抓蝨子。小花點身上被梅香塗過了蝨子粉，身上並沒有多少蝨子。躺在那裡，半瞇著眼睛，任由兩個小娃在牠身上扒拉，偶爾再搖兩下尾巴，表示自己很受用。

女娃手總是比男娃巧一些，蘭香費了好大的勁，終於在小花點右前腿上面找到一個小黑點，忙抓起來炫耀一般給留哥兒看。「我找到了我找到了。」

留哥兒仔細看了看。「這才不是蝨子呢，這是泥巴。」

梅香正在旁邊掃地，忍不住笑了，笑狠了又感覺傷口有些疼，忙止住笑，繼續輕輕掃地。

蘭香噘起了嘴巴，小花點不明所以，抬起頭，搖搖尾巴。蘭香摸了摸牠小尾巴，小花點輕輕咬著她的褲腳，甩甩頭，蘭香高興的笑了。「小花點，咱們去逮螞蟻好不好？」

小花點聽到後繼續搖尾巴，站了起來，蘭香帶著牠就往東院裡去，留哥兒忙蹬蹬蹬跟了上去。梅香也不放心，也跟了過去。

蘭香帶著留哥兒和小花點在東廂房門口廊下，找到一個螞蟻洞，螞蟻洞裡的螞蟻們剛好出動了，蘭香蹲在地上數。

「一、二、三……九、十，一、二、三……」數了大半天，永遠沒超過十隻。

小花點坐在旁邊，搖著小尾巴，偶爾用頭蹭一蹭蘭香。

看了半天，留哥兒覺得無趣，撿了根細小的樹枝，在長長的螞蟻隊伍中間劃了一道線。這下可不得了，螞蟻們立刻亂了陣腳，前面的隊伍依舊整齊的往前走，後面的被一條線攔住了，頓時亂竄了起來。

蘭香氣得瞪著眼睛看向他。「狗尾巴壞！」

因留哥兒後腦勺有根小辮子，狗尾巴是他的綽號，聽蘭香這樣叫他，留哥兒頓時不幹了，大聲反駁。「尿床精！」

蘭香聽到後，撇嘴就哭了。

梅香忙過來用右手攬住妹妹安慰。「乖乖，不哭不哭，妳是姑姑，留哥兒跟妳玩呢。」

留哥兒見她哭了，又嘿嘿笑了。「不尿床，不尿床。」

還沒到晌午飯時刻，葉氏和吳氏就回來了。

留哥兒一頭扎進吳氏懷裡，吳氏摸摸他的頭。「乖乖，姑姑家裡好不好玩？」

留哥兒點頭。「好玩！」

葉氏笑了，摸了摸留哥兒的頭。「姪媳婦中午別走了，跟留哥兒一起在我家吃飯。」

吳氏忙笑道：「三嬸別跟我客氣，我當家的和婆母還等著我回去做晌午飯呢，我先回去了。」

葉氏讓吳氏稍等，她另外找了個籃子，把吳氏送來的雞蛋和紅糖留下，從東耳房切了一塊鹹肉放到吳氏的籃子裡，讓她帶回去給留哥兒吃。

吳氏笑著接下肉。「我沒幫上什麼忙，還吃三嬸的肉。下午我再來，跟三嬸一起去菜園裡弄菜。」

葉氏笑了。「姪媳婦給我幫了大忙。」

雙方別過，吳氏帶著留哥兒走了。

還沒等葉氏去做飯，門外來了個不速之客，正是崔氏。
葉氏一看來人，忙迎了過去。「阿娘來了。」
崔氏嗯了一聲。「梅香呢？」
幾個孩子都出來了，一起叫阿奶。
崔氏看了看梅香吊起來的膀子，一邊往堂屋走一邊說道：「梅香受傷了，家裡可忙得過來？」
葉氏忙陪笑道：「昨兒多謝阿娘幫我們說話了，今兒早晨明文媳婦過來了，幫我幹了半上午的活，下午要跟我去菜園，明兒一大早還要送我去鎮上呢。」
崔氏哼了一聲。「那都是她該做的，若不是梅香，她家留哥兒還不知要如何呢。如今各家都閒著，自然能給妳幫忙。梅香這膀子不休個三、四個月哪裡能使勁，等八月間收割的時候，還能讓人家給妳幫忙？再說了，除除草摘摘菜，這有什麼難的。但妳家裡油坊的事兒，梅香幹不了，難道要讓外人來插手。」
梅香心裡知道，崔氏昨兒相幫，必定是有所圖，昨兒人多，自然不好問，今兒她就主動上門了。
葉氏給崔氏倒了杯茶，明朗給崔氏切兩個甜瓜。
崔氏吃了口瓜。「妳家的瓜倒是甜得很。」
葉氏忙道：「等會讓明朗給阿娘送幾個過去，以後菜園裡再結了瓜，阿娘想吃了，只管去摘。咱們都是至親骨肉，昨兒要不是阿娘，最後還不知要吵到什麼時候。」

崔氏得意的笑了一聲。「那可不，王家人還敢到這裡說三道四，哼，看我老婆子能饒了他們。」

梅香忙拍崔氏馬屁。「還是阿奶厲害，昨兒我都嚇壞了，要不是阿奶來作主，王家大伯是長輩，比阿爹年紀都大，我們可不敢說什麼二話，豈不任他拿捏。」

崔氏斜眼看了梅香一眼。「妳這丫頭雖然脾氣臭沒眼色，倒是個有剛性的，還敢自己提退親，這點倒是像我。」

明朗忙趕著說。「可不就是，阿奶有才幹，我們才能學得一二分呢，以後還要阿奶多教我們。」

娘兒幾個你一句我一句，把個崔氏捧上了天。

昨兒聽說有人來韓家找事，閒得發霉的崔氏立刻就坐不住了，開玩笑，韓敬平是她的兒子，要打要罵她老婆子還沒動手呢，豈能讓王家人逞英雄。

董氏在一邊拱火。「阿娘，咱們家這麼多丫頭，若梅香的親事出了差錯，這幾個姊妹豈不都要遭殃。您去幫著說話，三弟妹是個大方人，以後必定會更加孝順您。」

崔氏現如今最拿手的就是與人爭吵，她年紀大了，輩分也大，什麼話都敢說。到了三房這樣一鬧，果真，兩家很快就結束了拉鋸戰，迅速退親。

葉氏心裡也是感激崔氏的，若不是崔氏把王家老底子扒了，王存周的爹還要拿喬，非說梅香這樣那樣不好。

今兒早上，董氏又在家裡嘀咕，什麼眼瞅著再有一個多月就要收割了，梅香可不能幹活了。再有，梅香傷了膀子，也不能榨油了之類的話。

韓敬義一聽心裡又活泛了，若能趁此機會把油坊接過來，能得好處，又能得好名聲，豈不兩全其美。可他自己要臉，就打發崔氏來了。

崔氏本不想來，韓敬義勸她。「阿娘昨兒出了力，不說油坊的事兒，三弟妹總得謝您昨兒走一遭。」

崔氏被三房母子幾個一頓誇，美了半天後，忽然想起今兒來的目的。「梅香不能幹活了，妳這油坊預備怎麼辦？」

葉氏賠笑道：「多謝阿娘關心。前幾日我們娘兒幾個存了好幾缸油呢，少說能用個把月。昨兒七叔說了，讓他們幾家輪著過來幫忙，支撐上三、四個月也就過去了。真要是忙不過來，到時候我出工錢，請大哥、二哥來幫忙。」

崔氏斜眼看了葉氏一眼。「那我老婆子是白操心了。」

葉氏知道今兒肯定不能隨意打發婆母，立刻把那一籃子雞蛋拎到崔氏面前。「阿娘，這是一百個雞蛋和一包紅糖。明文媳婦早上帶來的，我們家雞蛋多得吃不完，梅香一個小孩子家家，也不必吃那麼多糖，您老若不嫌棄，帶回去留著慢慢吃。我再給您切一條鹹肉，等九月間您老過生日，我給您做一身好衣裳，您別嫌棄我手藝不好。」

早晨韓敬義兩口子的主意，崔氏當時就知道不大好辦。但她見老大興頭的樣子，她不來一趟，怕老大不死心，反正她話帶到了，說不成也不能怪她。

崔氏笑了。「我空手來了，沒給梅香帶吃的，倒要你們的東西。」

葉氏知道崔氏心裡滿意了，忙笑道：「看阿娘說的，您是長輩，我們孝敬您還來不及呢，豈能吃您的東西。」

說完，葉氏去東耳房切了一條肉，又往裡頭放了幾個甜瓜，對崔氏說道：「阿娘，晌午別走了，在我家吃飯吧。」

崔氏喝了口茶。「罷了，我就是來看看梅香，既然她好好的，我先回去了。若王家人再來鬧事，就去叫我，反了他個狼崽子，敢欺負我老婆子的後人！」

崔氏起身就走，並沒拿東西。

葉氏忙吩咐明朗和明盛。「你們兩個送你們阿奶回去，一人提個籃子。」

哥兒兩個提著東西，一起送崔氏回去了。

一路上，遇到了人，明朗記著葉氏的教導，不再四處嚷嚷。但明眼人誰看不出來，崔老婆子又去三房討便宜去了。

董氏見三房送來這麼多好東西，喜得咧嘴笑。「阿娘回來了。明朗和明盛來了，快進屋坐。」

明朗帶著弟弟客氣的打招呼。「大伯娘，我姊姊如今受傷了，家裡事情多，我得回去給我阿娘幫忙。這是我們家給阿奶的孝敬，請您收好。」

說完，他把東西都放在堂屋桌子上。

董氏笑著要去接東西，崔氏先接下那一籃子雞蛋。「家裡雞蛋框子都滿了，這一百個雞蛋和紅糖放我屋裡吧。」

董氏訕訕收回了手。「阿娘收著，自然是更穩妥。」

明朗一直微笑著站在那裡，等崔氏和董氏把籃子還給他了，他禮貌的和眾人道別，帶著弟弟回家去了。

吳氏歇完午覺就過來了，仍舊把留哥兒交給梅香姊妹倆看著，她和葉氏一起去菜園摘菜。回來後，陪著一起把菜整理好，去青石河裡洗乾淨，一一紮成捆，擺放在籃子裡。

第二天，吳氏怕葉氏走得早，天還沒亮就趕來了，留哥兒還沒醒，在家裡跟他阿奶一起睡。葉氏聽說吳氏還沒吃飯，立刻給她盛了一大碗炒飯。

二人吃過了飯之後，一人挑個擔子，一起往鎮上去了。

剛到鎮上，黃茂林一看，跟著葉氏一起的是個年輕婦人，心裡非常疑惑。

黃茂林再次張望，仍舊沒有發現梅香的影子，頓時心裡有些失望。但葉氏已經走近了，他忙迎了上去。

「嬸子，我今兒來得早，您家的櫃檯我給您擺好了，您只管放東西就行。」

說完，他又對吳氏笑了笑。「嬸子，大妹妹今兒怎的沒來？」

葉氏放下擔子。「多謝你了茂林，這是我家姪媳婦。梅香的事，我稍後再跟你說。」

黃茂林忙對吳氏叫了聲嫂子，吳氏也叫了聲黃小東家。

三人一起把菜和油都擺放在合適的位置，吳氏見這裡不需要她了，就跟葉氏道別。「三嬸，我去買些東西，等會再來。」

葉氏忙道：「姪媳婦，妳買了東西就先回去吧，今兒讓妳受累了，剩下的我自己能忙得過來。」

吳氏笑了。「那也行，賣菜我也不會。」

葉氏送走了吳氏，託黃茂林幫著照看攤子，她去馮家送菜。

第二十章　局外人指點迷津

黃茂林正忙著，張老爹忽然叫他。「茂林，你過來。」

黃茂林看向張老爹。「張老爹，您老有什麼吩咐？」

張老爹咧咧嘴，對他說道：「我給你說個好消息。」

黃茂林忙走過去，低下頭。「是什麼好消息？」

張老爹笑得瞇起了眼睛。「我聽說，韓家丫頭退親了。」

黃茂林過了半晌才反應過來。「您老說的是韓大妹妹？為甚要退親？」

張老爹瞥了他一眼。「說是八字不合，誰知道呢。前兒整個韓家崗鬧了一場，聽說韓家丫頭徒手和瘋牛鬥，救下幾個娃兒，但隨後就和王家退親了，實際情形我也不清楚。你管她為甚退親，不退親，你小子豈不是只能作白日夢了？」

黃茂林頓時臉爆紅。「您老真是的，又打趣我做甚。」

說完，他扭頭就往對面去了，張老爹在後頭哈哈大笑。「你小子別急著走，我還沒說完呢。」

黃茂林的心怦怦直跳，又回過身來。「您老有話就一次說完吧。」

張老爹坐在凳子上，翹著二郎腿。「你小子羞個甚，我跟你說，你這事，韓家那邊只要你用心，問題不大。難就難在你家裡，韓家丫頭能幹，家底又厚，你後娘定然不會同意。我給你提個醒，你得從你阿爹這裡下功夫，必要的時候，把你舅舅拉進來。」

黃茂林本來還在害羞，聽見張老爹真心為他，忙鞠躬道謝。「多謝張老爹教我，不然我哪裡知道這中間的竅門。」

張老爹笑了。「莫急，慢慢來。韓家母女如今正是艱難的時候，你先把水磨功夫做足了，後面的事就水到渠成了。」

黃茂林不好意思的撓撓頭。「那我要如何做水磨功夫呢？」

張老爹哈哈笑了。「你早上給她們擺櫃檯，中途幫著賣東西，若有人來鬧事，頭一個衝上去。還有，聽說韓家丫頭受傷了，你若身上有錢，給她買些吃的補補身子。這水磨功夫，就是看你的心誠不誠，你自個兒慢慢悟吧。」

黃茂林嘿嘿笑了。「張老爹您懂得真多。」

張老爹抬腳就要踢他。「快些滾，有人來買菜了。」

黃茂林忙往對面去，招呼了兩個買菜的人，葉氏回來了。

黃茂林忙給葉氏搬凳子、倒水。「嬸子，您坐會，喝口茶，如今這天可熱得很。」

葉氏笑了。「那你快回去忙你的吧，我這裡能支應得開。」

黃茂林沒走，又摸了摸頭。「嬸子，大妹妹怎的沒來？」

葉氏嘆了口氣。「前兒有頭牛瘋了，到處亂頂人，梅香為了救下幾個小娃，被瘋牛把胳膊頂傷了。」

黃茂林立刻驚道：「那可不得了，傷得重不重？。」

葉氏擺擺手。「左膀子都吊起來了，好在王大夫說養幾個月就好了。」

黃茂林沈默了一會。「嬸子家裡還能忙得過來嗎？」

葉氏喝了口茶。「那幾個小娃兒的父母來給我們幫忙，暫時還能忙得過來。」

黃茂林點了點頭。「嬸子，您先忙，我回去把豆腐賣完了，就來給您幫忙。」

葉氏笑了。「你去忙吧。」

黃茂林一邊賣豆腐，一邊心裡想自己要如何給葉氏母女幫忙。想了很久，他又非常沮喪。他與韓家非親非故，就算想上門幫忙幹活，怕葉氏母女也不會輕易接受。他能做的，就是幫忙韓家照顧攤子。

黃茂林賣完豆腐之後，悄悄摸出二十幾文錢，去肉鋪那裡買了二斤肉，先放在張老爹那裡，然後去給葉氏幫忙。

「嬸子，您這裡剩得也不多了，要不，您先回去，我把剩下的幫您賣完，下回您來了，我再把錢給您。」

葉氏忙擺手。「那怎麼行，你忙完了就趕緊回家吧，我再等一等。」

黃茂林二話不說就把葉氏的擔子收好了。「嬸子，我不是跟您開玩笑的。大妹妹受傷了不能幹活，等您賣完再走回家，幾個小的都要餓得嗷嗷叫了。您聽我的，快些回去吧，家裡全指望您一個人，可不能累壞了。」

葉氏聽見他說這些暖心窩子的話，有些動容。「多謝你了，茂林，等我有空了，給你做雙鞋。」

黃茂林笑。「嬸子客氣了，咱們關係好，都是我應該做的。」

葉氏挑起擔子，黃茂林忙把那一塊肉放進她的擔子裡。「嬸子，這是二斤肉，您帶回去做給弟弟妹妹們吃，多吃些肉，那骨頭才能長得快。」

葉氏哪裡肯要。「你一個小孩子家家，回去還要交帳，怎麼能花錢給我們買肉。」

黃茂林按住她的手。「嬸子，大街上人來人往的，咱們別拉扯了。這點錢的主我還是能做的，您儘管放心。有人來買菜了，您快些回去吧。」

說完，他就去招呼那買菜的客人。

葉氏站在那裡進退兩難，張老爹笑咪咪的對她說道：「韓家娘子，孩子的一片心意，妳就接下吧，他親娘沒了，妳以後多照看他一些也行。」

葉氏尷尬的笑了笑，只得接下肉。她一邊走一邊想問題，剛開始的時候，她以為黃茂林就是單純的幫助她們母女。但葉氏是過來人，看出了一些門道。可女兒是有人家的姑娘，葉氏漸漸讓女兒不再出頭，有事自己在前頭頂著。

誰知道人算不如天算，女兒的親事呼啦一下就退了。

葉氏愁眉緊鎖，黃家家底不錯，但結親是大事，茂林一個孩子哪裡又能作主。看茂林小小年紀就這樣八面玲瓏，估計那後娘也是個面善心狠的，不然一個小孩子怎的這樣心思重。今兒看他這樣子，怕是知道女兒退親的事情，心頭火又熱了起來。

唉，葉氏嘆了口氣。且看看吧，梅香這頭強驢，她的事情，誰也做不了主。

葉氏一路走一路想，不知不覺就到家裡了。

梅香忙迎了出來，一隻手給葉氏端了杯茶。「阿娘，您歇歇。」說完，她又要去給葉氏打水洗臉。

葉氏忙攔住她。「妳別動，放在那裡，我自己來。」

明朗忙趕了過來，把梅香手裡的盆子拿走了。「姊姊妳看著蘭香，我去給阿娘打水。」

葉氏又從擔子裡拿出那一條肉。「我走的時候，茂林趁我不注意，買了二斤肉塞進我的籃裡，我說不要，大街上人來人往的，也不好拉扯。晌午把這肉燉了吧，妳身上有傷，要多補一補。」

正端著一盆水走到門外的明朗聽見了，愣了一下，轉了轉思緒，笑著進了屋。「阿娘，您洗把臉。」

說起肉，梅香立刻想了起來。「阿娘，明文嫂子回來的早，也送了二斤肉來，裡頭還帶了兩根骨頭，我實在推辭不過，就接下了。」

葉氏聽見這話後笑了。「我說她怎的後來連個招呼都沒給我打，原來是偷偷買肉去了。既這樣，先收下吧，以後慢慢總能還了人情。」

梅香看向葉氏。「阿娘今兒一個人，能忙得過來嗎？」

葉氏把手巾放好。「還行。我去給馮家送菜的時候，託茂林幫我看了會攤子，這孩子真能幹。」

葉氏說完，用眼角的餘光看了一眼梅香的臉色，只見梅香毫無異色的笑。

葉氏心裡又嘆了口氣，這孩子怕是還沒開竅。也罷，慢慢來吧。

話說黃茂林等葉氏走後，沒多久就把剩下的菜都處理光了，得了十幾文錢。他把兩家的櫃檯都收好，自己也挑著擔子回家了。

到家後，黃炎夏正在泡豆子。「今兒怎的回來得遲了？」

黃茂林笑了。「我與張老爹拉話呢，多說了一會。」

黃炎夏並不多問，仍舊低頭幹活。黃茂林放下擔子後，先往房裡去了，打開錢匣子後，數了二十四文錢，添到今天的收入裡面，才去找黃炎夏交帳。「阿爹，這是今兒的豆腐錢。」

接過錢之後，黃炎夏問他。「你平日不是說那幾個村子都轉熟了，明兒要不咱兩換換？讓你去見見那些難纏的人，省得你小子總覺得自己出師了。」

黃茂林立刻把頭搖得跟撥浪鼓一樣。「阿爹，我還小呢，等我再老練一些咱們再換吧。」

黃炎夏笑了。「去吧，洗把臉，喝口水，等會就吃飯了。」

黃茂林笑著走了，抹了抹額頭的汗水，他明兒還想去韓家崗看看呢，若和阿爹換了路線，他要等什麼時候才能看到韓大妹妹。

黃茂林不動聲色的洗臉喝茶，黃茂源正在堂屋裡看著桌子上的一個西瓜流口水，見他進來，忙迎了過來。「大哥回來了，你想不想吃西瓜？」

黃茂林笑了。「就要吃飯了，這會吃了瓜，哪裡還吃得下飯。」

黃茂源怏怏點了點頭。「大哥，你去賣豆腐好不好玩？」

黃茂林坐下了。「要不你明兒跟我一起去吧？我正缺個人給我幫忙呢。」

黃茂源眼珠子轉了轉，想到楊氏，又洩了氣。「阿娘肯定不讓我去。」

黃茂林把飯桌上的雜物收拾了一下。「你還小呢，再等兩年，你想閒著阿爹也不答應。」

黃茂源一邊摳指甲一邊抱怨。「我今兒去六叔家裡，茂松說要跟他哥去收山貨。哥，我整日一個人在家裡，也不曉得以後能幹啥。」

楊氏雖然心裡藏奸，但她從不把這些心思往外說，怕小孩子不小心禿嚕出去，被當家的聽見了不好。且兩個孩子小的時候，大哥整日帶著他們玩，在黃炎夏的教導下，兄妹二人對大哥都很敬重。

正說著話，楊氏和淑嫻端了飯菜進來。黃茂林忙去接妹妹手裡的大菜盆。「我來我來，別燙著妳。」

淑嫻取下頭上的頭巾。「大哥，今兒太陽這樣大，路上是不是很熱？」

黃茂林回答妹妹。「我是男子漢，曬一曬不妨事，妳就不要出去了，天熱，別曬著了。」

想到這裡，黃茂林忽然又想到梅香。韓大妹妹年紀也小，卻要整日挑著擔子和韓家嬸子風裡來雨裡去，田裡地裡不停的忙活，為了怕曬黑，她整日用頭巾把頭裹得緊緊的。

黃茂林忽然感覺心裡有一陣說不出的酸意，若是親事能成，以後定不讓她這樣吃苦了。

想到親事，黃茂林又有些心事重重，想促成這門親事，怕是不容易。

一家人坐下一起吃飯，黃茂林吃得極快。

黃炎夏笑了。「讓你在街上多買些東西吃，總是省那個一文、兩文的做甚，別餓壞了肚子。」

黃茂林吞下一口飯菜，笑著回答。「阿爹，咱們磨豆腐賣豆腐，換這幾個活錢也不容易，哪能隨意花了呢。」

楊氏立刻表態。「以後我每天早上起來先給你們攤幾張餅吧。」

黃茂林搖頭。「阿娘早上起來忙得很，不用為了我單獨做旁的。我也沒省，兩張餅能吃飽了。那餅油大得很，大清早的，也不能吃太多。」

吃過了晌午飯之後，黃茂林倒頭睡了一個多時辰。醒了之後，他撈起旁邊的蒲扇有一下沒一下緩慢的搧著。

想到梅香才退親，肯定要緩一緩再說親事，自己得先把韓家人的心暖熱了。黃茂林從幫韓家幹活，想到如何讓黃炎夏去提親，又想到以後要如何過日子，想到最後，心花怒放，一個人躺在床上嘿嘿笑了起來。笑了一陣子，又覺得不好意思，趕緊起身了。

洗漱過後，到堂屋一看，桌上有兩塊西瓜。

淑嫻聽見動靜，從西屋裡出來。「大哥，那是留給你的，你趕緊吃了吧。」

黃茂林拿起西瓜就開始吃。「淑嫻，妳也別總在家裡悶著，有時間去找妳的小姊妹們玩一玩。」

淑嫻笑著點頭。「我知道了，大哥。」

黃茂林吃過西瓜，留了一塊，用乾淨手巾蓋上，就去找他的玩伴張發財去了。

大黃灣比較大，除了姓黃的，還有一、二十家姓張的。這張發財，今年十六歲，長得人高馬大，看起來一臉凶相，不知道的人以為他都二十六了。

張發財已經說了親，明年就要娶進門。

張發財因是張里長的同族，又長得高壯，今年有個巡街的因病不能幹活，張發財的父親立刻帶著厚禮去找張里長，第二天張發財就成了巡街的。

黃茂林和張發財自幼交好，也正是因為張發財在街上巡街，黃炎夏才放心讓兒子一個人在鎮上賣豆腐。

張發財巡街去得也早，和黃茂林一樣吃了中飯就睡，這會子剛醒。

黃茂林跟張發財的祖母打過招呼，直接去了張發財的屋裡。「發財哥。」

張發財正翹著二郎腿躺在床上。「坐。」

黃茂林沒坐，拍了他的大腿一下。「起來，跟我去我家，我給你留了塊西瓜。」

張發財起了身。「茂林，聽說你今兒幫韓家賣菜了？」

黃茂林假裝若無其事。「都是熟人，搭把手也是正常的。」

張發財雖然看著粗壯，其實心細得很。「我說茂林，今兒上午我可是聽了不少熱鬧。」

張發財是巡街的，街上的小販們都想和他搞好關係，時常會說些稀奇古怪的事情給他聽。

黃茂林忽然緊張了起來。「張大哥，你都聽見啥了？」

張發財斜睨了他一眼。「你的韓家大妹子，能徒手鬥瘋牛。好傢伙，比我還厲害。」

黃茂林咳嗽了一聲。「發財哥別胡說，什麼我家的，莫要壞了人家小姑娘的名聲。」

張發財哼了一聲。「放屁，我還不曉得你的心思。如今韓大姑娘退了親，你還不趕緊去獻殷勤。趁此機會，絕了楊家的心思，省得你那後娘總想弄個娘家姪女來把你捏手心裡。」

黃茂林嘆了口氣。「發財哥你說的輕巧，哪裡是那麼容易的。韓家妹子才退了親，總不能貿然上門。再說了，我回絕了楊家的親事，我阿爹已經幫我說話了，這回再要說動我阿爹，且要費勁呢。」

張發財回道：「先穩住你阿爹，等韓家事情風頭過了，再請你阿爹去也不遲。你們親父子，你阿爹又疼你，有甚不能明說的。」

黃茂林笑了。「發財哥，你說的我都曉得，這事兒要慢慢籌謀。咱們去我家吧，西瓜切了好一會，得趕緊吃了。」

張發財洗過臉，二人一起出了門，直接往黃家去了。

第二十一章　表心意葉氏教女

第二天一大早，黃茂林就挑著豆腐擔子出發了。

今兒他換了方向，第二站就是韓家崗。他想早些去，這樣人少一些，多說幾句話也不會被人發現。

等到了梅香家門口後，見左右無人，黃茂林鼓足了勇氣去叫門。「有人嗎？」

梅香快步走了出來。「黃大哥來了，咦，今兒倒沒聽見你的鈴鐺聲。」

黃茂林笑了。「剛才一直搖鈴的，看這邊人少，少搖了幾下。大妹妹，嬸子不在家？妳的傷勢如何了？」

他一邊說，一邊偷偷打量梅香。梅香穿了一身舊裙子，一隻手因為受傷吊了起來。她剛洗了臉，頭髮還散著，但葉氏不在，她一隻手沒法綁頭髮。

黃茂林何曾看到這樣的梅香，看得有些發愣。

梅香忙把門打開，請黃茂林進來。「黃大哥，你走這麼遠的路也累了，進屋歇會。我阿娘去菜園裡了，兩個弟弟放牛去，妹妹還沒醒呢。」

黃茂林看了看她吊起來的膀子，擔憂的問道：「大妹妹，妳的傷勢如何了？」

梅香笑了。「才兩天呢，肯定是還沒好，想來過些日子就好了。」

黃茂林聽說家裡沒人，見梅香邀請他進去，有些進退兩難。他咬了咬牙，才抬腳進去。

「妹妹家裡有什麼活計我能幫著幹的？」

梅香搖頭。「不用不用，黃大哥你太客氣了，我才吃了你買的肉，怎麼能讓你給我家幹活。」

黃茂林忽然轉過身，定定的看向梅香，半晌後，忽然說道：「大妹妹，王家不好，他們見不得妳能幹，退了也罷。」

梅香臉上的笑容忽然凝住了，然後悠悠說道：「我倒不覺得可惜，就怕我阿娘難過。如今我名聲不大好，外頭都說我力大如牛，還說我身高八尺比壯漢還壯，我阿娘擔心我以後。」

黃茂林對著梅香露出笑容。「大妹妹，不要急，妳這樣好的人，以後總不會差的。」

梅香抬頭看了他一眼。「也就黃大哥你覺得我好了。」

黃茂林聽見這話，心忽然快速跳動起來，半晌之後只憋出一句。「我一直覺得大妹妹很好。」

梅香笑了。「黃大哥也很好呢，總是幫我們家的忙。」

黃茂林不好意思的撓撓頭。「給妹妹幹活，我心甘情願。」

梅香聽著這話，覺得好像哪裡不對勁。想著去搬凳子給他坐，因她只有一隻手能動，彎腰的時候一頭長髮就散下來落到地上，梅香也顧不上了。

哪知旁邊忽然伸出一隻手，幫她撩起頭髮。「妹妹當心，別踩著了。」黃茂林幫她把頭髮撩到身後，然後接過她手裡的凳子，轉身坐在倒座房門口。

梅香愣住了，她看看自己的頭髮，這樣散著確實不大好。但，但黃大哥怎能摸她的頭髮，阿娘說過，頭髮不能隨意給人摸的。

半晌後，梅香才定了神，自己坐在旁邊的小板凳上。「黃大哥早晨是不是還沒吃飯？」

他仍舊笑咪咪的看向梅香。「我一會就回去了，再吃也不遲，我看看妹妹家裡有什麼我能做的。」

說完他又起身了，四處一看，果然事情好多。

黃茂林挽起袖子，把水缸洗了，又從水井裡打水把水缸灌滿，然後把堆在東院裡的幾根劈柴劈了。

梅香有些不大好意思，一直跟著勸。「黃大哥，這樣會耽誤您賣豆腐的，昨兒您就幫我們賣菜，不能再麻煩您了。」

黃茂林正在劈柴，聞言嘴巴動了一下，想說什麼又忍住了，低下頭又開始劈柴。過了幾息的功夫，他又抬起頭。「妹妹，我想給妳幹活。那王家小子不好，從來不給妳幹活。給妳幹活，我願意。」

梅香又愣住了，品了半天，忽然臉紅了。

還沒等她反應過來要如何回答，葉氏回來了，她終於鬆了口氣。

葉氏看見門樓裡的豆腐擔子，心裡就知道黃茂林來了，她放下菜籃子進來。「茂林，怎的給我們幹起活來了，你快些去賣豆腐吧，等會太陽大了，路上要熱壞了。」

黃茂林立刻說道：「嬸子，我路過，順道進來看看，我早一些遲一些都無妨的。」

葉氏走過去搶過黃茂林手裡的斧頭。「聽話，快去賣豆腐吧，我們能忙得過來。」

黃茂林總感覺葉氏好像看穿了他的心思一般，訕訕的放下斧頭，忽然，他想起件事。「嬸子，這是昨兒賣菜的十幾文錢，請嬸子收好。」

葉氏忙擺手。「我們昨兒吃了你二斤肉，那可不止十幾文呢，怎麼還能要錢。」

黃茂林忙把錢放到旁邊的小凳子上。「嬸子，肉是肉，賣菜是賣菜，一碼歸一碼，這是生意，那是人情。嬸子您忙，我先走了。」

葉氏不好再推辭，想了想，讓黃茂林且等一等，轉身去廚房拿出兩個煮雞蛋塞到他手裡。「我看你擔子裡有茶水，把這兩個雞蛋吃了，省得餓壞了。」

黃茂林接過雞蛋，想了想，從擔子裡端出一碗豆腐渣，放到旁邊的小凳子上，又切了塊水豆腐放在豆腐渣上面。「嬸子，這豆腐渣是今兒新做的，炒辣椒最好吃了。水豆腐也不能放，最好晌午就吃了。」

葉氏推脫不過。「又偏勞你的東西了。」

黃茂林笑咪咪的客氣了兩句，和葉氏道別，然後挑著擔子走了。

等他走了好遠，梅香蹭了過來，小聲解釋道：「阿娘，不是我讓黃大哥幹活的，我攔不住他。」

葉氏回過神，摸了摸梅香的頭髮。「阿娘沒怪妳。茂林是個好孩子，熱心腸。來，我先給妳把頭髮梳了，以後看來要先把妳打理好再走，不然來人了，這樣散著頭髮可不好。」

梅香正想說可不就是，剛才……話到了嘴邊，梅香忽然有些說不出口。這，頭髮的事還是不要跟阿娘說了吧。

葉氏一邊給女兒梳頭，一邊說道：「以後茂林再來，請他坐坐無妨，別讓他給咱們幹活了。」

梅香忙不迭的答應。「阿娘放心吧，下回我把斧頭藏起來。」

葉氏笑了，不再說話。

黃茂林走了好遠之後，忽然伸出右手，在手掌心裡使勁聞了聞，那裡似乎還殘留著一絲若有似無的香氣。他站在那裡，愣了半天，才拿起搖鈴搖了起來。「賣豆腐勒。」

隔了一天，黃茂林如約一般挑著豆腐擔子又來了。他要給韓家送菜錢呢，當然要來了，且來得理直氣壯。

今兒來應門的仍舊是梅香，葉氏每天早晨起來都要趁著涼快去菜園幹一會兒活。

她早上走的時候，幫梅香把頭髮梳好了。哪知今兒蘭香起得早，就跟著姊姊一起在屋裡轉來轉去的。

梅香來開了門，後頭還跟著蘭香。

「黃大哥，你來了。」蘭香也認識黃茂林，仰著小胖臉對他笑了笑。

黃茂林笑了。「大妹妹今兒感覺怎麼樣了？嬸子呢？」

他見蘭香小臉胖乎乎的，忍不住捏了一下，蘭香忙把臉埋進姊姊裙襬裡。

梅香笑著摸了摸妹妹的頭。「這才幾天，好不了太多，怕是要多等一陣子呢。乖乖不怕，這是黃大哥。」

蘭香又把臉伸出來，然後抓著姊姊的裙襬就不肯鬆手。

黃茂林笑了笑，又對梅香說道：「是呢，傷筋動骨一百天，妳且得休養一陣子。家裡有什麼事情我能幹的？我今兒來得早，不怕誤了時辰。」

梅香搖頭。「沒什麼事了，你一大早起來忙活，坐著歇會吧。」

黃茂林左右看了看，果真沒什麼事情，他又毫不客氣的往西院去了，梅香在後頭攔都攔不住。

西院裡，牲口拉的穢物還沒清理。黃茂林二話不說，拎起旁邊的鐵鍬就鑽進去清理。

梅香無法，只能站在外頭陪著說話。

黃茂林手腳快，還沒等葉氏回來，他就幹完了這一趟活。

梅香想著他一會還要賣豆腐，怎能這樣臭烘烘的，忙打了一盆水給他洗臉。

梅香怕他身上也沾上味道，忙回房把自己用的香膏拿出來，看了看黃茂林。「黃大哥，我給你搽些香膏吧，遮一遮味道，要是為了我家的事情耽誤你賣豆腐，那可不好。」

黃茂林笑了。「我一個大男人，搽什麼香膏。」

梅香猶豫了片刻，還是決定給他搽一些。「這也是為了做生意，你且忍個把時辰，味道就能淡許多。」

梅香湊近，黃茂林聞到一股似有若無的味道，頓時有些臉熱，扭捏了一下。「那，那我搽在衣服上吧。」

梅香把小瓷瓶打開，黃茂林本來想去摳一坨，又忍住了。「大妹妹，我手上不乾淨，不好伸進去，妳給我弄一點就好。」

梅香笑了，自己摳了一小坨，抹在黃茂林的手心裡。黃茂林雙手搓了搓，然後又在衣裳前後襬上抹了兩下，有些擔憂的對梅香說道：「味道不重吧？不會被人聞出來吧？」

梅香笑著搖頭。「不重不重，我這個味道淡得很，不近身聞聞不出來。」

黃茂林又瞇起眼笑。「大妹妹這樣好的東西，給我用實在是浪費。妳在家好生歇著，我先走了。」

梅香又送他出去。「今兒又煩勞黃大哥了。」

黃茂林忽然想起今兒來的藉口，立刻從懷裡掏出昨兒的菜錢遞給梅香。「昨兒蟠子走得早，菜只賣了一半，後頭共得了十八文錢，我等不了蟠子回來，這錢就給妹妹吧。」

梅香接過了錢。「黃大哥總是這樣幫我們，真是不好意思。」

黃茂林又定定的看了梅香一眼，仍舊說出了上回同樣的話。「給大妹妹幫忙，我高興。天長日久，妹妹總能看到我的好。」

梅香愣了一下，訥訥說道：「黃大哥一直好得很，我心裡都知道。」

黃茂林看了眼蘭香，想著她一個小娃娃，肯定聽不懂，大著膽子對梅香說道：「大妹妹，我，妳既然覺得我好，妳願不願意，以後一直跟我好？」

梅香頓時滿臉通紅。「黃大哥，你快別說了，這話不是我能回你的。」

黃茂林想著既然已經開口了，索性說個明白。「大妹妹，以前妳有親事，我也就不想了。如今，如今妳退了親，我，我想跟大妹妹好，我不知道大妹妹是怎麼想的。我不是讀書郎，以後可能沒有王家小哥體面。但大妹妹放心，要是，要是妳跟我好，我肯定不會讓妳受委屈的。妳想做甚就做甚，我都隨著妳。我，我也不曉得怎麼說。大妹妹，妳明白我的意思嗎？」

梅香眼睛看著其他的方向，胡亂點了點頭。「嗯，我曉得了。」

黃茂林不死心。「那，大妹妹，妳，妳願不願意呢？」

梅香本來還在臉紅，慢慢平復了心思，轉過臉，對黃茂林說道：「黃大哥，你說的我都明白了。只是太突然了，且我才退了親事，如今不好說旁的。再說，外頭不少人嚼舌頭根編排我。黃大哥你如今覺得我好，萬一將來你後悔了呢？」

黃茂林急忙搖頭。「再不會的，我曉得大妹妹如今心裡不大痛快，沒事的，日子長著呢。我今兒冒失了，我，我給妳賠禮。」
說完，他彎腰給梅香作個揖。
梅香拉著妹妹閃到一邊。「黃大哥，你莫要這樣。以後，以後咱們還像以前一樣相互照應。」
黃茂林咧嘴笑了。「好呢，只要大妹妹不趕我走，我，我以後隔一天來一回。」
梅香紅著臉胡亂點頭。「那，那你快去吧。」
黃茂林就要走，梅香又急忙叫住他，從廚房拿了一個煮雞蛋和一根洗乾淨的黃瓜出來，放到黃茂林手裡。「你早上肯定還沒吃飯，拿這個墊墊肚子。」
黃茂林笑得如沐春風。「大妹妹，我曉得，妳心裡肯定也是有我的。」
梅香立刻把臉扭到一邊。「你快去吧。」
黃茂林一邊整理擔子，一邊摸了摸蘭香頭上的小揪揪，蘭香又把臉埋了起來。
黃茂林和梅香都笑了，打了個招呼後，他就挑著擔子走了。走了好遠，他才一拍腦袋，居然忘了送給韓家一塊豆腐。
而梅香看著手裡的十八文錢，想著黃茂林剛才說的一些亂七八糟的話，心裡又高興又擔憂。
梅香問了問自己，願意跟黃大哥好嗎？梅香自己也不知道，她只是覺得，跟黃大哥在一起，她心裡特別敞亮，不用掩飾，不用裝相。她甚至覺得黃大哥的關照讓自己很受用，這種感覺，以前和王存周從來沒有過的。

梅香感覺雙頰有些發燙，剛才黃大哥說那些話時，她莫名的感覺心裡有些緊張、有些高興。平日裡他一副正經樣子，沒想到居然會說這樣的話。呸，可見往常也是裝出來的。

等葉氏回來後，還沒等梅香跟她說，她就發現西院被人清理過了。

看著女兒一副事不關己的樣子，葉氏心裡又覺得好笑。

等吃了早飯，明朗兄弟二人在西廂房背書，葉氏帶著兩個女兒在廊下做針線。

葉氏問女兒。「梅香，茂林總是過來，妳是如何想的？」

梅香立刻擺出一副正經臉孔。「阿娘，黃大哥太客氣了，總是要給咱們幹活，我攔也攔不住。」

葉氏怕她害羞，並不看她，只隱晦的提點她。「以後妳的事情，阿娘只給妳把關，到底要挑什麼樣的人家，還是要看妳自己，阿娘不能替妳去過日子。」

梅香頓時臉爆紅。「阿娘，您說哪裡去了。」

葉氏低頭笑了，仍舊不看女兒。「阿娘還能看不清楚，茂林這小子定是聽說妳退親了，趕著來獻殷勤。妳若不願，早些回了，妳若願意，先以禮相待，以後的事情，還是要家裡大人出面。」

梅香小聲回了一句。「阿娘，我才見過幾個人呢，哪裡曉得誰好誰不好。」

葉氏笑了。「若論可靠和能幹，在莊戶小子裡面，茂林自然是不差的。且他有門手藝，以後吃喝定然不愁。再說了，阿娘也看出來，他對妳還是沒話說的。只一樣，他家裡有個後娘，以後總是少不了暗地裡的爭執。」

梅香想了想，對葉氏說道：「阿娘，且再等一等吧，若是趕得急了，那王家說不定要說閒話。」

說曹操曹操到，娘兒兩個才說了一會話，那趙氏就來送還庚帖了。

葉氏如同什麼都沒發生一樣，熱情的招待趙氏，端茶、上點心，梅香也規矩的屈膝行禮。

趙氏心裡暗罵，嘴上仍舊笑著。「韓家娘子，我來送還梅香的庚帖。」

葉氏忙接了過來。「多謝王大嫂了，以後咱們雖然不是親家了，也還是至交，大嫂家裡有喜事，千萬要請我去喝一杯喜酒。」

趙氏扯了扯嘴角。「有勞了，家裡事情多，我就不多留了。」

葉氏又客氣的把趙氏送出了大門，然後帶著女兒一起回屋了。

等再次落座，梅香哼了一聲。「阿娘，有個這樣的親婆母，還不如要個後娘呢！親婆母不能忤逆，若是後娘，她敢欺負我，我哭兩聲，旁人定要說她了。」

葉氏嗔了她一眼。「妳說的那些都是小道，我與妳說，最重要的是要籠絡住男人的心。妳阿奶以前難道少找我的麻煩了，但我從不與她計較。妳阿爹的心在我這裡，我就什麼都不用怕了。」

梅香想了想。「阿娘，還是您有成算。」

葉氏笑了。「我命好，嫁給妳阿爹，不愁吃喝，妳阿爹從來沒給過我一絲委屈受。就算他如今不在了，還有你們幾個懂事的孩子，還有這一大片家業供養咱們娘兒幾個。我就想讓妳也嫁個可心意的，家裡略微有幾畝薄田，日子能過得去，女婿把妳放在心裡，什麼事有商有量。養幾個孩子，粗茶淡飯和和美美，一起白頭到老。不管到什麼時候，這日子都過得有滋味。」

梅香忙勸慰她。「阿娘，您還有我們呢，我們都會孝敬您的。」

葉氏笑了。「阿娘如今不難過了，妳阿爹永遠在我心裡呢。」

梅香吸了吸鼻子。「阿娘，您和阿爹真好。」

葉氏抬起頭看了女兒一眼。「阿娘希望妳以後能比阿娘過得更好。」

梅香點點頭。「阿娘放心吧，我一定會好生過日子的。」

母女兩個相視而笑。

第二十二章　訪叔父施計懲惡

這一日，葉氏上街賣菜回來的時候，半路上意外的遇到一個人，正是從城裡回來的韓敬博。

韓敬博雇了輛牛車回來的，見到葉氏後，忙讓她一起上車。

葉氏與他客氣的搭話。「四弟怎的這會子回來了？」

韓敬博笑了。「這幾日先生家裡有事，我也好久沒回來了，索性回來看看。三嫂回去後，讓明朗有空去我那裡。他整日一個人在家裡讀書，時間久了，進益越發小了。」

葉氏忙正色道：「我也不懂讀書的事情，四弟你這樣說，想來是沒錯的。鎮上秦先生每隔一段日子給他佈置些功課，讓他在家做。只是他如今身上還有孝，日常也不大出門。」

韓敬博忙安慰葉氏。「三嫂不用太擔心，明朗還小呢，讀書路長得很，也不差這一天兩天的。說什麼孝不孝的，咱們都是一個祖宗傳下來的，如今三哥不在了，我帶著明朗也是應該的。」

葉氏笑了。「他要是讀書哪裡讀差了，你做叔父的可要多教教他。」

韓敬博也笑了。「不用嫂子說，我自然是盼著他好的。三嫂不知道，外頭那些大家族，誰家孩子有出息，全族一起栽培。咱們老韓家若是能多幾個有功名的，不說到外面去闖天下，在平安鎮，也能多得一席之地。」

葉氏聽見韓敬博說這些，頓時內心敬佩不已。「四弟果真是有眼光，和七叔說的話一樣，想的都是咱們全族的事情。若是四弟以後能走得更遠，我們明朗跟著你，也能曉得上進。」

韓敬博又問葉氏。「嫂子近來生意如何？」

葉氏笑道：「謝四弟關心了，每個集多少總能得幾個錢。」

二人一路閒話，牛車很快就到了韓家崗，葉氏要付車錢，韓敬博不肯，車夫也不想和個婦人拉扯，先收了韓敬博的錢。

韓敬博與葉氏告別，回自家去了。

孩子們都出來迎接，葉氏對明朗說道：「我剛才遇到你們敬博四叔了。」

明朗立刻高興道：「四叔回來了？」

葉氏笑著點了點頭。「可不就是，他雇的牛車，還帶了我一程，讓你有空過去找他說說話。」

明朗有些高興。「四叔學問好，我正好這幾日看書看得吃力，倒是可以去請教請教。」

葉氏想了想。「他才回來，事情多，你晚上再去吧。」

等吃過了夜飯，碗一放，明朗就要去找韓敬博。

葉氏吩咐梅香。「妳把上午茂林送的雞蛋糕分一半，送明朗過去。問妳七爺爺、七奶奶好，莫要耽誤太久了。」

梅香點頭道好，舀水漱了口，整理了自己和明朗的衣衫，帶上雞蛋糕，就往韓文富家去了。

韓文富家裡四個兒子，兄弟四個還沒分家。

一大家子剛吃了飯，見梅香姊弟來了，蘇氏親自出來迎接。「梅香和明朗來了，吃飯沒？快到屋裡坐，你四叔才念叨明朗呢。」

梅香一邊笑一邊對蘇氏說道：「七奶奶，您怎的出來了，我們又不是客。明朗也在家念叨四叔呢，他成日一個人在家悶頭學，也不知好壞。聽說四叔回來了，他高興得不得了，才吃了飯，就趕著要過來。」

三人說著一起進了堂屋，韓文富和大兒子、四兒子在，另外兩個兒子一個在伺候牲口，一個在劈柴，三個媳婦都忙著家務和孩子們的瑣碎事情。

進門後，梅香屈膝行禮。「七爺爺、大伯、四叔。」

明朗也抱拳行禮。「七爺爺、大伯、四叔。」

老大韓敬堂笑了。「這兩個孩子的禮倒是周全。」

韓敬博笑道：「你們來了，我還說明朗你再不來我就去找你了。」

梅香笑著回韓敬博。「四叔才回來，阿娘說四叔必定有體己話要與七爺爺七奶奶說，讓我們且等一等呢。」

韓文富笑著點頭。「坐，都是自家人，以後想來就來，不用挑時候，也不用客氣。」

梅香帶著弟弟坐在旁邊兩個小凳子上。

蘇氏笑著問梅香。「梅香，妳這傷好些了沒？」

梅香笑著回答。「比前些日子好多了，多虧了七爺爺費心安排，不然我家裡就要亂套了。」

韓文富擺擺手。「這也不光是妳一家的事情，不用再提。敬博，你不是念叨明朗，帶他去你屋裡去。」

等韓敬博帶著明朗去了屋裡後，梅香開始跟韓文富和蘇氏話家常。「七爺爺，七奶奶，近來天熱，我阿娘讓我問您二位身體可好？」

蘇氏身子不大結實，這是族人都曉得的事情。

她笑著和梅香客氣，又囑咐梅香告訴葉氏，要照顧好身體，莫要累狠了。

梅香與蘇氏有一搭沒一搭的說話，韓文富在一邊聽著，偶爾插兩句，韓敬堂中途就回房去了。

等過了好久，一大家子洗洗涮涮都差不多了，老夫妻兩個也該休息了，梅香很有眼色的去叫了明朗，姊弟倆一起回去了。

蘇氏本來要給梅香一盞油燈，梅香拒絕了。「七奶奶，就幾步路，今兒月亮這樣大，不怕的。」

蘇氏知道梅香膽大，也沒勉強。「以後明朗再過來就趁著白天，你們四叔要在家過好幾天呢。」

梅香笑著答應了，姊弟兩個與蘇氏告別後，一起往家走去。

一路靜悄悄的，走到青石河旁邊的時候，路過韓敬寶家的兩間破屋子。

姊弟倆意外的聽到了韓敬寶家裡傳來了一陣女子的笑聲，梅香奇怪，哪個女子會半夜到韓敬寶家裡？

梅香想到韓敬寶上次欺負明朗的事情，頓時停下了腳步。

她看了明朗一眼，明朗的眼睛也忽閃忽閃的，似乎知道姊姊想幹什麼。

姊弟倆偷偷摸摸到了韓敬寶家臥房窗戶底下，韓敬寶家裡只有兩間屋子，東邊屋子是他的臥房和廚房，西邊屋子算是廳堂。

梅香豎耳一聽，屋裡韓敬寶笑得放肆。「我的乖乖，妳都多久沒來了。」

女子哼了一聲。「今兒叫我來做甚？難道有好處給我？」梅香耳朵尖，一下子就聽了出來，這是高寡婦的聲音。

韓敬寶哈哈笑了一聲。「自然是有好處的，素了這麼些日子，妳難道不想我？」

梅香聽這話有些不著調，緊緊捂住嘴，明朗雖然聽不懂，也知道不是什麼好話。

聽了幾句後，明朗覺得非禮勿聽，要帶姊姊走，忽然聽得屋內的女聲又說道：「嘖嘖嘖，你這豬窩，虧你也能住得下去。」

韓敬寶笑道：「我一個老光棍，收拾屋子做甚。難道收拾好了，妳嫁給我不成？」

高寡婦笑著呸了他一聲。「老娘兒子都娶媳婦了，還嫁個屁的人，以後沒事別叫我來了。我年紀大了，以後啊，就安心守著兒子孫子過，你自己多保重吧。」

韓敬寶驚道：「好姊姊，妳不來，我可怎麼辦呢？當年說讓妳嫁給我，妳又不幹。咱們這樣偷偷摸摸的，我心裡難道不難過，我也想和姊姊做正經夫妻呀。」

高寡婦哈哈笑了。「別說那些沒用的廢話了，我又不是十八歲的大姑娘好騙。哼，如今族裡那年輕貌美的小寡婦又不是沒有，可惜你沒本事罷了。」

韓敬寶笑了。「在我心裡，誰也比不得姊姊。我知道姊姊說的是誰，人家家大業大的，又有兩個兒子，怎麼可能再嫁。再說了，她家那個野丫頭蠻牛似的，若惹毛了她，揍我一頓也白揍，都曉得我名聲不好，誰能替我說話呢。」

高寡婦又哼了一聲。「都是寡婦，她倒跟立了貞節牌坊似的，我就不信她夜裡不想男人。你也知道自己名聲不好，既然名聲不好，還要什麼臉面。想辦法把她弄到手，你若成了她繼父，那野丫頭難道還敢打你不成？」

梅香在窗外聽得怒火中燒，這一對挨千刀的！

明朗起初還不明白，等說到什麼野丫頭蠻牛，他還有什麼不知道的。

梅香正想衝進去把這二人揍一頓，明朗拉住了她，指了指她吊起來的左手。

梅香頓時嘆氣，她受傷了，不是韓敬寶的對手。但這一對惡人如此侮辱阿娘，梅香豈能忍下這口惡氣。她眼珠子轉了轉，看見門鼻子上一把開著的鎖，頓時計上心來。

梅香悄悄走到門口，把門栓從外面用鎖鎖死了。然後，她又回到窗戶底下。

只見明朗臉色爆紅，原來，屋內開始傳來一陣鬼祟的聲音，那韓敬寶意欲與高寡婦行事，高寡婦拿喬，他正在百般纏磨。

梅香雖然聽不懂，也知道這老光棍和寡婦在一起，肯定不要臉得很，忙拉著明朗悄悄的走了。

走到大路上之後，梅香對著明朗的耳朵悄聲說道：「你回去把火石拿來。」

明朗點點頭，快速往回跑。趁著他回去的功夫，梅香從旁邊的麥草垛裡扒了好幾捆麥草，悄悄鋪在韓敬寶家門口和窗戶底下。

屋裡，高寡婦拿夠了喬，半推半就從了韓敬寶。兩個人多日不見，剛開始折騰，正在興頭上，哪裡聽得見外頭的聲音。

梅香擔心麥草燒得太快，引不來人，又從旁邊抱來許多乾樹枝，放在麥草上面。

明朗一到，她立刻用火石點起火。先是門口那一堆，再是窗戶底下那一堆。

梅香擺柴火的時候留有分寸，絕不會燒到屋子，但二人一時半會休想從屋裡出來。

火勢一起，梅香拉起弟弟本來想往回跑，想了想之後，她先往反方向跑，等跑到韓敬寶左右鄰居家門口時，捏著嗓子喊：「起火啦，起火啦！」

跑了一截路，她再抄旁邊的小路往家裡去。

旁邊兩家聽到聲音，立刻出來查看，梅香已經帶著弟弟跑沒影了。

火勢越來越大，頭兩家人出來後，立刻大喊起來，很快，韓家崗半個村子的人都被驚動了。

梅香和明朗一路往回跑，還要避著出來看熱鬧的人，一路躲躲藏藏，好在是夜裡，大夥兒急著往韓敬寶家裡去，倒沒人發現姊弟兩個。

等到了家，梅香一推門就進去了，葉氏正站在門樓裡等，她連燈都沒有提。見二人回來，葉氏反手把門插上了，二話不說，把兩個孩子帶進正房。

明朗跑回來拿火石，葉氏問他有何用，明朗死活不說，並讓她在家不要出門。葉氏要跟著去，明朗甩下一句話，回來後再跟阿娘細說，扭頭就跑了。

葉氏不放心明盛和蘭香，只得耐心等候，等聽到有人大喊起火了，葉氏大驚失色，難道這兩個孩子放火去了？

進了正房之後，葉氏先用雞蛋糕把兩個小的打發到東屋裡玩去了，然後厲聲問道：「你們做什麼去了？」

這事兒是梅香挑的頭，她馬上回答道：「阿娘，韓敬寶和高寡婦正在一起合謀要坑害您，我在他家門口放了把火。阿娘放心吧，不會燒到屋子，也不會傷到人，就是他們的醜事要瞞不住了！」

葉氏聽得心驚肉跳，還是忍不住說梅香。「妳膽子也太大了，竟然敢放火！再說了，妳一個姑娘家的，不要去聽那些人的閒話，他們想謀算就能謀算得了嗎？」

明朗不想讓姊姊一個人頂包，勸慰葉氏。「阿娘，不給他二人一些教訓，回頭定要來生事。明槍易躲暗箭難防，這等小人，如同陰溝裡的老鼠，就得用這種法子治他！我們為人子女，聽見有人說阿娘的壞話，若能容忍，豈不如同豬狗。」

葉氏聽得心裡一暖，眼淚就要掉下來了，那韓敬寶是個無賴，別說是寡婦了，就是家有男人的媳婦們，也時常挨他調戲。葉氏從不搭理這個無賴，韓敬寶覺得她沒趣，漸漸也不來說葷話，仍舊去糾纏高寡婦。

葉氏摸了摸兩個孩子的頭，囑咐他們。「這件事就爛到肚子裡，對誰都不能說。」

梅香和明朗都點頭，表示定然不會亂說。

再說韓敬寶家門口，火剛起來的時候，他二人還在快活呢，等鄰居過來喊，韓敬寶才發現是自己家門口起火了，屋裡兩個人以為要燒進來了，嚇得大叫起來。

韓敬寶和高寡婦才把衣裳穿好，門口就呼啦啦來了一堆人，正準備睡覺的韓文富也來了。

屋外眾人協力把火滅了，一看，韓敬寶家門被從外頭鎖上了，裡頭是一個老光棍和經年的老寡婦。

喲謔，這下子大夥兒眼神都變了。一個個暗搓搓的想，也不知是誰，這樣促狹，用這法子喊了一堆人來捉姦，自己倒跑了。

人群裡有個年輕人頓時氣得直打顫，這人不是旁人，正是高寡婦的兒子韓明宗。韓明宗小時候父親就去世了，高寡婦一個人拉拔他長大。如今十八歲了，已經娶了親，家裡婆娘才懷上身子。

原來高寡婦和韓敬寶好，也是想從他這裡摳兩個。每回二人相好，他多少都能給些東西或幾個銅板。韓明宗對高寡婦非常孝敬，長大後隱隱約約知道一些，一直覺得就是因為自己，阿娘才被迫做了一些不好的事情，和韓敬寶不清不楚。

見到這一幕，韓明宗覺得羞愧、氣憤，種種情緒上心頭，他忽然大喊一聲，衝上去逮住韓敬寶就是一頓揍。

韓敬寶哪裡是他的對手，被打得吱哇亂叫。「好姊姊，快讓他停手！」

高寡婦被兒子撞到這事，正羞得沒臉見人，哪裡還管韓敬寶死活。

韓文富氣得臉鐵青。「傷風敗俗！傷風敗俗！」

正打著，忽然一個胖婦人衝了進來，對著高寡婦就是兩個巴掌。「妳個不要臉的騷貨，又來禍害我們老三。他還有姪子沒娶媳婦呢，你們鬧出這醜事，若是耽誤了孩子們的親事，我剝了妳的皮！妳都多大年紀了，馬上就要抱孫子了，還這樣不知檢點！」

來人正是韓敬寶的嫂子，對於韓敬寶有點東西就被高寡婦搜羅走的事情，他的嫂子們很不滿意。今兒可算逮住機會了，乘機痛罵高寡婦一頓。

正打得熱鬧，韓文富大喊一聲。「都給我停手！」

高寡婦被打得跪倒地上哭了起來，韓明宗停了手，見到親娘被人打，他想替高寡婦出頭，又不知要說些什麼，半晌後，悶悶的對高寡婦說道：「阿娘，回家吧。」

高寡婦捂著臉先跑了，韓明宗在後頭，一句話沒說，也回家去了。

韓文富擺擺手。「火已經滅了，都回去吧。」

看熱鬧的族人一邊竊笑一邊各自往家去，韓文富看了縮成一團的韓敬寶一眼，哼了一聲，甩袖子就走了。

第二日，整個韓家崗謠言滿天飛。韓敬寶被韓明宗打了一頓，傷得不輕，躺在床上哼哼唧唧，他的兄弟們嫌他丟人，隨意送兩碗稀飯打發了他，任他死活。高寡婦平日最要強，說起嘴來是頭一個厲害的，忽然被人扒了臉皮，羞得連門都不出了。

葉氏只管悶頭幹自己的活，讓幾個孩子不要出去，又怕忽然把孩子管起來太招眼，仍舊打發明朗白天去找韓敬博。

過了好幾日，風言風語才漸漸過去。

第二十三章　挑明話歸寧之行

這一日，葉氏上街賣東西，把梅香也帶上了，韓敬美家的孫氏來幫忙把擔子送到鎮上。葉氏託黃茂林幫忙看攤子，她帶著梅香一起往王大夫那裡去了。

王大夫捏了捏傷口那裡，又讓梅香用左手拿東西，梅香都能做得好。

「這綁帶能去掉了，只是還不能使大力氣，再等個把月，慢慢就可以使勁了。藥也不用吃了，只需用心照看就行。」

葉氏喜得直念佛，再三謝過王大夫。等王老大夫出去後，和孫氏一起，把梅香的綁帶卸去，又給她穿好衣裳。

梅香輕輕甩甩胳膊，笑著對葉氏說道：「阿娘，一點都不疼了。」

孫氏也笑道：「可算是好了，我們整日擔心。」

葉氏忙道謝。「今兒多謝嫂子送我們過來，後頭的事情我們能忙得過來，嫂子有事就先去忙吧，耽誤嫂子的功夫了。」

孫氏還以為今兒又要拿藥，正心疼藥錢，哪知王大夫說不用拿藥了，她心情大好，笑咪咪回葉氏。「弟妹客氣了，都是我家的瘋牛惹的禍，害梅香受傷。弟妹若無事，我去雜貨鋪買二斤燈油。」

三人一起出來，這沒開藥沒看病，王大夫也不收錢，打發她們走了。

孫氏別過葉氏母女，自去買燈油，葉氏帶著女兒一起回到攤位上。

黃茂林見梅香去了綁帶，高興的迎了過來。「妹妹，妳手好了？」

梅香笑著點頭。「是呢，王大夫說能動了，雖不能下使力氣，但家務事總是能做的。」

黃茂林高興的回答。「那可是太好了。」

正說著，有人來買豆腐，葉氏笑著讓黃茂林去忙自己的。

今兒葉氏死活不願意先回去，梅香已經好了一半，家裡的事情以後能操持起來了，不能再這樣麻煩茂林。

葉氏心裡也著急，如今黃茂林兩天上一次門，眼見兩個孩子處出一些情分了，這還沒過明路呢。茂林畢竟還是個孩子，如今只曉得興頭上的討好梅香，倒把大事忘了，看樣子，她得做一回惡人了。

黃茂林見打發不走葉氏，賣過豆腐後就過來幫忙。趁葉氏招呼客人的空檔，他拿眼去瞟梅香。梅香也看了他一眼，看過了之後，兩個人都笑了。

笑完了，黃茂林用手指指梅香的手，意思是問她疼不疼。梅香搖搖頭，還輕輕抬起手晃了晃，一邊晃一邊對他笑。

黃茂林歪著頭看著她，覺得梅香這個樣子好看極了。他看著看著有些發呆，梅香抬起手指頭，在臉上刮了兩下，這是她日常逗蘭香的動作，意思就是羞羞。

黃茂林頓時有些臉紅，見她這樣俏皮的小模樣，恨不得衝上去在她臉上也刮兩下。但大街上人來人往的，他只得繼續規規矩矩的坐好。

葉氏看到菜快賣完了，摸出一些錢，讓梅香去買二斤肉和一斤雞蛋糕來。

等梅香買好東西，別過黃茂林，娘兒兩個一起往家去了。

等回家後，葉氏剛洗過臉，就對幾個孩子說道：「明兒咱們去你外婆家吧，拖了這麼久，也該去了。」

梅香笑了。「阿娘，光買二斤肉夠嗎？」

葉氏想了想。「再拿一包糖，加一百個雞蛋，切一條鹹肉，還有，給妳外婆做的棉鞋也帶上。」

梅香點頭應了。

第二天早晨，黃茂林又來賣豆腐。

葉氏讓他放下擔子，搬了凳子讓他坐在院子裡。

梅香帶著妹妹過來和他打招呼。「黃大哥來了。」

黃茂林伸手拉了拉蘭香的小辮子。「去了綁帶，大妹妹感覺如何了？疼不疼？」

梅香搖頭。「倒沒感覺到疼。」

黃茂林囑咐她。「這才個把月了，雖然不疼了，裡頭骨頭定然還沒長好，千萬莫要使大力氣。」

葉氏讓黃茂林給她切了塊豆腐，把裝豆腐的碗遞給梅香。「把碗放廚房裡，妳去菜園摘兩根黃瓜回來。」

梅香沒察覺出什麼異常，乖巧的聽話去了。

等她走了，葉氏塞給黃茂林兩個煮雞蛋。「茂林，這些日子以來，多謝你整日幫我們幹活看攤子。梅香如今家務活慢慢都能操持起來了，以後你不用大清早跑過來給我們幹活了。早上多睡一會，別熬壞了身子。你是個好孩子，你的心意嬸子都知道。」

黃茂林吭哧了半天，鼓起勇氣對葉氏說道：「嬸子，我、我想來。」

葉氏又嘆了口氣。「茂林，你還是個孩子，有些事情，你說了不算的，你明白我的意思嗎？」

黃茂林聽懂葉氏的意思，半晌後點點頭。「嬸子放心，我不是那不講規矩的人。」

葉氏垂下了眼簾。「梅香命苦，我做阿娘的，不想再讓她承受任何風言風語。以後你該來賣豆腐還來賣豆腐，不用再整日為我們忙前忙後的，也別和嬸子生分了。嬸子每天還給你準備吃的，你年紀小，別餓壞了肚子。」

黃茂林點點頭。「嬸子心疼我，我心裡有數。」

葉氏見他聽明白了自己的意思，笑了笑。「你明白就好，多的話嬸子就不說了。你趕緊去忙吧，賣完了早些回家。」

黃茂林點頭應了，挑著擔子心事重重的往前走，連搖鈴都忘了。

再說梅香家裡，吃過了飯，葉氏給孩子們換上體面的衣裳，因韓敬平去了還沒一年，也不好穿得太花稍，好歹要齊整些。

早晨把家裡的豬和雞多餵了一些食，下午回來早一些，倒也無妨。

娘兒幾個帶著東西，一起往葉家去了。

葉家離這裡七、八里路呢，葉氏怕路上孩子們口渴，還帶了一大壺水。娘兒幾個走走停停，大半個時辰的功夫，才到葉家。

大舅媽杜氏眼尖，一眼就看見了小姑子一家子，放下手裡的活計迎了出來。「妹妹回來了？天爺，可算是回來了，阿娘日夜擔心，要不是我們攔著，就要去韓家尚看你們了。」

葉氏笑了。「大嫂忙呢，哥哥弟弟和孩子們呢？」

杜氏一邊把小姑子一家往屋裡迎，一邊與葉氏說話。「他們都出去忙活去了，弟妹去旁人家要鞋樣子去了，思賢媳婦去了菜園裡，就剩曼曼和枝枝在家裡陪著阿娘一起。」

梅香帶著弟弟妹妹們叫了大舅媽，杜氏忙笑著答應了。「梅香的手好了？我們聽說後都嚇得不行。」

葉老太太聽見有動靜，感覺這聲音不同以往，立刻起身出來看，曼曼和枝枝也跟著出來了。

葉氏還沒進門，立刻就喊道：「阿娘，我回來了。」

葉老太太頓時紅了眼眶，等葉氏靠近後，一把摟住她就開始哭。「我可憐的芳萍啊，妳這些日子受苦了。阿娘沒用，幫不上妳的忙。」

說著說著，葉老太太從小聲啜泣變成嚎啕大哭。女兒青年守寡，外孫女又受了傷，女兒一個人田裡地裡家裡，整日忙得跟個陀螺一般。葉老太太一想到這裡，就忍不住掉眼淚。

葉氏被老太太說得也想哭，但她今兒回娘家，是高高興興的回來的，在娘家掉眼淚也不好，她畢竟是出了門的姑太太，不能壞了家裡的風水。

葉氏忙勸慰葉老太太。「阿娘，我無事，如今都好了。」

杜氏在一邊跟著勸慰。「阿娘，今兒妹妹回來看望您老的，孩子們都在一邊等著叫外婆呢，您老可別再傷心了，孩子們也要跟著哭了。」

葉老太太聽見大兒媳這樣說，擦了擦眼淚。「看我，老背晦似的，你們回來，我高興還來不及呢。讓外婆看看我的小乖乖們，哎喲，這才幾個月不見，都長這麼大了。」

葉老太太把蘭香抱進懷裡親了兩口，梅香帶著弟弟們一起叫外婆，葉老太太笑咪咪的連聲說好好好。曼曼和枝枝也趕著叫姑媽，葉氏笑著答應了。

曼曼是大房的次女，比梅香大一歲，枝枝是二房的女兒，比梅香小一歲。

因家裡孩子少，家裡也能住得下，兩房人一直沒分家。

見婆母笑了，杜氏在一邊笑道：「可算好了，妹妹快坐下。」

葉氏把兩個籃子放到桌上。「大嫂，這是一百個雞蛋和一包紅糖，這包雞蛋糕給孩子們吃。這條鹹肉能多放一陣子，這塊新鮮肉是昨兒我上街買的，今兒晌午得吃了，再不吃要壞了。」說完，她又把梅香手裡那個花布包拿過來。「我給阿娘做了一雙棉鞋，手藝粗糙得很，阿娘別嫌棄，等天冷了穿著不凍腳。」

葉老太太笑罵她。「胡說，妳的手藝是我教的，說妳手藝差，豈不是我手藝也差。」

杜氏和梅香等人都哈哈笑了，葉老太太一句玩笑話，頓時又讓氣氛活絡起來。

杜氏見小姑子拿出這麼多東西來，忙一迭聲的客氣道：「妹妹，妳帶著幾個孩子不容易，我們還想著抽空給妳送些東西過去呢，妳倒先大筐小筐的往回提。」

葉氏笑著把棉鞋帶子解開，親自蹲下身，給老太太試棉鞋的大小。「哥哥嫂子給我送東西，是你們疼我，我往娘家拿東西，也是我的心意。」

葉老太太穿上棉鞋後，起身走了兩步。「正正好呢，也不擠腳。」

葉氏笑了。「我特意放了一點點，阿娘年紀大了，若是可著腳做，剛開始穿擠得很，且冬天襪子穿得厚，大一些倒無妨。」

娘兒們說說笑笑，一起坐下了，杜氏笑著對葉氏說道：「妹妹稍坐，跟阿娘好生說說話，我去廚房看看。曼曼，跟我一起去廚房。枝枝，給妳姑媽和表姊表弟表妹倒茶水。」

杜氏自去忙活了，枝枝起身給葉氏娘兒幾個都倒了茶水。

葉老太太小聲對女兒說道：「梅香既然退了王家，再好生挑一挑。可惜了，思遠已經說定了人家，不然倒是可以親上做親。」

葉氏忙低聲說道：「阿娘可別再提此事，梅香這個強頭，她和思遠這孩子說不到一起去呢。」

葉老太太笑著小聲回她。「小孩子家家的，都是有這些稀奇古怪的理由。這回可要仔細挑，不能光圖好看。」

葉氏點頭。「可不就是，這回定要挑個可心意的。這過日子，若是不可心意，那可要苦一輩子了，再好看都沒用。」

葉氏瞥了一眼女兒，見梅香和枝枝正說得起勁，沒有往這邊看。她低下頭悄聲和葉老太太說：「阿娘，我這裡倒是有個孩子，您幫我參詳參詳。」

葉老太太立刻兩眼放光。「什麼樣的孩子，妳說給我聽聽。」

葉氏忙把黃茂林的事情說給了老太太聽，葉老太太聽說後，斟酌著對葉氏說道：「孩子是個好孩子，對梅香上心，只是，他家裡後娘怕是難纏。」

葉氏對葉老太太說：「阿娘，梅香脾氣大，若是親婆母，該會下狠勁治她的性子。就是後婆母，和小郎君面和心不和的才好呢。兩個孩子能一條心，不怕婆母挑唆。那孩子是真能幹，家裡有豆腐坊，才十三歲就學會了磨豆腐的手藝，這能吃一輩子呢，還能傳給兒孫。且他名下還有幾畝田地，雖有後娘，聽說他阿爹倒未變成後爹，一向很維護他。」

葉老太太點頭。「若是親爹靠得住，倒是不錯。主要還是看孩子好，不過，這事且再等一等，他小孩子家家做不了主，若是他家裡大人來提親，倒是可以考慮。」

葉氏笑了。「我也就和阿娘說一說，我連梅香都沒說呢。」

葉老太太笑了。「事情沒成，自然是不能往外說的。」

說了一會話之後，二舅媽李氏回來了，雙方又是一陣廝見。今兒是大房掌廚，李氏就留在堂屋一起陪小姑子說話。

正說著，葉思賢家的王氏回來了，見姑媽來了，忙進來打招呼。

葉氏親熱的和姪媳婦拉著手說話，王氏說了幾句之後就去給杜氏幫忙了。

葉厚則兄弟等飯熟的時候才回來，見妹妹一家子來了，都很驚訝。

「妹妹家裡花生和棉花都弄好了沒？」葉厚則一開口就問家裡的農活，莊戶人家，這是大事。

葉氏忙正色回答。「多謝大哥關心。棉花都摘完了，花生扯了一大半。把芝麻和花生都收拾俐落，就等著收割稻子了。」

葉厚則點點頭。「若是實在忙不開，託人帶個話，我們去給妳幫幫忙。」

「哥哥弟弟沒少給我幫忙，如今還忙得開呢。」葉氏忙客氣道。

葉老太太笑了。「好了，不說那些客氣話，飯好了沒？我老婆子肚子餓了呢。」

葉思賢家的王氏正進屋來收拾飯桌。「阿奶，飯好了呢，我來收拾桌子。」

葉家妯娌婆媳母女齊動手，收拾好了飯桌，把菜一樣樣端了上來。

一大家子人，八仙桌坐得滿滿的。

葉氏高興的和娘家人吃了頓晌午飯，葉老太太見女兒還願意說笑，心裡漸漸放下心來。

吃過晌午飯，杜氏要收拾屋子讓小姑子一家歇息，葉氏忙攔住她。

「大嫂，您別忙了，我得趕緊回去了。我明兒還要上街，要賣的菜還沒準備好呢。」

杜氏聽見這話，停下了腳步。「妹妹真是能幹，那街上賣菜如何？要是好，趕明兒我們也去試試。」

葉氏笑了。「以後嫂子和弟妹要是覺得菜太多，挑到街上去，放在我那裡一起賣。我那個攤位寬敞，多放一挑菜能放得下。」

娘家的兄弟們時常上門幫忙幹活，若能幫他們多掙兩個活錢，葉氏心裡也高興。

葉老太太見她們囉嗦個沒完，一錘定音。「芳萍，妳先回去吧。若我們真要去，直接挑了菜去找妳，自家人，我們也不跟妳客氣。」

葉氏笑著應了，帶著孩子們就要回家。

她來的時候提了那麼多東西，老太太自然不會讓她空手回去，往她籃子裡放了一條晌午杜氏多買的活魚，又放了兩尺縫鞋邊用的白棉布，還有二十個鹹蛋。

葉氏說不要，杜氏直接把籃子放到梅香手裡。「聽舅媽的話，帶回去吧。你們空著手回去，人家不說舅舅、舅媽小氣。」

梅香看了看葉氏的神色，見她笑了，接下了筐子。

娘兒幾個告別葉家人，一起回去了。

第二十四章　尷尬事夫妻爭執

黃茂林早上聽了葉氏那一席話之後，腦袋裡始終懵懵的，他強撐著賣完了豆腐，一路上恍恍惚惚，都在想要如何促成這門親事。

阿爹那裡，肯定要坦白，但後娘定不會希望他娶個殷實人家的厲害姑娘。必要的時候，看來要找舅舅舅媽幫忙。但找了舅舅舅媽，阿爹會以為自己不信任他，倒要外人來說和。

難啊，十三歲的黃茂林，第一次遇到這樣棘手的問題。

第二天又是逢集，爺兒兩個起得特別早，一起到豆腐坊磨豆腐。

如往常一樣，黃炎夏趕著小毛驢，黃茂林往磨眼裡加清水和黃豆。

黃茂林抬頭看了一眼父親，又低下頭繼續幹活。過了一會，他又抬頭看了一眼父親。

黃炎夏問道：「你有什麼事情？」

黃茂林用小鏟子把沒有磨碎的黃豆大顆粒剷起來，又放進磨眼裡。「阿爹，我不想娶楊家表妹。」

黃炎夏嗯了一聲。「我已經替你回絕了。」

黃茂林猶豫了半天，終於鼓起了勇氣。「阿爹，我想自己挑人。」

黃炎夏愣了一下。「你是不是在外頭幹了什麼不好的事情？」

黃茂林大驚。「沒有沒有，阿爹，我再守禮不過的。」

黃炎夏又嗯了一聲。「沒有最好。」然後不再說話。

黃茂林偷偷看了阿爹好幾眼，見他老神在在的趕著小毛驢。眼見黃豆就要磨完了，黃茂林心裡有些發急。

又過了一會，黃茂林又鼓起勇氣。「阿爹，兒子想求您一件事情。」

黃炎夏又嗯了一聲。「你說。」

黃茂林大著膽子提出要求。「阿爹，兒子想請阿爹，替兒子求娶韓家崗韓家油坊東家的大女兒為妻。」

黃炎夏愣住了。「誰家的？」

黃茂林提高了聲音說道：「韓家崗韓家油坊的少東家。」

黃炎夏腦袋轉了半天，終於確定了人選。「就是那個徒手鬥瘋牛的丫頭？」

梅香的事蹟非常稀奇，不出兩三天，傳遍了整個平安鎮。黃炎夏整日挑著擔子到處賣豆腐，平安鎮什麼事情他不知道。

黃茂林立刻替梅香辯解。「阿爹，您別聽那些人胡說，韓大妹妹為了救幾個小娃兒，被牛頂傷了，手膀子都吊了一個月，這才好呢。」

黃炎夏哼了一聲。「你倒是知道的清楚，那韓家丫頭才退了親，你就上趕著，難道我們比王家差？」

黃茂林急忙解釋。「阿爹，你不曉得，那王家小子學問不深，架子大得很。聽說功名沒考上，整日在家只管做少爺。韓家叔父原來圖他是個讀書人光鮮，如今一看，竟是個廢物，還嫌棄韓大妹妹上街賣菜不體面。上街賣菜就是不體面？那咱們賣豆腐也是不體面了？」

黃茂林機靈的把賣豆腐和賣菜兩件事情攪和在一起，引起黃炎夏的共鳴。

果然，黃炎夏聽說後，嗤笑了一聲。「等他做了秀才公和舉人老爺，再來嫌棄我們也不遲。這韓大東家什麼都好，就是太要面子，坑了自家女兒。」

黃茂林陪笑道：「阿爹，您不曉得，韓大妹妹能幹得很，田裡地裡油坊裡，等閒壯勞力都比不過她。」

黃炎夏斜瞥了他一眼。「我聽說她發脾氣就要打人，萬一以後進門，發起脾氣來，我這老貨豈不是也要挨打。」

黃茂林再次急著辯解。「阿爹，怎麼會，韓大妹妹只打過一次人，就是她堂兄。韓大東家才死，他的長兄就要接管田地和油坊。說是接管，不就是來占便宜的，韓大妹妹這才逮著他兒子打了一頓。阿爹，缺爹少娘的孩子，可不就得硬氣一些。」

黃茂林這話說的略微有些重，黃炎夏愣了一下，想到兒子也是自小喪母，勤快懂事，心思卻重。想來和那家丫頭同病相憐，這才上了心。

「你說的事情，我知道了。」

黃茂林有些急。「那，阿爹，您答應還是不答應呢？」

黃炎夏打岔。「好生磨豆腐。」

就在這當口，楊氏進門了。黃茂林立刻不再提一個字，專心磨豆腐。

磨好豆腐，爺兒兩個分頭行動，楊氏在後面冷哼一聲。

原來這婆娘剛才在院子裡聽了大半天，全都曉得了。楊氏吃了飯之後，託人給她娘家帶了話，不到半個時辰，她嫂子就把她姪女紅蓮送過來了。

不說楊氏，黃茂林到鎮上擺好攤子之後，不出意外的等來了葉氏和吳氏。

黃茂林笑得毫無異色，殷勤的幫葉氏擺東西。他知道，往後想和梅香再說上話，非得把親事紮實了。

葉氏把一個茶碗遞給黃茂林。「你早晨肯定沒吃飽，我給你帶了兩張餅，快吃吧。」

黃茂林笑著接過餅。「多謝嬸子關心我，您快些去送菜吧，這邊我給您看著。」

葉氏提前先把要送上門的菜準備好了，除了馮家，還有另外一家賣香燭紙炮的汪家也從她這裡訂菜，還是馮太太介紹的客人。

葉氏送過了菜回來沒多久，忽然見到娘家弟妹李氏挑著擔子過來。

她立刻起身去迎接，一邊走一邊喊。「弟妹、弟妹，我在這裡呢。」

李氏聽見葉氏的聲音，欣喜的趕過來。「姊姊，我找了半天，妳這地方真不錯呀。」

葉氏高興的把李氏帶到自己的攤子。「弟妹，妳來的正是時候呢。吃早飯了沒？」

李氏笑道：「吃過了。昨兒聽姊姊那樣一說，我和大嫂就想著，菜園裡的菜不少呢，不如來跟著姊姊沾沾光。」

葉氏搬出另外一張凳子給李氏。「弟妹坐。我當初和妳們想的一樣。這下可好了，弟妹來了，我也有個伴。」

李氏尷尬的笑了笑。「姊姊，我不大懂這買賣的事情，還請姊姊多教我。」

葉氏笑了。「弟妹不用怕，只要咱們把菜處理乾淨，不虛報價格，不坑人，慢慢就會有許多回頭客。」

李氏聽得直點頭。「我來的時候，阿娘和大嫂都囑咐我，萬事都聽姊姊的。再有，咱們兩家都是賣菜，姊姊千萬別為了照顧我們，先緊著我們的賣。」

葉氏心裡已經想好了法子。「弟妹說的是。客人願意要誰家的就給誰家的，咱們只要把帳目算清楚，再不會生嫌隙。」

李氏再次點頭。「這是正理，親兄弟明算帳，帳目撕擄乾淨，這才是長久之計。」

姑嫂兩個說話的功夫，就有人來買菜。葉氏帶頭，李氏在一邊打下手。葉氏帳目算得清清楚楚，李氏心服口服。

對面黃茂林吃完了餅，趁著沒有客人，過來把碗還給葉氏。「嬸子，餅我是拿出來吃的，這碗還乾淨得很。這塊水豆腐給您帶回去做個菜。」

葉氏接過碗。「又偏勞你的東西了。」

黃茂林笑了。「嬸子還跟我客氣。這位是來給嬸子幫忙的？」

葉氏只簡單說了一句。「這是我娘家弟妹。」

黃茂林忙笑著見禮。「原來是葉家嬸子，晚輩黃茂林，每日和韓家嬸子一起賣東西，韓家嬸子很是照顧我。我在這邊人頭熟一些，您有什麼事情，只管來找我。」

李氏對黃茂林笑了笑。「黃小哥好。」

葉氏笑著擺擺手。「茂林去忙你的吧，別耽誤生意。」

黃茂林笑著回去了，等他賣完了豆腐，葉氏讓他先回去了。

一回到家，黃茂林發現家裡來了客人，正是楊氏的姪女紅蓮，這是黃茂林最不想看到的人。

黃茂林和家裡人打過招呼，只對著紅蓮點了點頭，一句話都沒跟她說。

楊氏笑道：「茂林回來了。紅蓮，給妳表哥打盆洗臉水。」

黃茂林搶先一步拿起水盆。「我自己去吧，表妹是客。」

紅蓮訕訕的收回手，淑嫻也有些訕訕的，對於楊氏想說這門親事，淑嫻覺得倒不必勉強。阿娘有一兒一女，還怕以後沒有依靠不成。再說了，大哥對阿娘也敬重，對她和二哥更是沒話說，何苦如此強逼。

黃炎夏正在院子裡擇黃豆，他有些不高興。親戚來家裡他不反對，但楊氏的心思他曉得，他們父子兩個已經拒了一回，這婆娘還是不死心。

黃茂林洗過臉之後，就寸步不離跟著黃炎夏。黃茂源回來後倒是和紅蓮嘰嘰喳喳說得熱鬧，楊氏心眼子多得像篩子一樣，沒承想養個兒子卻是個憨的。

紅蓮果真就不走了，當天夜裡，她和淑嫻一起睡在正房西屋。

黃炎夏洗過之後，躺在床上，等楊氏來了之後，黃炎夏看了她一眼。

楊氏笑問：「當家的想跟我說什麼？」

黃炎夏猶豫了片刻，還是決定和楊氏攤牌。「妳把紅蓮弄來做甚，她不是要說親了。等她出門子的時候，妳給她備一份像樣的添妝，這才是做姑媽該做的呢。」

楊氏慢慢收斂了臉上的笑容。「當家的，我嫁到這家裡十幾年了，娘家姪女來住兩天也不行嗎？」

黃炎夏又看了她一眼。「親戚家孩子來住，我自然是不反對的，紅蓮也是個好孩子，只是，妳莫要有旁的心思。」

楊氏又笑了。「當家的，你也覺得紅蓮好？既然這樣好，給咱們做兒媳不好？」

黃炎夏故意對楊氏說道：「茂源還小呢。」

楊氏頓時氣結。「當家的，你知道我說的是茂林。」

黃炎夏抬頭盯著楊氏。「我不是已經跟妳說過了，茂林的親事，妳別插手，妳不怕他舅媽又來罵妳？」

楊氏頓了一下。「只要當家的你同意，郭家嫂子還能管得了你兒子的親事。」

黃炎夏把手裡的蒲扇一下子扔了。「我跟妳說過，不是郭家不答應，是茂林不答應。妳難道想和茂林撕破臉，到時候誰臉上好看？」

楊氏被黃炎夏這話說得徹底愣住了，然後眼淚開始往下流。「當家的，我嫁過來十幾年，難道對茂林不好？我想把姪女說給他，還不是想著和他關係更親近一些。要是讓他娶了韓家那個母老虎，那我以後還能有好日子過？」

黃炎夏沈默了一下，對她說道：「妳這也想得太多了，我還活著呢。就算茂林媳婦和妳不貼心，妳還有親兒子呢。以後他們兄弟分家了，妳跟著親兒子也是一樣的。」

楊氏愣住了，當家的怎的忽然這樣說，難道真的要分家？茂源還小呢！

還不等她說什麼，黃炎夏又問她。「妳怎麼知道韓家的事情？」

楊氏擦了擦眼淚。「你們早上說了半天，我在井邊洗臉，聽了兩耳朵。」

黃炎夏撿起蒲扇繼續搖。「妳趁早歇了心思吧，不管茂林最後娶誰家丫頭，他是不可能娶妳楊家姑娘的。妳是跟著我過日子，繼子媳婦好不好，只要大面上過得去不就行。妳看那外頭多少人家，親兒媳都尚且不貼心，別說繼兒媳了。再說，紅蓮若嫁給茂林，妳說，是男人和兒子親，還是妳這個姑媽親？別到時候妳這頭熱騰騰的一顆心，被她潑了一盆涼水。妳若是要把紅蓮說給茂源，我倒是不反對。」

楊氏嗔了黃炎夏一眼。「茂源還小呢，紅蓮比他大了兩歲。」

黃炎夏又躺下了。「我不管那些，妳若是能讓茂林點頭，我不反對，但他若是不同意，我也不會答應的。」

楊氏聽見這話，心裡有些氣悶。黃炎夏在別的事情上都好說，一旦涉及到前房留下的小崽子，再不肯鬆口，楊氏恨得牙癢癢，也沒辦法。她也不敢來硬的，她若胡搞，郭舅媽就敢來扯她頭髮撓她的臉。

楊氏也是不走運，她娘家比黃家差多了，當年看中黃炎夏家裡有田地有作坊，這才嫁過來做後娘。誰知竟遇到個郭舅媽，那郭舅媽和黃茂林的生母郭氏，姑嫂兩個關係好得很。郭氏臨終前再三懇求郭舅媽照看自己兒子，郭舅媽哭著答應了。

楊氏嫁過來頭兩年，郭舅媽三天兩頭過來，查看黃茂林的衣衫飯食，但凡有一點不好，她就指著楊氏的鼻子罵。

如今郭舅媽來的少了，但楊氏對郭舅媽的痛恨比郭氏還厲害。郭氏雖然名分上壓了她一頭，但畢竟死了。可郭舅媽像把刀一樣，時刻懸在她的頭頂，保不齊什麼時候就掉下來。

楊氏想用娘家姪女籠絡住黃茂林，就是打這個主意。只要黃茂林遠離了郭家，郭舅媽總不好再上門來挑錯。

紅蓮在黃家住下來，大家都對她不錯，她自己卻感覺越來越尷尬，她知道父母和姑媽的意思，是想撮合她和表哥，但表哥根本不理她。紅蓮強忍了幾日，還躲著偷偷哭了兩場。

黃茂林有時候覺得自己這樣做有些不近人情，但為了韓大妹妹，他咬牙繼續做冷面閻王，從來不和這丫頭單獨說一句話。

眼見黃茂林內心受著煎熬，黃炎夏只冷眼旁觀。一來他想看看這個大兒子到底有多在意韓家丫頭，若真是離不得了，沒法子，還是得娶回來；二來，他自己也要多打聽打聽，不怕她厲害，只要能幹講道理就行，若娶個窩囊廢，是老實沒錯，可就得遭外人欺負了。

楊氏眼見黃炎夏和黃茂林都不鬆口，心裡有些氣悶。過了幾日之後，她把紅蓮送回去了，怕她羞，還給她兩尺花布做手帕。

紅蓮回家後，挨了她阿娘一頓說，意思是她沒用。黃家田地多，還有作坊，若能嫁過去，不光這輩子不愁吃喝，還能幫襯家裡。紅蓮在黃家受了委屈，回家後親娘還這樣埋怨她。她才十二歲，本來就是個要臉面的姑娘，被這樣羞辱一回，內心不免也有些憤懣。

等過了一陣子，黃家雖然不再提此事，紅蓮卻上心了，姑媽不是想讓她給做兒媳嗎，哼，她定不會讓姑媽失望的。

紅蓮走後，黃茂林終於鬆了口氣。但黃炎夏仍舊不提韓家的事情，他心裡有些發急。

黃炎夏也煩惱得很，按理來說，這種事情該婦道人家出頭先去打聽打聽，但楊氏一心只想著自己娘家，若讓她去操辦，定是辦不成。

黃炎夏煩惱了許久，決定自己親自去韓家崗打聽打聽。

第二十五章　換路線父子訪親

第二日，黃炎夏強行命令黃茂林和他換路線賣豆腐。「你在那幾個村子轉了幾個月了，也該去其他地方熟悉熟悉。」

他是親爹，又說得這樣冠冕堂皇，黃茂林不敢不從。

黃炎夏經驗老道，絲毫不費力就轉完其他幾個村子，只把韓家崗作為最後一站。

韓敬平在世時是條好漢，黃炎夏自然也佩服他。都說老子英雄兒好漢，想來這閨女也不差。

等到梅香家的時候，豆腐沒剩多少了，黃炎夏也不吆喝，只搖鈴。

葉氏聽見鈴鐺聲，摸了銅錢帶著碗出來了，一見來人不是黃茂林，葉氏頓了頓。

轉瞬，她就想明白關鍵，把手裡兩個煮雞蛋藏到了袖子裡，又叫上蘭香一起出來。

葉氏知道黃老爹肯定是想來打探什麼，或者想看看梅香。但葉氏今兒不想讓黃老爹看梅香。黃家又沒表達任何意思，她女兒豈能隨便給人相看。

葉氏笑著與黃炎夏打招呼。「黃掌櫃來了，今兒背集，我還以為是您家少東家來呢。」

黃炎夏笑得很和善。「韓大娘子好，茂林小孩子家家，這些日子多虧了鄉親們照應，才能不出差錯。這邊他都轉熟了，我讓他到其他地方去看看。」

葉氏點了點頭。「煩勞您給我切兩文錢水豆腐。」

黃炎夏點頭，手裡的小鏟子就跟長了眼睛似的，一下子就是一大塊，上秤一秤，三斤三兩。

黃炎夏手準得很，這三兩，是他送給葉氏的。「這都快賣完了，我送韓大娘子三兩。你們家孩子多，都是長身子的時候，豆腐雖然比不上肉，也是道好菜。聽我家茂林說韓大娘子在街上沒少照應他，這兩張千豆腐您拿回去炒把青菜，好吃得很。」

葉氏有些不好意思。「這，真是不好意思，多謝黃掌櫃了。」

黃炎夏笑了。「我還要多謝韓大娘子照應我兒子呢。」

兩個人正客氣著，梅香忽然出來了。

黃炎夏頓時瞇起了眼睛，不說盯著梅香看，眼睛卻一直往那邊瞟。

葉氏頓時有些尷尬，她沒想到梅香這丫頭自己出來了。

梅香以為來的是黃茂林，索性跟出來看看，哪知來的是黃炎夏，她只得禮貌性的打個招呼。「黃老爹好。」

黃炎夏笑了。「大姪女好，韓大娘子好福氣，兒女都好。」

葉氏一邊把兩文錢放在豆腐板子上，一邊客氣道：「黃掌櫃誇讚了，這丫頭雖然比同齡人能幹些，就是有些憨，對家裡人一片赤誠，有時候說話不曉得迂迴。您家裡的少東家才好呢，小小年紀這樣能幹。」

黃炎夏不動聲色的收起了錢。「孩子們還小呢，等再大些，通了人情世故，自然是樣樣都妥帖。我可是聽說了，這丫頭能幹得很。」

葉氏這個時候也顧不得謙虛，似有若無的給女兒正名。「也就是您這樣通情達理的人才覺得她好，黃掌櫃不曉得，有那些子碎嘴的人，還給我家丫頭取諢名。我聽了後心裡難過得不行，我當家的沒了，這孩子跟著我一起風裡來雨裡去的，不叫苦不叫累，難道因為太能幹，就要遭人詬病。哎喲，您看我，嘮叨個沒完。梅香，把家裡的煮雞蛋拿兩個給黃掌櫃。」

黃炎夏忙擺手。「韓大娘子客氣了，我這都賣到最後了，免不了要送些人情的，怎能白吃您的雞蛋。」

葉氏笑了。「我早晨煮得多，黃掌櫃一路走過來，定然又累又餓的，吃兩個頂一頂。」

梅香正納悶，阿娘手裡不是有兩個。但葉氏這樣吩咐她，她又回去拿了兩個煮雞蛋，放到一個碗裡，端給黃炎夏。

「黃老爹，請您吃煮雞蛋，您帶了水沒？若是沒有，我給您倒一杯。」梅香笑咪咪的看向黃炎夏。

黃炎夏仔細看了一眼梅香，見這丫頭長得可以，又這樣聽她阿娘的話，想來是個孝順的。

他接過了碗，對葉氏說道：「多謝韓大娘子了，我帶了熱水的，大姪女不用客氣。」

他把兩個雞蛋收下了，把碗遞給梅香。
梅香接過碗。「黃老爹您路上慢一些。」
黃炎夏笑著別過韓家人，挑著擔子回家了。才吃了飯，黃茂林回來了。
他抬頭問兒子。「今兒怎麼樣？那幾家刁貨有沒有為難你？」
黃茂林放下擔子。「阿爹，那方大頭的婆娘真難纏，給的黃豆裡面還摻有土塊。我強忍著沒生氣，少給了她一些豆腐。」
黃炎夏笑了。「你以為人人都跟韓家似的，每天還給你煮兩個雞蛋？」
黃茂林頓時呆住了，然後紅了臉。「阿爹說這個做甚，韓家嬸子心好。」
黃炎夏哼了一聲，早上葉氏藏那兩個雞蛋的時候被他發現了，他當時心裡懷疑，剛才不過隨意開口一詐，果然這小子就說了實話。
黃茂林轉了轉眼珠子。「阿爹今兒也吃了煮雞蛋？」
黃炎夏一屁股坐到廚房門口的小凳子上。「你老子我今天沾你的光，吃了兩個煮雞蛋，不過也送了三兩水豆腐和兩張千豆腐。」
黃茂林笑。「阿爹，韓家嬸子人最好了，對人實誠，又和善。外頭說韓家大妹妹脾氣大，但特別能幹。她脾氣大也是外人欺負到頭上才發脾氣，對家裡人好著呢。」
黃炎夏嗯了一聲，不再說話，他還得再打聽打聽。

日子細水長流的過，黃炎夏天天到韓家崗來賣豆腐。就幾趟的功夫，他就打聽到許多事情。果真如葉氏所言，有那看不慣梅香的，就說她脾氣大，一個姑娘家比男人力氣還大，這以後誰能降得住。也有說好的，什麼能幹、能吃苦，長得排場，以後嫁妝多。黃炎夏對所有好的壞的評論都不做評價，彷彿像個局外人一般，人家誇，他跟著誇，人家貶損，他跟著打圓場。

這樣打聽了十來日，該知道的都知道了。

黃茂林逢集到鎮上賣豆腐，只能見到葉氏，背集又去不了韓家崗，整日心裡急得貓撓似的。

這一日，他實在忍不住了，起個大老早，趁著楊氏還沒起床，他又問黃炎夏。「阿爹，兒子求您的事情，你考慮得如何了？」

黃炎夏嗯了一聲。「這是不能急的事情，不得慢慢安排。」

黃茂林頓時喜上心頭。「多謝阿爹。」

黃炎夏哼了一聲。「我可跟你說好了，娶個這麼厲害的婆娘，以後要是見天捶你小子，可別來找我哭。」

黃茂林咧嘴。「那不能夠，阿爹，韓大妹妹厲害，那是對外人，她連大聲話都沒跟我說過。」

黃炎夏想了想，忍不住提醒黃茂林。「你阿娘想把紅蓮說給你，就是怕你娶了旁人，以後與她為難。你若想這門親事能成，也要穩一穩她的心。」

黃茂林對黃炎夏說道：「阿爹，等以後梅香進門了，你們就曉得了，她並不是那等小氣人。我知道阿娘擔心什麼，您儘管讓她放心，她雖不是我親娘，但茂源是我親兄弟。」

黃炎夏點點頭。「你能明白就好，阿爹在中間也為難。」

黃茂林抬起頭看向黃茂林。「為了兒子的事情，讓阿爹操心了。」

黃炎夏沒有看兒子，半晌後悠悠說道：「只要你們都好好的，阿爹做什麼都是應該的。」

黃茂林聽得鼻頭有些發酸，甕聲說道：「阿爹，兒子會好生孝順您的，還有阿娘。」

黃炎夏笑了。「你莫急，我託個可靠的人去問問。萬一你小子剃頭擔子一頭熱，我大剌剌讓人去提親，被拒了豈不丟人。」

黃茂林聽到這話也笑了。「阿爹只管去，定然能成。」

黃炎夏想了兩天，最後覺得還是先託郭舅媽去問問。

趕得巧，郭家外婆要過生日了，爺兒兩個借著去給郭家外婆過散生的名義，帶著厚禮一起去了郭家。

郭大舅一看妹夫和外甥來了，忙親自出來迎接。「大妹夫和茂林來了。」

黃炎夏笑著叫了聲大哥，黃茂林也喊了大舅。

郭老太太見到外孫非常高興。「茂林來了，快來讓外婆看看。」

黃炎夏放下手裡的禮物。「阿娘，您老今兒過生辰，我也沒什麼好的孝敬您，這隻雞和幾斤肉，給您老香香嘴。」

郭老太太笑咪咪的請女婿坐下。「你大哥大嫂原說要給我辦的，我想著不過一個散生，咱們莊戶人家，手裡攢兩個銅板不容易，何苦拋費。可巧你們爺兒兩個也來了，等會你們妹妹也要回來，咱們一大家子好生一起吃一頓飯。」

黃茂林笑道：「外婆，您近來身體怎麼樣？等您過六十大壽時，我給您老請唱戲的。」

郭老太太今年才五十二，還算硬朗，聽見黃茂林這樣說，高興的拉著他的手。「我的乖乖，外婆好得很。只要外婆能活到六十歲，你不請唱戲，來看一看外婆，外婆都高興。」

正說著，郭舅媽帶著兩個女兒進來了，雙方又是一通廝見，問過好之後，再次落座。

郭大舅只有兩個妹妹，一個是黃茂林的生母，一個是黃茂林的二姨。郭舅媽生了四個孩子，老大是個女兒，已經出嫁，中間兩個兒子，最小的女兒才七歲，乳名丫丫。

郭舅媽給黃炎夏父子倒了茶水。「他姑父，你們稍坐，我先去廚下忙活了。丫丫，走，給我燒火。」

丫丫顛顛的跟著走了。

堂屋裡幾人說了一會話，很快，郭二姨和二姨夫帶著孩子們來了。

郭大舅和黃炎夏出門相迎，大夥兒好一陣客氣，然後分賓主坐下。

又過了一會，郭大郎和郭二郎回來了，還抱了一罈子酒。五個小子一見面毫不陌生，立刻就湊到一起玩了起來。

郭舅媽在廚房忙活，郭二姨要幫忙她也不答應。沒多久，就整治出滿滿一大桌十六道菜，真比過年還熱鬧。

郭二姨直讚嘆。「阿娘，等我到您這歲數，要是過生的時候有這麼一桌好席面，那真是一輩子都值得了。」

郭老太太笑了。「妳哥哥嫂子孝順，都說外甥像舅，妳兩個兒子肯定也不差的。」

眾人都笑了。

一大家子人按次序坐好，一起吃酒席。

黃炎夏陪著大舅子和連襟一起喝酒，黃茂林表兄弟幾個吃飽了後就下桌去玩了，郭老太太吃過後人們敬的酒，又吃了些菜，也下了桌，郭二姨端了碗坐到老太太旁邊，娘兒兩個一起說私房話。

桌子上，只剩下了黃炎夏、郭大舅和二姨夫。

黃炎夏一直記得今兒來的另外一個目的，等酒過三巡，他對郭大舅說道：「大哥，今兒我來，一是給阿娘過生辰，二來，還想和大哥說一說茂林的親事。」

他這話一出口，郭大舅放下了酒杯，門口的老太太和郭二姨也豎起耳朵。

黃炎夏繼續道：「頭先楊家的事情，我已經拒了。近來我正發愁，要給他說個什麼樣的媳婦。哪知這小子能幹得很，自己在外頭悄沒聲息就尋了個好姑娘。」

郭大舅忙問：「是哪家的姑娘？」

黃炎夏笑道：「說起來你們肯定都知道，就是韓家崗韓家油坊家的大女兒。」

郭二姨插了句嘴。「姊夫，就是那個鬥瘋牛的丫頭？」

黃炎夏點點頭。「就是這個丫頭。」

郭二姨驚道：「姊夫，我可聽說那個丫頭凶得很呢！好像還退過親事。」

黃炎夏擺擺手。「這事兒我曉得，我去韓家崗仔細打聽了，這丫頭並未做什麼出格的事情，許多話都是以訛傳訛。」

黃茂林在外頭聽見了，忙進來替梅香辯解。「二姨，韓大妹妹就發過一次威，她阿爹才死，她大伯就要接管家裡的田地和油坊，又不肯給糧又不肯給錢，她才把堂兄揍了一頓。鬥瘋牛的事兒，那瘋牛都要踩死小孩子了，若不是韓大妹妹拎著棒槌及時趕到，那一天韓家得死不少孩子呢，韓大妹妹為此被瘋牛頂傷，膀子吊起來一個多月。至於退親的事情，二姨聽說的不全，那王家不許女人單獨上街，莊戶人家倒弄得跟大老爺家裡似的，退了也好。」

郭二姨尷尬的笑了。「我正是不知道呢，你這樣一說我就明白了，想來是個有情有義的好姑娘。」

郭大舅聽黃茂林噼哩啪啦說了一大堆，心裡有譜，外甥怕是真看上了這個丫頭，不是妹夫誆人。

郭大舅沒有回答黃炎夏的話，直接問黃茂林。「茂林，這韓家丫頭平日裡如何？可會動不動打人？」

黃茂林這個時候也感覺自己剛才說話說得有些急，又緩緩說道：「大舅，韓大妹妹日常溫和得很，她整日忙個不停，哪裡有功夫和人吵嘴打架啊。每逢集，她天沒亮和韓家嬸子挑擔子到鎮上賣菜。家裡種田種地榨油，照顧弟弟妹妹，什麼都幹。」

郭老太太點了點頭。「是個能幹丫頭，還是再打聽打聽退親的原由，若是姑娘沒錯，倒值得一說。」郭老太太活了五十多年，什麼沒見過。她也希望外孫能娶個潑辣些的姑娘，若是個沒剛性的窩囊丫頭，還不被那楊氏治死了。

郭大舅聽見老娘這樣一說，想來是不反對的。

他舉起酒杯。「妹夫，茂林是你兒子，他的親事該你作主。你能來告訴我們一聲，是眼裡有我這個大哥。但凡能用上我們，你只管開口。」

黃炎夏笑了。「不瞞大哥，我就是來找幫手的。這小子心裡熱騰騰的，我還不知道韓家的意思呢，總得先找個人去問問。」

郭二姨想了想，忽然對黃炎夏說道：「姊夫，我婆家二嫂和韓家娘子的娘家弟妹是族姊妹，倒是可以託我二嫂去葉家問問。」

黃炎夏喜不自禁。「果真，那可是太好了，我正發愁託誰去問呢。不過，事情還沒成，還請妳家裡嫂子先莫往外頭說。」

二姨夫哈哈笑了。「那是自然，姊夫放心，我二嫂嘴巴最緊了。」

說定了這樁事情，三個人又開始喝酒，黃茂林不再陪著表兄弟們玩耍，搬了小板凳坐在郭老太太和郭二姨身邊，逗她們發笑，還給郭二姨道歉，說自己剛才說話太急躁。

郭二姨摸了摸他的頭。「我小時候，你外婆天天忙得不可開交，我整天跟著你阿娘。我們姊妹感情多好啊，你是她唯一的兒子，我怎能不心疼你。你放心，要是韓家丫頭真的好，你又這樣喜歡，二姨定幫你把這親事定下。」

黃茂林眼眶發紅。「多謝二姨。」

郭老太太拍了拍黃茂林的手。「好孩子，儘管放心，有我們在，定讓你的親事體體面面的。」

吃過酒席，黃炎夏想著還要回去泡豆子，別過眾人，帶著兒子先回去了。

第二十六章　提要求敲定親事

話說葉氏這一日從菜園回來，走到家門口，出來迎接她的居然是娘家弟妹李氏。

葉氏高興的喊了聲弟妹，李氏笑道：「我來看看姊姊和孩子們，阿娘說姊姊今年沒有種糯米，讓我給姊姊送來一些。」

葉氏陪著李氏一起坐在正房廊下。「多謝阿娘和弟妹了。」

梅香過來給二人倒了茶，還把家裡僅剩的兩塊雞蛋糕拿了出來，放在一個小碟子裡，請李氏吃。

李氏笑了。「梅香，妳帶著妳妹妹去玩罷，這裡有我和妳阿娘呢。」

二舅媽吩咐，梅香只得聽從，帶著蘭香一起回了正房。

李氏一邊幫著擇韭菜，一邊小聲對葉氏說道：「姊姊，今日我來是受人之託。大黃灣黃家豆腐坊黃掌櫃託了我族妹來問我，說想給他家大兒子聘梅香回去做媳婦，讓我來問問姊姊答應不答應。」

葉氏愣住了，沒想到黃家最後會託了娘家來問。

她對李氏說道：「弟妹，梅香退過親事，這回再挑人，得她自己點頭了才行。」

李氏也點頭。「是這個理，雖說婚姻大事父母作主，但疼孩子的人家，誰還能一聲不問孩子呢。那父母強按頭喝水的，雖說勉強成親，一輩子日子過得多糟心。」

葉氏笑了。「是這個理。」

李氏笑了。「既這麼著，梅香，梅香，妳過來。」

梅香聽見二舅媽喊她，忙出來了，蘭香帶著小花點跟在身後。

梅香笑問李氏。「二舅媽，有什麼事情？」

李氏笑著讓她坐下。「妳阿娘不好意思問妳，我來問妳。我今兒來，是給妳說親的。都說妳是個爽快丫頭，我問妳，給妳說大黃灣黃家豆腐坊掌櫃家的大兒子，妳願意不願意？」

梅香一聽，頓時臉爆紅，坐在凳子上扭捏了半天。「二舅媽，這事兒，不是該問我阿娘麼，問我做甚呢。」

李氏忽然收斂了笑容。「妳才退過親，妳阿娘心疼妳，才讓我問問妳的意思。妳可想好了，若願意，那我們就答應了，以後是苦是甜，再不能反悔。妳若不願意，現在就說出來。」

梅香聽見二舅媽這樣正色，也不再扭捏，想了半天之後，抬頭對李氏說道：「二舅媽，我有兩個條件。」

李氏笑了。「求親求親，自然是要有條件的，妳儘管說。」

梅香看了一眼葉氏。「二舅媽，明朗還小呢，我要等到十六歲再出嫁，到時候明朗十三歲了，我也能放心，黃家能不能等這麼久？還有，這事兒也得問問明朗的意思。」

李氏點頭。「十六歲也不是特別大，這個倒是可以商量的。妳說的對，你阿爹不在了，明朗如今是家裡的長子，妳的婚事，自然也要他點頭。」

葉氏在一邊，聽見女兒的兩個條件沒有一個是為自己的，鼻頭有些發酸。「真是個傻丫頭，妳也不說讓黃家多給妳做兩身衣裳，竟提些沒用的條件。」

李氏笑了。「姊姊，孩子孝順懂事，姊姊有福氣。蘭香，去把妳大哥叫來。」

蘭香聽見二舅媽吩咐，忙去西廂房叫大哥。

明朗早就豎著耳朵在那裡聽了，聽見妹妹來叫，忙出來了。

「二舅媽。」

李氏指了指凳子。「你坐。我今兒來是給你妹妹說親的，說的是黃家豆腐坊掌櫃的大兒子，想來你們都認識。你阿娘和你姊姊說，要問問你的意思，你是如何想的？」

明朗正色道：「二舅媽，只要對妹妹好，我再沒有意見的。不管是誰家，阿娘和姊姊答應了就行。」

李氏撫掌笑道：「好了，姊姊，孩子們都沒有意見，看來我可以賺一甕媒人酒了。」

葉氏也笑了。「勞累弟妹為孩子們操心了。」

李氏擺擺手。「我是孩子們的舅媽，做這點小事，都是應該的。好了，姊姊先忙，我得回去了。」

葉氏娘兒幾個起身相送。

李氏走後，梅香有些羞赧，回身就坐到廊下開始擇菜，明朗摸了摸鼻子，回西廂房繼續讀書了。

葉氏一邊擇菜一邊和梅香說話。「梅香，妳心裡真的願意嗎？這回定下，妳再沒有機會反悔了。」

梅香抬頭看向葉氏。「阿娘，黃大哥不嫌棄我拋頭露臉，也沒有那些臭規矩。而且，他為人還不錯。我是莊戶人家的丫頭，可不就得配莊戶人家的小子。」

葉氏笑了。「難為妳小小年紀，竟然看得這樣通透。既然這麼著，過幾天黃家怕是會來人，我就答應了。等到十六歲也行，若太小嫁過去，養孩子太傷身子骨。」

梅香聽見養孩子的話，立刻臉紅了，不再說話。

葉氏低聲對她說道：「妳已經十二周歲了，我估計要不了多久，妳也要來月事了。女人家若月事不好，養不下好娃。妳看妳明文嫂子，二十了才得一個留哥兒，就是這上頭沒調養好。」

梅香點了點頭。「我都聽阿娘的。」

葉氏笑著點頭。「妳放心，把妳留在家裡辛苦幾年，等妳出門的時候，就算明朗不同意，我也要給妳陪上一份厚厚的嫁妝。」

明朗正好出來要上茅房，聽見這話，忙插嘴道：「阿娘，我不會不同意的。」

梅香臉紅得更厲害了。「快去忙你的。」

明朗訕訕的走了。

李氏走的時候很高興，老天爺保佑，梅香的婚事順順利利的，以後小夫妻恩愛，過門後生個五男二女，婆母就再也不用擔心了。

李氏回去後就找她族妹傳話，把葉家的要求也提了。

郭二姨夫婦第二日親自上黃家傳話，當時，黃炎夏剛賣完豆腐回來，黃茂林到鎮上去了。

楊氏給郭二姨夫婦倒了茶水，郭二姨對黃炎夏夫婦說道：「姊夫，楊姊姊，昨兒我二嫂託了她族姊去韓家轉達求親的意思，韓家雖然答應了，卻提了個條件。」

黃炎夏嗯了一聲。「妹妹，妳只管說。」

郭二姨接著說道：「這是韓家大丫頭自己提出來的，她弟弟還小，她說要等到十六周歲再出門子，不然不能放心家裡。」

黃炎夏想了想，問郭二姨。「韓家丫頭多大了？」

郭二姨笑了。「我二嫂特意問了，今年十二周歲了，等到十六還要等四年呢。」

黃炎夏沒有直接回答，對郭二姨夫婦笑道：「妹妹、妹夫，晌午別回去了，就在我家吃晌午飯。」

二姨夫忙客氣的擺手回絕。「姊夫不用這麼客氣，我們說完就回家，家裡有孩子呢。」

黃炎夏強行壓下二姨夫的手。「你家裡老太太能幹，還有兄弟妯娌，你們不回去，兩個孩子定能吃得飽飽的。昨兒沒喝夠，今兒咱們兄弟再多喝兩盅。茂源，去鎮上跟你哥說，讓他趕緊回來。」

二姨夫盛情難卻，看了郭二姨一眼，見她微微點頭，也不再客氣，決定在黃家吃一頓晌午飯。

黃茂源本來在一邊豎著耳朵偷聽。啊啊啊，大哥要娶大嫂了，看樣子娶的不是紅蓮表姊，他們居然一點都不曉得。

聽見阿爹叫他，黃茂源蹭的一下站了起來。「我這就去。」

郭二姨忽然叫了一聲。「茂源。」

黃茂源立刻回頭。「二姨有什麼事？」

郭二姨溫聲叮囑黃茂源。「我曉得你是個懂事的好孩子，不過囑咐你一聲。若是碰到外人，暫時還別說出去，等事情辦成了，再說出去才喜氣呢。」

黃茂源點頭。「二姨放心吧，我不會跟旁人說的。」

得了郭二姨的囑咐，黃茂源出門後，村人問他去做甚，都說去玩耍。他腿腳快，猴子一樣很快就竄到了鎮上。到了豆腐攤，趴到他哥耳朵邊說道：「哥，郭家二姨和二姨夫來了。」

黃茂林一驚，立刻知道事情來了。

他與張老爹打過招呼，又跑去與葉氏及葉思賢家的王氏打招呼。

「嬸子，嫂子，我二姨和二姨夫到我家來了，我阿爹讓我先回去，嬸子這裡能忙得過來嗎？」

葉氏笑咪咪的看向他。「你只管去，走慢些，遇到長輩，說話時想著說。」

黃茂林聽見這話，頓時欣喜，嬸子這話，看樣子是昨兒已經說好了？

他這會子也不好問，對葉氏作了個揖。「那我先回去了。」

黃茂林才一轉身，王氏就笑了。「姑媽，這個妹夫倒是個知禮的。」

葉氏悠悠嘆了口氣。「知禮是其次，我只盼著他能對妳妹妹好呢。」

王氏忙勸慰她。「姑媽放心吧，我雖然年輕，也能看得出來，黃家小哥是個可靠的。」

葉氏笑著對王氏說道：「那就承姪媳婦吉言了。」

黃茂林挑著空擔子，走到菜市口邊緣的時候，買了一條活魚，肉和酒家裡還有。

兄弟倆急匆匆一起趕到了家，黃茂林放下擔子，讓弟弟把魚送到廚房，就去和郭二姨夫婦打招呼。

郭二姨笑道：「茂林真是能幹，才十三歲，就當大人用了，還是姊夫會教孩子。」

黃炎夏笑了，先讓黃茂林去洗手洗臉換衣裳，又對郭二姨夫婦道：「不是我做阿爹的心狠，這學手藝，哪能不吃苦呢。我看鎮上那些作坊裡的學徒，除了早起晚睡，還要挨打挨罵呢。他是我親兒子，我自然不會打罵他，但不抓緊些，怕他學不會這手藝。」

二姨夫心裡服氣，這連襟娶了後老婆還肯這樣看顧前房的兒子，果真是條漢子。

等黃茂林換過衣裳過來後，郭二姨把韓家的要求對他說了一遍。
黃茂林扭了扭衣角，看向黃炎夏。「阿爹，兒子聽您的。」
黃炎夏擺擺手。「遲一年早一年，我倒不在意，看你自己的。」
黃茂林對三位長輩說道：「那就十六吧，到時候明朗也長大了，能擔起事情。」
楊氏正好在院子裡剖魚，聽見這話心裡也高興。再等四年，茂源也能說親了。大媳婦進門遲，若是頭一胎生個閨女，到時候說不定長孫還在茂源這房裡。
想到這裡，楊氏頓時覺得做飯給郭家二姨吃，也不是那麼憋屈了。
說定了正事，郭二姨就往廚房去了，楊氏是個憨面刁，這婆娘雖然在做飯，還不曉得心裡怎麼嘀咕呢。
郭二姨進廚房後，楊氏立刻驚道：「他二姨，怎的來了，快去堂屋坐著，妳難得來一趟，也和茂林好生說說話。」
郭二姨笑著客氣道：「他們男人家說話，我也插不上嘴，來看看楊姊姊這裡有沒有什麼我能幫忙的。」
楊氏忙笑道：「他二姨太客氣了，妳來是客，怎能讓妳動手。」
郭二姨笑道：「有我能幹的，楊姊姊妳只管叫我。喲，這是淑嫻吧？這丫頭長得真俊，我才來這一會，見她裡裡外外忙個不停，楊姊姊有福氣，養的閨女這樣好。」
自己的女兒被誇，雖然郭二姨的身分在楊氏這裡有些不討喜，楊氏仍舊很高興。「他二姨過獎了，她小孩子家家的，多動一動，省得養懶了筋骨，跟她大哥比起來，她還差得遠呢。」

廚房裡兩個女人各懷心思，說得熱鬧，堂屋裡，連襟二人正在說著田地收成的事情，黃茂林帶著弟弟在一邊恭敬的坐著，不時給兩位長輩添茶水。

楊氏很快做好了晌午飯，今兒人少，郭二姨把楊氏母女兩個也拉上桌子。楊氏陪著郭二姨說話，那連襟兩個又喝上了。

中途，黃炎夏把自己的酒盅推到兒子面前。「給你二姨倒杯茶，你敬你二姨和二姨夫一杯酒。」

楊氏忙起身，又給黃炎夏加了個酒盅。

黃茂林按照黃炎夏的吩咐，一一做了，這是晚輩敬長輩，也是謝二姨夫婦做媒。

郭二姨夫婦認真喝了酒和茶，然後大夥兒又放開了說話。

等二姨夫喝得醉醺醺的，這頓飯總算吃完了。黃炎夏苦留，郭二姨夫婦仍舊走了。

送走了郭二姨夫婦，黃炎夏也去睡了。

黃茂林以前也偷喝過酒，今兒只喝了一盅酒，倒未曾醉。但他早上起得早，吃了晌午飯去補覺，這是常例，家裡人都習慣了。

躺在床上，黃茂林翻來覆去睡不著。他已經多日沒見到梅香了，但一想到自己很快就要和梅香訂親了，然後再等幾年，梅香就要嫁給他做婆娘，黃茂林頓時激動得更睡不著了。

他悄悄起身，把自己的錢匣子打開，錢匣子裡面的東西，每次他都按自己的方式擺放，若有人動了，他一眼就能發現。

黃茂林仔細看了看匣子，黃炎夏每個月給他兩百文錢，雖說這個把月一來他時常給梅香家買吃的，但總體還是只增不減。

黃茂林內心算計著，真訂了親，他要趕緊催著阿爹，把前頭換庚帖、合八字和下聘禮的事情都辦完，除了聘禮，他自己也要單獨給梅香買些東西。

黃茂林把郭氏的銀簪子和銀耳環仔細看了看，這些東西，以後都給梅香罷，再給她多扯幾尺布、做兩身好衣裳。給明朗兄弟買些紙，再給小妹妹買些吃的。

黃茂林小算盤打得噼哩啪啦響，越想越覺得高興，把那匣子倒騰來倒騰去，磨蹭了小半個時辰才去睡了。

黃炎夏夜裡和楊氏商議。「從妳進門開始，茂林就叫妳一聲阿娘，這麼多年，對妳恭恭敬敬的。他的婚事是他自己看上的，以後好賴都怪不到咱們頭上。回頭去提親，妳買根銀簪子，給韓家丫頭插戴。」

楊氏眼珠子轉了轉。「當家的想好了讓誰做媒人沒？」

黃炎夏想了想。「叫上大哥大嫂，加上咱們兩個，再請鎮上的周媒婆，去提親也夠了。韓家掌櫃的不在了，咱們不用叫太多男丁。等下聘的時候，多叫兩個人倒無妨。」

楊氏聽見請周媒婆，小聲說道：「聽說那周媒婆手爪子長得很呢，她出一次面，可得不少錢。」

黃炎夏揮了揮蒲扇。「咱們就這兩個兒子，總不好委屈了孩子們。打一根銀簪子才多少錢？」

楊氏覷了黃炎夏一眼。「郭姊姊不是留有很多東西？傳給茂林他媳婦不是正正好？」

黃炎夏的手頓了一下。「那是茂林他阿娘留給他的遺物，不好充作公中的。妳放心，等茂源娶親時，都是一樣的。」

楊氏雖然心裡不舒服，也只能回道：「一根純銀簪子，帶點花樣的，少說得二兩。」

黃炎夏嘖了一聲。「小小一根銀簪子，竟然這樣貴，值半畝好田了。我給妳二兩三錢銀子，妳後天去買根像樣的簪子。」

楊氏嗯了一聲，夫妻二人一起歇下了。

第二十七章 買簪子上門提親

又逢集市，吃過早飯，楊氏把自己和女兒淑嫻都收拾得體體面面的，帶上黃炎夏給的二兩三錢銀子，一起往鎮上去買銀簪子。

到了鎮上後，楊氏直接去了鎮上唯一一家賣胭脂水粉和釵環絹花的店，老板姓劉。母女二人一進門，劉太太立刻迎了上來。「喲，黃太太來了，您可是稀客。」

楊氏笑著與劉太太打招呼。「劉太太生意興隆。」

劉太太笑道：「承蒙您吉言了，黃太太今兒想要些什麼？這是家裡大姑娘，看看，又斯文又秀氣。」

楊氏瞇著眼睛笑。「我今兒來想買根銀簪子，劉太太幫我看看？」

銀簪子可是大生意，劉太太頓時笑得臉上像開了花一樣。「黃太太請跟我來，我們才得了幾個好花樣。不知太太是給誰買的？我們有梅花樣的、蓮花樣的，有純銀的、銀摻錫的，銀包銅的這兩天沒有了。」

楊氏笑了笑。「我們家大郎要成親了，給女方插戴用的。」

劉太太立刻滿口吉祥話。「喲，恭喜恭喜，這可是大事，得挑個好的。」

劉太太拿出一個托盤，掀開上面的紅布，裡面一排銀簪子，左邊六根擺在一起，右邊六根和左邊六根一模一樣。
楊氏問了左邊那根梅花樣的。「這根多少錢？」
劉太太笑了。「左邊這是純銀的，一根得二兩二錢銀子。」
楊氏想了想，又問劉太太。「您這裡有絹花沒？我先給丫頭買朵花。」
劉太太立刻拿出另外一個大托盤，掀開紅布一看，二十幾朵絹花齊齊排在上面，紅的、黃的、粉的，真是好看呀。
淑嫻頓時眼睛都亮了，盯著那托盤就挪不開眼了。
楊氏笑著看向女兒。「乖乖，妳自己來挑一朵吧。」
淑嫻抬起頭看向楊氏。「阿娘，是要買給我嗎？」
楊氏摸了摸她的頭。「給妳買一朵花，給妳嫂子買一根銀簪子。」
淑嫻高興的點頭，看了半天，最後挑了一朵石榴花。
楊氏問劉太太。「這花幾文錢？」
劉太太笑了。「四文錢。」
楊氏替淑嫻把花兒戴上，笑著讓她去看看黃茂林豆腐賣完了沒有。
淑嫻走了之後，楊氏說道：「劉太太，您這裡客人的事，總不會有人來打聽吧。」
劉太太立刻拍著胸脯保證。「哎喲，黃太太，您儘管放心，客人的事，除了我當家的，我再不會跟第三個人說的。」

楊氏點了點頭。「您再給我看看銀簪子吧，我倒覺得，這右邊的比左邊的更亮堂一些。」

劉太太笑了笑。「您喜歡什麼樣的就拿什麼樣的，千金難買心頭好，價錢倒是其次。」

楊氏最終挑了朵梅花樣的銀簪子，還給梅香另外也買了一朵絹花，大紅色梅花樣式。

劉太太把兩樣東西包在一起，楊氏付過了錢，在劉太太的一堆恭維話中，笑咪咪的離開了。

楊氏到了豆腐攤子後，問黃茂林今日如何了。

黃茂林想了想。「阿娘，我這邊還沒賣完呢，等會還要和對面韓家嬸子打個招呼再走。」

黃茂林說完這話，盯著楊氏，她也笑看黃茂林。「對面賣菜的就是韓家娘子？那我也得去打個招呼。」

黃茂林點點頭。「有勞阿娘了。」

兩家即將結親，楊氏見到葉氏自然要主動打招呼。

楊氏滿臉帶笑的走了過來。「大妹子，我是茂林的阿娘，聽說我們茂林平日多得您的照顧，我這邊給您道謝了。」

葉氏大致猜出這是黃茂林的繼母，忙起身。「嫂子客氣了，茂林是個好孩子，他也沒少幫我們呢。」黃家還沒正式上門提親，兩個人都隻字不提親事。

楊氏笑得越發燦爛。「這樣才好呢，以後更能相互照應。」

葉氏也含糊著應了，旁邊的杜氏也起身打招呼，並把自己的凳子搬給楊氏坐。

楊氏急忙擺手。「二位不用客氣，我只是過來打個招呼。妳們忙吧，回頭有空，咱們再好生聚一聚。」

雙方別過，楊氏又回到對面去了。

杜氏小聲和葉氏說話。「妹妹，這個楊氏，看著倒是和氣，就怕是個笑面虎。」

葉氏看了看對面的黃茂林。「不怕，又不是親娘，等成親了，自然是婆娘和孩子親。」

杜氏點點頭。「妹妹說的也有道理，就算這婆娘表面愛裝個好人，總比連好人都不裝的要好。」

葉氏沈默了半晌，悠悠說道：「熬到分家就好了，我就不信，她放著親兒子不跟，要跟茂林一起過。」

杜氏心裡想黃掌櫃肯定是要跟大兒子的啊，難道兩口子要分開。但她又不好直接說出來，唉，這親事，哪有十全十美的呢。只要女婿好，旁的次一些也無妨。

楊氏回家後，黃炎夏正在院子裡忙活，抬頭問她。「買好了？」

楊氏笑著嗯了一聲。「當家的，今兒我帶去二兩三錢銀子，買簪子花了二兩二錢，劉家的絹花好看，我給淑嫻和媳婦各買了一朵，一朵四文錢，還剩九十二文錢呢。」

黃炎夏看見女兒頭上那朵石榴花，笑了。「這花真好看。」

淑嫻抿著嘴笑了

楊氏又把那簪子拿出來給黃炎夏看。「當家的你看，這簪子是梅花樣的，和媳婦的名字一樣。」

黃炎夏笑了。「妳有心了，前兒茂林還跟我說呢，讓妳別擔心。他雖然不是妳親生的，但弟弟妹妹可是親的。」

楊氏眼神閃爍。「這孩子，這樣掏心窩的話倒要當家的傳給我聽。」

黃炎夏低頭幹活。「這麼大的孩子，正是要臉面怕羞的時候，能說這話已經很不錯了。」

楊氏笑著收起了簪子。「那倒是。」

夫妻兩個說了一陣子閒話，楊氏把簪子送回房，趁著黃炎夏在院子裡忙活，從房內一個隱秘的地方掏出一個小匣子，往裡面塞了塊約莫一兩重的碎銀子。

黃家動作快，再次託李氏上門與韓家通氣，定了個好日子，預備上門提親。

到了提親那一日，葉氏一大早把家裡家外收拾得乾乾淨淨。

為了這個家，梅香沒少遭受風言風語，故而葉氏作主，在熱孝裡把親事定下，等梅香十六歲時再出門，也算守了四年父孝，誰也沒得挑。

葉氏給梅香挑了一套黃色衣裙，給她戴上銀耳釘，臉上塗了香膏，頭髮上擦了頭油，收拾得乾淨清爽，然後就把她關在房裡。

她又囑咐明朗。「今兒是你姊姊的好日子，你看著弟弟妹妹，我去請人來。」

葉氏先去了大房，崔氏撇了撇嘴。「我老婆子今兒身上不爽利，且歇一歇再說。」崔氏主要是生氣梅香訂親葉氏根本不問她的意思。

葉氏忙驚道：「阿娘哪裡不舒服？是我的不是，我請二嬸和七嬸去吧。阿娘，您老好生歇著。」

葉氏說完，笑咪咪的走了。

崔氏氣得拍了下桌子，在家裡磨蹭了許久，最後還是覺得面子重要。她是親祖母，沒道理讓蘇氏和歐氏占了先。

等崔氏到三房時，韓文富夫婦和韓文昌夫婦都已經到了。

葉氏立刻慌忙上前扶著她。「阿娘，您今兒身上不索利，回去歇著吧。」

眾人一頓廝見，蘇氏笑得溫和。「大嫂，您哪裡不舒服？這上了年紀就是這樣的，身上病痛不斷，醫也醫不好，只得慢慢苦熬。」

崔氏整日活蹦亂跳的，今兒倒不爽利了。眾人都明白她又在拿喬作妖，也不點破她。

眾人說了一會話，忽然聽見院子裡有個女聲笑著喊韓家娘子。

葉氏忙出去看，只見鎮上的周媒婆身後跟了一群人，帶了禮物，正站在院子裡。

周媒婆主動拉住葉氏的手。「韓家娘子，喜事喜事。」

葉氏笑著對周媒婆說道：「嬸子和諸位大老遠的來，先進屋喝杯茶吧。」

楊氏妯娌二人與葉氏笑著打招呼，屋裡面，韓敬義兄弟出來了，把黃家兄弟一起迎了進去。

黃家人又給諸位長輩見禮，雙方寒暄過後，分賓主坐下。

周媒婆喝了口茶之後，就開始發揮她的特長。「韓家娘子，諸位，聽聞貴府千金待字閨中，黃家也有少年郎業已長成，欲聘貴府千金為妻，你們兩家門當戶對，孩子都個頂個的好，定是門好親。」

周媒婆一席話說完，葉氏看向蘇氏。

崔氏又生氣，自己是葉氏正經婆母，葉氏看蘇氏做甚。

黃炎夏不等葉家人說話，自己先開口了。「諸位長輩，韓家弟妹，我們家是誠心求娶，還請應親。」

韓文富笑了。「大姪子遠道而來，先歇一歇，稍後再議也不遲。」

女方家要表示矜持，這樣的態度也正常。

黃茂林今兒就是個擺設，跟在長輩們身後一句話不說，只管端坐在那裡，誰看他他就對人笑。

眾人一起聊聊話，過了一會，葉氏起身，與黃家妯娌打過招呼後，準備去廚房準備晌午飯。

黃茂林的大伯娘唐氏見葉氏起身去廚房，就知道今兒這門親成了。時下規矩，若有心應下親事，女方家自然會留飯。

唐氏忙起身。「韓家娘子，我與妳一起去吧。」

周氏忙按下唐氏。「上門是客，怎能煩勞您動手。」

她又對董氏說道：「大嫂，您在這裡陪著諸位長輩說話，我跟三弟妹去準備晌午飯吧。」

周氏說的正合葉氏意，她一向與周氏交好，也不想和董氏一起做飯。

妯娌兩個一起往廚下去了，葉氏感謝周氏。「多虧了二嫂，不然我一個人長八隻手也要抓瞎。」

周氏擺擺手。「咱們兩個還說甚，以後我們蓮香出門子，妳做嬸子的想偷懶我也不答應呢。」

妯娌兩個一邊哈哈笑一邊準備晌午飯。

葉氏預備今兒晌午備兩桌席面，男一桌女一桌，兩桌上用一樣菜，男客桌上再加一罈子酒。

葉氏買了條肥瘦相間的上等五花肉，殺了兩隻公雞。這個季節，天天都有人在青石河裡或水渠裡抓魚，有些人家嫌吃魚費油，葉氏用雞蛋和人家換了兩條大魚。有了這三樣硬菜，再把黃家帶來的肉切一部分，和著豇豆、青豆、辣椒和茄子炒，哪一樣拿出去也不丟人。再把黃瓜、韭菜和雞蛋一起各炒兩樣，空心菜和莧菜清炒，一桌上一盆番茄湯，每桌都能湊齊十幾道菜，招待最貴重的客人也不過如此了。

葉氏掌勺，周氏幫著打下手，做起來快得很，很快就備齊了兩桌菜。

男客這邊，韓文富、韓文昌帶著韓敬義兄弟，招待黃家兄弟和黃茂林，明朗也被拉上了桌，挨著黃茂林坐。

女客那邊，蘇氏和崔氏、歐氏陪著黃家妯娌以及周媒婆，葉氏往梅香屋裡送了飯，讓她帶著兩個妹妹在房裡吃。

葉氏忙完之後，帶著明盛一起，也到西廂房吃飯去了。

堂屋裡，黃炎夏端起酒杯，給韓家兩個長輩敬酒，再次表達求親的意思。

韓敬平不在，韓文富和韓文昌作主，應下了這門親事。

親事既然應下，以後就是親戚了，韓文富也開始說一些長輩該說的話。

「黃家姪子，你在咱們平安鎮是出了名的能幹，如今養的兒子也如你一般，是個可靠的。但我們梅香也是十里八鄉出了名的能幹，既然定下了親事，萬不可學那等小家子氣的人，給自家孩子委屈受。」

黃炎夏忙表態。「七叔儘管放心，該是茂林的，我一樣不會差他的。以後媳婦進了門，自然不會給她委屈受，我們家就喜歡能幹的孩子。」

韓文昌也幫腔。「既然是實在親戚了，我也敞開了說話。敬平是我親姪子，他去了，他的孩子們就是我的孫子、孫女。平安鎮就這麼大，什麼事肯定瞞不過你，梅香這孩子因和王家八字不合，退過親。你們既然來求親，以後定然不能再提此事，以免傷了和氣。」

黃炎夏再次表態。「二叔只管放心，這孩子合該就是我家的人，誰先來都沒用。」

黃炎斌立刻端起酒杯火熱氣氛。「兩位叔父這樣關愛族裡後輩，能與韓家做親，也是我們黃家的福氣。」

韓家男丁們也紛紛客氣，酒一杯接著一杯的喝，氣氛越來越熱絡。

女眷那邊就更熱鬧了，崔氏這會忙著和黃家人說話，商議後面的事情，以彰顯自己親祖母的地位。

楊氏事事以唐氏為先，見雙方說到後頭換庚帖下聘的事情，這才問葉氏。「韓家嬸子，今兒怎的不見梅香。」

葉氏笑了。「今兒人多，她一個姑娘家家的，就沒讓她出來。等會吃了飯，我帶她來見見兩位嫂子。」

一頓飯吃完，這親事算是定下了。莊戶人家沒有那麼多講究，黃炎夏直接把黃茂林的庚帖給了韓文富，韓文富讓葉氏把梅香的庚帖也給了黃家人。

楊氏立刻改口。「親家母，梅香呢？」

葉氏這會自然不能再擺架子了，立刻把女兒帶了過去。

梅香今兒穿得體面，從西屋出來後，大大方方的給堂屋裡的長輩們見禮。

這邊見過了，葉氏不顧黃茂林傻不愣登的眼光，又帶著女兒去了西廂房。

一進門，楊氏立刻拉著梅香的手滿口的誇讚。「看看，多好的姑娘，長得體面，又能幹，最後落到我們家了，我們茂林真是有福氣。今兒我來，也沒給妳帶什麼好東西，這根純銀簪子和絹花，給妳平日裡使。」

說完，她把那根銀簪子插到梅香的頭髮裡，把那朵絹花別在旁邊。

梅香忙低聲屈膝行禮。「多謝伯娘。」

眾人又是一堆的喜慶話。

訂過了親事，該說的也說完了，黃家人就要告辭，韓家人一再相送。

黃茂林走了好遠，趁著長輩們不注意，幾步衝了回來，把一個花布包塞到葉氏手裡。

「嬸子，這是我給梅香和蘭香買的。」

說完，他轉身就跑了。

第二十八章　辨真假門樓私語

等所有人都走了之後，葉氏打開花布包，只見裡頭一個小盒子，打開一看，是一盒搽臉的胭脂，旁邊兩朵花。

葉氏笑了。「這孩子倒有心。」說完，她把東西都給了梅香。

梅香臉紅了，沒說話。

明朗咳嗽了一聲。「阿娘，您歇著吧，我去看點書。」

梅香把銀簪遞給葉氏。「阿娘，這個東西太貴重了，您幫我保管著吧。」

葉氏接下了簪子。「也行，我先給妳收好，以後統統都給妳做陪嫁。」

梅香頓時臉更紅了，扭著衣角不說話。

葉氏不再打趣，正色吩咐梅香。「如今妳和茂林訂親了，以後，他就是妳這輩子的依靠。茂林他沒有親娘，衣裳鞋襪這些事情，以後妳都要用些心。」

梅香忙坐直了身子。「阿娘放心，我等會子就來給他做雙襪子，他的鞋樣子，我也沒有呢。」

葉氏嘆了口氣。「這要是親娘，今兒就會把茂林的鞋樣子留下了，也省得我們沒處下手。」

葉氏把胭脂和其中一朵梅花樣式的絹花給梅香。「這花顏色太豔了，等妳阿爹滿了周年妳才能戴，妳妹妹的這一朵放我那裡。」

梅香看了看那盒胭脂。「阿娘，這個我也用不上呀。」

葉氏笑了。「這個東西妳能用，以後妳再上街，每天搽一點，外人一般看不出來，可讓茂林看見妳沒有浪費他的心意。」

在以前，葉氏並不與女兒說這些男女相處之道。女兒訂了親事，葉氏見這一對小兒女互相有好感，趁著這個時候，多教她一些道理，以後跟女婿也能和睦相處。

說了一會話，葉氏讓梅香去歇息，自己回房了。

葉氏的妝匣子裡有不少東西，她出嫁時陪嫁不少，成親後，韓敬平每年都會在她生日當天給她買樣東西。這麼多年，葉氏積攢了不少首飾，只有幾樣不是純銀的。

葉氏眼光毒辣，她見楊氏給的那根銀簪子異常閃亮，心裡咯噔了一下。

她忙拿起那根銀簪子，走到窗戶眼那裡仔細觀察。看了半天後，葉氏忽然大怒，把簪子一扔。「豈有此理！」

半晌後，葉氏撿起那根銀簪子，再次左右細看。沒錯，這根簪子，摻了錫，不是純銀的。

葉氏剛才發怒，是以為黃家定然會買純銀的。這會她冷靜下來，仔細想了想，難道黃家本來買的就是摻了錫的？

她深深吸了一口氣，此事不能莽撞。

等梅香醒來後，葉氏裝作無事一般，照常該幹什麼幹什麼。

葉氏把所有事情都捋一遍，她確認，女婿心裡是看重女兒的。親家黃掌櫃為人和氣，也是個要臉面的人，如何會買根半真不假的簪子，一根真的，黃家也不是買不起。

哼，跑不了，定是楊氏那賤人在中間搗亂。

葉氏想明白之後，心裡不再生氣。只要親家和女婿把女兒看得重，一個後娘，心裡怎麼想的她並不在意。

再說黃茂林，回去後總是心不在焉的，一會兒發呆，一會兒傻笑。

第二天早上，黃炎夏看出了兒子的心意。「茂林，你如今是韓家女婿了。你丈人不在，你媳婦受了傷，你丈母娘一個人定然忙碌得很，以後背集的上午，你就去韓家幫忙幹活。」

黃茂林高興的立刻站了起來。「阿爹，我能去？那，咱們家能不能忙得過來？」

黃炎夏想了想。「兩天去一個上午，能錯得開。」

黃茂林高興的直點頭。「一個上午就夠了，多謝阿爹。」

黃炎夏笑了。「如今做了人家的女婿，就要眼睛頭亮，你把人家閨女放在心上，人家才會把你當親兒子疼。」

黃茂林直點頭，想著自己是新女婿頭一次上門，空著手去也不合適，就跟黃炎夏商量。

「阿爹，我帶些豆腐去行不行？」

黃炎夏擺擺手。「去吧，把家裡剩下的千豆腐帶二斤去。我可提前跟你說好，以後可不能次次去都這麼大方。」

黃茂林嘿嘿笑了。「阿爹放心吧，韓家也不比咱們家差。」

黃茂林準備好之後，和家裡人打過招呼，高興的走了。

黃炎夏也有自己的小心思，韓家兩個兒郎都在讀書，若以後能有個功名，兒子也能跟著沾光。就算讀不出功名，小哥倆長大了，定然也和姊夫親。

黃茂林一路走得飛快，沒人的時候，他恨不得飛跑起來。

到了青石河岸邊，他眼尖，老遠就看見正拿著鐵鍬在田埂邊站著的葉氏。

黃茂林快步走過去。「嬸子在忙呢。」

葉氏如今看黃茂林真是處處都滿意。「茂林來了。我來看看田裡的稻子，過幾天就要開鐮了。你們家怎麼樣了？」

黃茂林認真對葉氏說道：「嬸子，我阿爹說梅香妹妹受了傷，讓我以後背集的上午來給嬸子幫忙，到時候，我也能給嬸子割稻子。」

葉氏頓時感覺一股暖意湧上心頭，親家果然是個有情義的人。看來，這簪子的事情，定然和爺兒兩個沒關係了。

葉氏溫和的對黃茂林說道：「我要說不讓你來吧，也是客氣話。只是，你家裡能忙得開嗎？」

黃茂林笑了。「阿爹說了，我家裡再忙不開，總比嬸子家裡好一些。這個時候，咬咬牙挺過去，兩家都把稻子收了，才能過個好年呢。」

葉氏心裡越發感動，把鐵鍬往肩上一抗。「走吧，跟我回家去。等會兒讓梅香給你量量尺寸，以後你的衣裳鞋襪，都讓梅香給你做。」

黃茂林高興的點頭。「那我以後買了布來，煩勞嬸子和妹妹了。」

葉氏笑了。「以後都是一家人，不用跟我們客氣。」

等到了家之後，才進門樓，葉氏就喊：「梅香，來客了。」

梅香忙丟下手裡的活計，帶著妹妹出來。一看，是黃茂林來了，她臉紅了一下。「黃大哥來了。」

葉氏笑了。「以後要改口，叫茂林哥。」

葉氏說完，也不逼著女兒立刻就叫，帶著幾個孩子回了堂屋。

明朗聽見了，帶著弟弟從西廂房出來了，給黃茂林躬身行禮。「姊夫。」

黃茂林嚇得立刻從凳子上跳了起來。「不用這樣，又不是外人。」

葉氏笑了。「你莫行這樣大的禮，嚇著你姊夫。」

明朗又請黃茂林坐下。「姊夫過來，黃大伯知不知道？」

黃茂林見明朗不行大禮了，這才坐下。「就是我阿爹叫我來的，看看你們家有什麼事情我能搭把手。」

明朗連忙表示感謝，和黃茂林說起莊稼事情。

過了一會後，葉氏對梅香說道：「梅香，妳給茂林量一量尺寸，以後給他做衣裳鞋襪也趁手，那估摸著做的，總是不妥帖。」

梅香應了，回房後拿了量尺寸用的尺子，讓黃茂林起身，給他量了各種尺寸。

梅香一臉正經，在他身上比劃來比劃去，黃茂林卻緊張得滿臉通紅。

量過尺寸，梅香見他緊張的樣子，噗哧笑了。「量完了，你快坐下吧。」

黃茂林立刻又扭手扭腳的坐下了，梅香拿著尺回了房間。

黃茂林又問葉氏。「嬸子，家裡有什麼事情是我能幹的？」

葉氏忙客氣道：「你今兒頭一回來，怎能讓你給我幹活，今兒真沒有什麼事情。」

葉氏又吩咐兒女。「梅香，妳去看看晌午做什麼菜。明朗，你去讀書吧，我跟你姊夫說說割稻子的事情。」

姊弟兩個都聽從阿娘的吩咐，各自忙碌去了。

葉氏見兒女們都出去了，旁敲側擊地問他。「茂林，昨兒你阿娘給梅香插戴了一根銀簪子，你曉得吧？」

黃茂林點頭。「我曉得，我阿爹說了，我們家買不起金簪子，就買了根純銀的。」

葉氏一邊捋著手裡的棉線，一邊儘量用平和的語氣對他說道：「茂林，有件事情，我不得不告訴你。昨兒你阿娘插戴時，說是純銀的。但那根簪子，並不是純銀的。不是我狂妄說大話，那等假貨，再瞞不過我眼的。」

黃茂林呼啦一下站了起來。「嬸子，果真有此事？」

葉氏抬頭看向他。「你莫要生氣，此事不能嚷嚷出去。」

黃茂林的臉脹紅，好半晌，他躬身給葉氏作揖。「嬸子，都是我不好，我應該自己親自去買的，讓梅香受委屈了。」

葉氏擺擺手。「你坐下。我知道你對梅香好，自然不會是你的意思。但這件事，怕是咱們不能私了。」

黃茂林想了想，對葉氏說道：「嬸子，您把那簪子給我，過幾日，我自會給嬸子一個交代。另外，這事不能瞞著梅香。我以後要與梅香一起過日子的，什麼事情，自然都要經過她的同意，我才好辦。」

葉氏高興的點點頭。「簪子是小事，你有這番心意，我心裡再沒有不滿意的。」

說完，她對著蘭香說道：「去把妳姊姊叫來。」

梅香正在廚房裡查看家裡有什麼菜，聽見葉氏叫她，踩著輕快的步子進了屋。

「阿娘，您叫我有什麼事情？」

葉氏指了指旁邊的凳子。「妳坐。」

梅香才坐下，黃茂林不等葉氏開口，自己先對她說道：「梅香，我對不住妳。」

梅香疑惑道：「茂林哥，你說這話做甚？」

黃茂林忍著羞愧。「昨兒給妳的那根簪子，是假的。」

葉氏忙在一邊打圓場。「也說不上假，就是摻了些錫。」

梅香愣住了，反應過來後笑道：「不過一根簪子，既是你們家給我的，不管真的假的，我都喜歡得很。」

黃茂林搖頭。「簪子不是純銀的，卻對外說花了純銀的錢。咱們才訂了親，我怎麼能讓妳受這樣的委屈。嬸子，煩勞您把那根簪子給我吧。」

葉氏進屋把簪子拿出來，遞給他。「茂林，你莫要衝動。若是鬧出來，大家臉上都不好看。」

黃茂林點頭。「嬸子放心吧，定不會讓外人知道的。」

梅香忙勸他。「茂林哥，這過日子，又不是看一根簪子。我昨兒給你做了雙襪子，你等著。」

說完，她跑回房把襪子拿了出來。「我也不曉得你腳多大，估摸著做的。今兒量了你的尺寸，以後定然就能可著大小做了。」

黃茂林接過襪子。「辛苦妳。」

梅香偷看了葉氏一眼，笑著對黃茂林說道：「都是我應該做的。」

黃茂林想了想，從懷裡掏出個紅布包遞給梅香。「這是我阿娘留下來的首飾，我也用不上，都給妳吧。」

梅香疑惑的接過布包，打開一看，頓時愣住了，葉氏也看到，忙對他說道：「茂林，梅香還小呢，你阿娘留給你的東西，你自己先管著吧。」

黃茂林對母女二人說道：「嬸子，這東西我也用不上，給梅香收著吧。」

葉氏笑了，囑咐女兒。「既然是妳婆母留下的，妳好生收著，等妳出門子的時候再一併帶過去。」

梅香點點頭。「那我就先收著了。茂林哥，那根銀簪子，你好生跟你阿爹說，莫要衝撞了長輩。」

黃茂林再次點頭。「放心吧，我不會鬧的。不說這個了，嬸子，我今兒是來幫忙的，要是我來了一上午，什麼活兒都沒幹，我阿爹知道了定要罵我。」

葉氏笑了。「這麼著，梅香，妳去門口稻草垛裡扒一捆裡面的好稻草，讓茂林搓草繩圈，咱們家一個都沒搓呢。」

梅香起身。「茂林哥，你跟我來吧。」

黃茂林笑著起身。「嬸子，那我們出去幹活了。」

葉氏目送一對小兒女一起出了門，笑了笑，然後低頭繼續幹自己的事情。

梅香和黃茂林一起到大門外，等扒出一捆好稻草之後，黃茂林身上沾了不少稻草和灰塵，梅香忙摘下掛在腰間的手帕，給他撣灰，又把他頭上的稻草也清理乾淨。

梅香才把他收拾乾淨，黃茂林笑咪咪的伸出手，在梅香頭上也捏出一根稻草碎屑。「稻草沾到妳頭髮上了。」他乘機還摸了摸梅香的頭髮。

梅香忙笑著拍掉他的手。「別作怪，咱們快回去吧。」

黃茂林仍舊笑咪咪的。「好，咱們回去。」

黃茂林拎起那一捆稻草就先往院子裡走，梅香跟在身後。

剛進大門，葉氏就吩咐他們。「你們就在門樓裡搓吧，把大門關上。梅香，妳跟著一起打下手。」

門外人來人往的，人家定會看熱鬧，葉氏索性讓把大門關上。

梅香搬了兩個小板凳，黃茂林幹活，她打下手。黃茂林如今搓的草繩圈很是不錯，他家裡每年兩季收割用的草繩圈都是他搓的。

黃茂林一邊搓草繩一邊低聲問她。「梅香，我給妳買的胭脂好不好用？」

梅香紅了臉。「昨兒才買的，今兒還沒來得及用呢，聞起來倒是怪香的。」

黃茂林瞇著眼睛笑。「妳喜不喜歡？」

梅香嗯了一聲。「喜歡。就是，這個怪費錢的，以後別買了。」

黃茂林看了看院子，空無一人，忽然把頭湊過來對梅香說道：「只要妳喜歡，我就買給妳。我聽說這東西經用，買一盒夠用一年呢。」

梅香趕忙用手抵著他的額頭。「好生說話，靠這麼近做甚。」

黃茂林手下還在搓草繩，自然不好挪位置，只是稍微坐正了一些。「妳近來也不上街，有沒有缺的東西，我明兒給妳帶回來。」

梅香想了想。「我的針頂壞了，你要是有功夫，給我帶個針頂回來吧，我等會兒給你錢。」

黃茂林笑著瞥了她一眼。「再說給錢的話，我就咯吱妳癢癢了。」

梅香呸了他一口。「不要就不要，都曉得你黃少東家手面大，我也沾沾光。」

黃茂林高興的直點頭。「這才對，我的光，以後只給妳一個人沾。」

梅香何曾聽過這種話，頓時臉羞得通紅。「你再沒個正經，我不和你說話了。」

黃茂林咧嘴笑了。「好好，我不說了，妳別走。我好不容易來一趟，妳陪我說會話，我說笑話給妳聽。」

梅香瞥了他一眼。「你能說什麼笑話。」

黃茂林瞇著眼睛笑。「昨兒街上可出了件新鮮事……」

黃茂林混跡街面一、兩年了，見多識廣，又是誠心逗梅香高興，把滿肚子的笑話都往外倒，聽得梅香總是笑個不停。

梅香雖然能幹，但她以前出門少，現在就算出門，也不和人閒話，哪裡知道那些市井裡的笑話，聽得大開眼界。

葉氏早就在廚房裡忙開了，梅香本來要去給她燒火，葉氏攔住她，叫明朗去燒火。等幹完了活，黃茂林把所有草繩圈連在一起，掛在門樓房頂上的掛鉤。

梅香拿掃帚，把地上散落的稻草掃乾淨了，倒進廚房燒火。然後打了盆水，給黃茂林洗臉洗手。

葉氏做好飯，讓明朗把小飯桌挪到堂屋中間，讓黃茂林坐在東邊的位置。

黃茂林客氣，不願意坐東邊，葉氏按下他。「你來是客，又給我幹活，這裡就該你坐的。但你以後要常來的，我就不請人陪你了。今兒也沒做太多菜，咱們娘兒幾個好生吃一頓飯。」

黃茂林聽見葉氏這樣說，只得坐下了。

等吃過飯，黃茂林和葉氏幾人打過招呼，直接回家去了。

走到半路上，黃茂林在思索簪子的事情。若不是其中牽扯到梅香，他真想直接去找舅媽。

黃茂林最後還是決定先回家，若阿爹能處置了，最好不過了。

第二十九章　攤底牌東窗事發

茂林到家的時候，黃炎夏正在豆腐坊門口挑豆子，楊氏出門去了，黃茂源和淑嫻還在午睡。

黃炎夏主動與兒子打招呼。「回來了。」

黃茂林點點頭。「阿爹在忙呢。」

黃炎夏又問他。「今兒給韓家幹活了沒？」

黃茂林回道：「搓了一百多個草繩子，別的沒幹甚。」

黃炎夏嗯了一聲。「你頭一回上門，自然不會讓你下地幹活。等去多了，就不用這麼客氣了。」

黃茂林點點頭，搬了個小板凳坐在旁邊。「阿爹。」

黃炎夏又嗯了一聲。「有事要說？」

黃茂林輕聲問黃炎夏。「阿爹，前兒給韓家的簪子，花了多少銀子？」

黃炎夏聽到這話，停下手裡的動作，抬頭看向兒子。「你阿娘說，二兩二錢銀子，加兩朵絹花八文錢，剩下的九十二文錢，她回來就給我了。」

黃茂林沈默了一下，又問他。「阿爹，那簪子您看過了嗎？」

黃炎夏思索了一下兒子的話，覺得這裡頭有事情，仍舊不動聲色的說道：「我沒看過。女人家用的東西，我也不大會看。」

黃茂林的聲音越發小了。「阿爹，韓家嬸子說，那簪子，裡頭摻了錫，不是純銀的，但前兒訂親時，阿娘當著眾人的面說是純銀的。嬸子讓我回來問問，這簪子在哪家買的，阿娘是不是受騙了。」

黃炎夏放下手裡的東西。「胡說，劉家何時敢以假亂真？」

黃茂林猶豫了半晌，掏出了那根簪子。「阿爹，純銀的價錢買了根摻了錫的，這中間是什麼原因，兒子也想知道呢。」

黃炎夏越聽越不對勁。「你這是什麼意思？」

黃茂林抬頭看向黃炎夏。「阿爹，韓家嬸子不會為了一根簪子哄我的。兒子雖然也不會認首飾，但嬸子見的東西多，她說這不是純銀的，定然做不得假。插戴用的東西，若不是這上頭出了問題，就韓家嬸子的性格，怎麼可能來問我。」

黃炎夏有些不高興。「茂林，這事關乎著兩家的體面，不能胡說。」

黃茂林手裡捧著那根簪子。「阿爹，兒子娶親，這輩子就這一回。若是咱們家真買不起銀簪子，別說摻了錫的，就是銅簪子、鐵簪子也能說得過去。只是，既然對外說是純銀的，為甚最後東西是假的。阿爹，兒子也是要臉面的。今兒在韓家，嬸子和梅香一再勸我，讓我不要動怒。但兒子今兒羞得恨不得找個地縫鑽進去，又如何能不生氣呢，阿爹，兒子對誰都沒說，第一個就來跟阿爹說了。」

黃炎夏沈默了。「你做的對，這事不能吵嚷出去。你把簪子給我，我晚上問問你阿娘。若是劉家敢賣假貨，我砸了他的店。」

黃茂林笑了。「我就知道，找阿爹最管用的。」

黃炎夏勉強笑了笑。「你心裡信得過阿爹，阿爹自然會護著你的。」

黃茂林拿過凳子上的盆子。「阿爹您歇會，我來吧。」

黃炎夏坐在那裡不說話，他心裡有些吃驚，也有些生氣。

楊氏買簪子花了多少錢這是家裡公開的，連大房唐氏都知道。如今親家母說簪子摻了假，以親家母的性子，兩家剛訂了親，若不是有實錘，定然也不會說出來。

黃炎夏最不願意相信是楊氏動的手腳，但事事都指向她。劉家何曾敢把半真不假的當真貨賣，可楊氏確實花了純銀的錢。

還沒等楊氏回來，淑嫻先起來了。

黃炎夏笑著對女兒說道：「怎的不多睡一會。」

淑嫻笑了。「睡多了夜裡睡不著呢，大哥回來了。」

黃茂林也笑著與她說話。「等會把妳二哥叫起來，別總是讓他睡。」

淑嫻抿嘴笑了。

黃炎夏忽然假裝不經意的問淑嫻。「妳的石榴絹花怎麼不戴呢？怪好看的。」

淑嫻抿嘴笑。「才剛睡覺，戴了花怕壓壞了。」

黃炎夏點頭。「這劉家也是死板，我們買了根銀簪子，花了二兩二錢，這買兩朵花的八文錢也不免了。」

淑嫻搖頭。「我也不曉得呢，那天我挑好了花就去找大哥了，阿娘後頭買簪子付帳我都不在。想來阿娘也講過價，但講不下來吧。」

黃炎夏仍舊在笑，但他的心直往下沈。

楊氏為什麼要把女兒打發走單獨買簪子付錢？難道真的買的就是半真不假的？這中間能差多少錢？就為這點銀子，把孩子的臉往地上摔嗎？黃家的臉面難道就值這一、二兩銀子？她難道不曉得，一旦被人戳破了，丟臉的是黃家。

黃炎夏嘴裡發苦，仍舊強撐著和兩個孩子說笑。

等楊氏回來的時候，天都快黑了。

黃炎夏有些不高興。「怎的回來得這樣遲？去誰家了？」

楊氏笑咪咪的回答他。「我去旁人家問問，這娶媳婦都要準備些什麼。雖說媳婦要等十六歲才進門，但後頭還要下聘呢。咱們頭一回娶媳婦，自然不能馬虎了。」

聽她這樣說，黃炎夏又有些動搖。

當著孩子們的面，黃炎夏什麼都沒說，只讓楊氏去做飯，黃茂林也笑咪咪的與弟弟妹妹們一起說笑。

等夜裡吃了飯，一家人先後洗漱，各自回房去了。

為了省燈油，黃茂林夜裡不怎麼點燈。

當初楊氏讓他和黃茂源一起睡，說省燈油。黃茂林自己有私房錢，若和黃茂源睡一間屋子，楊氏就有理由進他的屋子了。為了保住自己獨立的地盤，黃茂林硬說自己晚上不點燈，要一個人睡。

正房裡，楊氏忙完了之後掀簾子就進屋了，坐在梳妝檯旁邊打理自己的頭髮。

黃炎夏輕聲對楊氏說道：「親家母說，咱們給媳婦插戴用的簪子，裡頭摻了錫，不值二兩二錢銀子。」

楊氏正在拆頭髮，聞言一驚，立刻扭頭看向他。「假的？怎麼會！怎麼可能是假的？我看那簪子又好看又亮堂呢！」

黃炎夏看了她一眼，又問道：「妳跟我說實話，那簪子，到底花了多少錢，就算妳私自留了一些，我也不會說妳，但咱們得把外面的臉面圓了。」

楊氏笑了。「當家的，看你說的，我不是跟你說過了，二兩二錢銀子。」

黃炎夏把雙眼一合。「既這麼著，明兒我去問劉老板，如何敢把摻了錫的當純銀賣給我，我看他是不想幹了！」

楊氏急了。「當家的，是誰說那簪子摻了假的？事情沒弄明白，不好去人家店家問吧。再說了，我買的是純銀的啊，怎的如今就說是假的了，當時咋沒說呢！如今去找人家店家，如何證明就是當日那一根。」

黃炎夏一拍床沿。「妳胡說個甚，這種事情鬧出去了，難道韓家就有臉了？若不是真的有問題，人家會來問。插戴時妳說是純銀的，誰還能當場拿去辨認辨認！再說了，就算真是根摻了錫的，人家也沒說生氣。就是聽說花了純銀的錢卻買了根假的，怕我們上當才來問的。難不成人家韓家是為了訛咱們家一根簪子？韓家家底又不比咱們薄多少，豈是那等沒見識的人家！」

楊氏忙陪笑道：「當家的，你莫生氣。這、這事咱們慢慢商量，許是哪裡弄混了。」

黃炎夏盯著她看了許久，再次問她。「妳老實說，妳真花了二兩二錢銀子？」

楊氏用梳子梳了兩下頭髮，咳嗽了一聲，慢慢說道：「當家的，你看，莊戶人家的閨女，插戴用摻了錫的銀簪子，難道就使不得了？我這也是為了家裡，咱們有三個孩子呢，總要儉省些。再說了，那韓家丫頭性子野，總要先壓壓她的性子。不然以後進門了，還能把咱們做公婆的放在眼裡。」

黃炎夏頓時氣得用手指著她罵。「妳，妳這個蠢婆娘！妳想擺婆母的威風，等她進門了，多少日子不夠妳擺威風？妳難道忘了，那不是妳親兒媳，本來就是個臉面情，妳幹這樣的事情，還指望人家以後能敬著妳！得虧著茂林懂事，沒有去找他舅媽，不然他舅媽和他二姨一起把妳臉皮扒了，妳以後還要不要出門了？茂源和淑嫻出去了，難道就有臉面了？妳、妳真是氣死我了！」

楊氏頓時啪地把梳子放到梳妝檯上。「當家的，難道我不是這家裡的內掌櫃？誰家媳婦用什麼樣的簪子插戴，不是婆母說了算？定這門婚沒經過我同意，後頭的事情還不許我插手了！」

黃炎夏冷笑一聲。「妳不用跟我嘴硬，明兒茂林他舅媽來問的時候，妳要是能這麼嘴硬就行了！」

楊氏頓時哭了出來。「當家的，你就這麼狠心！郭姊姊是這家媳婦，難道我就不是？你就任由郭家人這樣欺負我？茂源和淑嫻不是你的孩子？」

兩個人吵得厲害，驚動了家裡三個孩子，都紛紛起身穿上衣裳過來了。

見楊氏正在哭，淑嫻忙去安慰她。「阿娘，什麼事情這樣急，慢慢說。阿爹，您可不能跟阿娘生氣。」

黃炎夏不說話，黃茂源不知所以，撓了撓頭，看向黃茂林。

黃茂林瞇著眼睛不說話，他倒要看看，這事到底要如何解決。

楊氏仍舊哭，黃茂林始終不說話。

過了半晌，黃炎夏對大兒子說道：「茂林，你帶著茂源去睡覺。這事，會給韓家一個交代的。」

楊氏忽然哭喊道：「要什麼交代？摻了錫的難道戴不得？誰許諾了一定就要純銀的！」

黃茂林忽然笑了。「阿爹，明兒我去看看外婆，您早些歇著吧。」

說完，他轉身就走了。

黃炎夏嘆了口氣，把其餘兩個孩子打發走了。

「妳這是做甚？難道想和茂林撕破臉？和他撕破臉，對妳有好處？還是對茂源有好處？妳若真缺銀子，妳跟我說，什麼事情不能解決？韓家的親事，他看得重，妳卻這樣打他的臉。妳以為他還是那個幾歲的孩子，妳給他穿薄鞋底，他腳硌疼了也只能忍著？」

楊氏被戳了老底，頓時有些羞臊。「好哇，都說後娘難做，可見假不了。我這十多年，哪一日不做飯給他吃？他身上的衣裳鞋襪不都是我打理的？就為了一根銀簪子，難道要打殺了我不成？」

黃炎夏不想和她吵。「妳消停些吧，還是趕緊想辦法描補，要是驚動了他舅媽和二姨，看不活撕了妳。妳娘家人除了占妳便宜，什麼時候給妳出頭過。」

說完，他不管楊氏繼續裝模作樣的哭，翻身臉靠裡，自己睡去了。

楊氏無奈，只得也睡下了。

第二天一大早，黃茂林難得沒起床。黃炎夏剛開始一個人在豆腐坊忙活，等楊氏起身來幫忙了，黃茂林仍舊沒有過來。

黃炎夏心裡有譜，兒子這是置氣了。

唉，黃炎夏心裡嘆氣。

楊氏默不作聲在灶下燒火煮豆漿，這會她也有些後悔了。當日買簪子時，她看到另外六根銀摻錫的簪子時，就跟鬼迷了心竅似的，捨棄了純銀的，買了根半真不假的，自己昧下一兩銀子。

她當時就是有些心裡不服氣，一個沒規矩的野丫頭，把她姪女頂回了家，如今還要花二兩多銀子給她買銀簪子，摻了錫的戴不得？

可楊氏沒想到簪子才送過去就露出餡兒，她哪裡曉得葉氏眼光竟然這樣毒。但後悔也沒用了，事情已經敗露，楊氏只能野驢蹭墳墓，厚著死臉抵。反正就這樣了，他們能把自己怎麼樣。

楊氏知道黃炎夏死要面子，定然會替她把韓家那邊描補好了。至於家裡，吵兩句不也就過去了。

黃炎夏在上面處理豆漿，半晌後對楊氏說道：「等會兒，妳與茂林說兩句好話，就說當日那幾根純銀的樣式不好看，才買了這一根，明兒再給梅香補一根純銀的。」

楊氏昨兒晚上在孩子們面前丟了臉，這會心裡也有些氣，把臉一扭。「我好歹也是長輩，倒要給他賠禮。」

黃炎夏勸她。「妳何苦來，這十幾年，妳不是一直要做個慈善的好後娘。十幾年都過來了，臨了臨了，倒要讓人說妳露出本性不成？」

楊氏哼了一聲。「我這十幾年，不說功勞總是有苦勞的。我為甚整日笑臉對他，就是為了暖他的心，讓他能跟我親，以後我也多個兒子多份依靠。可他這頭冷臉對著紅蓮，那頭就熱臉去貼韓家。我這個後娘就算是裝得慈善，也裝了這麼多年，他難道一丁點都不記我的好？既這麼著，我以後也不裝了，索性做個刻薄的後娘算了。」

黃炎夏繼續勸她。「妳是妳，紅蓮是紅蓮，如何能混為一談。他不想娶紅蓮，冷臉對她才是應該的。難道這頭他求我去韓家提親，那頭還和紅蓮嬉皮笑臉？要是那樣的性子，妳敢把紅蓮嫁給他？他就算對紅蓮冷淡，難道對妳不夠敬重。這麼多年，他何曾和妳吵過鬧過。他如何不記妳的好了，小時候，茂源和淑嫻不是他帶的？他整日早起忙活，難道都忙活到他自己兜裡去了？」

楊氏撇撇嘴。「當家的，茂林是每天忙活，你不要以為我不曉得你每個月都給他錢了。我們茂源，一文錢都沒有呢。別說茂源了，我天天累死累活的，難道當了一文錢家了。」

黃炎夏也哼了一聲。「茂源是沒有，不是有妳給他攢的？妳不要以為我不曉得妳那錢匣子裡藏了不少私房呢。」

楊氏頓時睜大了眼睛。「好哇，我在這個家裡，倒成個賊了。」

黃炎夏把手裡的水瓢重重放到灶臺上。「妳不是賊，我倒是個賊了，裡外不是人。何苦來，為了根簪子這樣鬧。這麼多年，我難道沒給妳買過？新媳婦插戴用的，妳去動什麼手腳！妳豬油蒙了心了，還梗著脖子跟我鬧，要是韓家把這事情捅出去，妳就等著被外人戳脊梁骨吧！」

兩口子這邊吵著嘴，那頭，黃茂林慢慢起身了，穿戴好後，自己洗了臉，也往豆腐坊裡來了。

他像什麼事情都沒發生一樣，與黃炎夏和楊氏打了招呼。「今兒我起晚了，倒勞動阿娘了。」

楊氏擠出個笑臉。「你年紀小，貪睡些也是常理。」

黃茂林笑笑沒說話，開始幫黃炎夏幹活。

黃炎夏見兒子不再置氣，還知道給後娘打招呼，心裡欣慰，這個兒子，果然是個有心胸的。昨兒說要去郭家，等會看看他到底要如何行事。

等收拾好豆腐，黃茂林如往常一般，挑了擔子與黃炎夏告別。「阿爹，我去鎮上了。」

黃炎夏點頭。「噯，你去吧。自己買些東西吃，吃飽些，莫儉省。」

黃茂林笑著點頭，然後出門去了。

——未完，待續，請看文創風888《娘子不給吃豆腐》2

三生有妻 實乃夫幸／踏枝

2020年9月出版

聚福妻

她萬萬沒想到，重生後最難的不是發家致富，
而是幫自己找個——不怕被剋死的好丈夫?!

文創風 882 1

重生的姜桃只想求個能走跳的健康身子，孰料老天爺開了個大玩笑——
她因命格帶凶被當成掃把星，生個小病就被抬進山上破廟自生自滅。
幸虧她懂得採藥養身，不但救了小白貓作伴，還救下苦役沈時恩。
病癒下山後，她打算靠著前世習得的高超繡藝撫養兩個弟弟，
可伯母們居然說動祖父祖母，打算隨便找人把她嫁了，替姜家解厄？
嫁就嫁，既然嫁誰都是賭，不如設法嫁給在廟裡看對眼的沈時恩吧！

文創風 883 2

成家後，姜桃的日子過得有滋有味，可她的廚藝卻完全走味——
煮的蛋是焦的、菜是爛的，做個飯居然險些燒了廚房啊……
幸虧沈時恩出得廳堂入得廚房，在他支持下，她的繡活生意越做越好，
巧手穿針繡出一家人的富足，孰料懂事聰明的大弟卻鬧出逃學風波，
原來他受她先前的掃把星之名所累，被同窗取笑，連老師病倒都怪他。
唉，古代家長也難為，她定要想出辦法，替無端受屈的大弟討回公道！

文創風 884 3

重新安排好弟弟們跟小叔上學的事，姜桃旋即被另一個消息震驚了——
原來她收養的雪團兒不是貓，而是繡莊東家苦尋的瑞獸雪虎?!
如此因緣下，她與繡莊合作開了十字繡繡坊，卻因生意紅火招來毒手，
見沈時恩帶著小叔解圍，姜桃越發不懂，為何出色的丈夫會淪為苦役？
可沒待她想清楚，便在沈時恩因故出遠門時遇上地牛發威，
且縣城因這突如其來的急難缺糧，她該如何幫助鄉親度過危機呢……

文創風 885 4

沈時恩果然不是一般的苦役，而是受了冤屈的當朝國舅爺！
瞧小皇帝親自來接沈時恩回京，姜桃自告奮勇擔下招呼之責，
結果小皇帝先震驚於她的黑暗料理，晚上又被雪團兒嚇得急召護駕，
隔天她喊賴床的弟弟們起來吃飯，竟一時不察拍了小皇帝的龍體……
如此招呼不周卻弄拙成巧，小皇帝因重溫家庭和樂之感而龍心大悅，
她總算鬆了口氣，這下上京平反夫家冤屈，可就容易多了呀～～

文創風 886 5 完

沈家陳年冤屈得雪，姜桃原以為能輕輕鬆鬆當個國舅夫人，
可該回本家英國公府的小叔卻因長年不在京城，失了父母寵愛，
姜桃氣壞了，如果英國公夫妻不珍惜這個好兒子，國舅府自會替他撐腰！
然而考驗又至，來朝研議邊疆商貿的番邦公主瞧中小叔，帶嫁妝上門，
但兩國素無秦晉之好，生意又談得不順，小皇帝為此頭疼萬分，
她該如何讓朝廷制勝，又幫心儀公主的小叔抱得美人歸呢？

風 文創
887

娘子不給吃豆腐 1

國家圖書館出版品預行編目資料

娘子不給吃豆腐 / 秋水痕著. --
初版. -- 臺北市 : 狗屋, 2020.10
冊 ; 公分. --（文創風）
ISBN 978-986-509-144-6（第1冊：平裝）. --

857.7　　　109012752

著作者	秋水痕
編輯	黃暄尹
校對	周貝桂
發行所	狗屋出版社有限公司
地址	台北市104中山區龍江路71巷15號1樓
電話	02-2776-5889～0
發行字號	局版台業字845號
法律顧問	蕭雄淋律師
總經銷	知遠文化事業有限公司
電話	02-2664-8800
初版	2020年10月
國際書碼	ISBN-13　978-986-509-144-6

本著作物由北京晉江原創網絡科技有限公司授權出版

定價260元

狗屋劃撥帳號：19001626

網址：love.doghouse.com.tw　E-mail：love@doghouse.com.tw